# DIE WIKINGER DER JÜRGENSENS

## WILDE WIKINGER-HERZEN
### BUCH 1

## PEYTON LAWSON

# SÖREN

## HEILUNG IN DEN SCHOTTISCHEN HIGHLANDS

# SÖREN

## Heilung in den schottischen Highlands

# PEYTON LAWSON

BEACHES AND TRAILS
PUBLISHING

# PROLOG

DAS SCHIFF RITT auf den Wellen und wankte auf dem flüssigen Abgrund, schwebend in einem schwarzen Himmel.

Spuren weißen Lichts, große Feuerfinger, umhüllten das kleine Schiff in Thors Flammen, bevor es die Nase senkte und die Wasserwand hinabstürzte. Die fünf Männer im Schiff rannten zum Heck. Zwei von ihnen warfen sich in die Brandung und hielten das Heck fest, um den Bug oben zu halten. Der Schiffsboden klatschte auf die Wellen, ein bösartiges Krachen, das mit dem nachrollenden Donner wetteiferte. Die drei Männer im Rumpf zogen ihre Brüder zurück ins Schiff.

Alle fünf Brüder eilten zu den Rudern und wateten durch knöchelhohes Wasser auf dem Deck. Das Schiff wälzte sich in der Brandung, und der Sturm tobte um sie herum.

Abjörn stand auf, seine scharfen Augen durchdrangen die Düsternis auf fast unheimliche Weise. Er streckte den Arm aus und schrie, aber die Laute gingen im Zähnefletschen des Sturms unter. Seine Brüder verstanden jedoch. Er hatte Land gesichtet.

Müde Jubelrufe brachen aus. Hoffnung ließ sie trotz Erschöpfung mit leichterem Schritt vorangehen. Die Küste war unbekannt, und das Einzige, was sicher war, war, dass sie vom Kurs abgekommen waren. Wo sich die dänische Siedlung an der fremden Küste befand, war eine gute Frage. Dennoch war im Moment jedes Ufer ein ausgezeichneter Ort, um anzulegen, bis sie das Boot leeren und den Sturm abwarten konnten.

Fünf riesenhafte Dänen, jeder mit Armen, die durch das Rudern zu Muskelpaketen angeschwollen waren, setzten sich wieder auf die Bänke und begannen gegen die Wellen anzukämpfen. Nachdem sie den Rand der Küste erreicht hatten, begannen die Wellen zu helfen, und kräftige Arme und Brustkörbe zerrten das taumelnde Boot durch die letzten Wellen.

Sobald Sören spürte, wie das Boot auf den Sand glitt, sprang er heraus und trotzte den brechenden Wellen und dem peitschenden Regen. Er rannte zum felsigen Ufer, zog das dicke Seil hinter sich her und befestigte es an einem Baum, der unter den heftigen Winden tanzte.

Seine Brüder sprangen heraus, und gemeinsam schafften sie es, ihr Schiff an Land zu ziehen und Felle und Häute vom Boden als Schutz hervorzuholen, während sich Thors Wut an den fremden Ländern so weit von der Heimat entfernt auslebte. Ob dies nun Schottland war oder ganz woanders, blieb abzuwarten. Im Moment war es egal, solange sie einen Ort hatten, um den Sturm abzuwarten.

Sie aßen, um zu überleben; ein bisschen Käse, etwas hartes Rauchfleisch. Es würde reichen, um sie über die Runden zu bringen, bis der Sturm vorüber war. Die Brüder kauerten zusammen unter der Baumgrenze, blieben so trocken, wie die Götter es zuließen, und warteten.

Der Sturm dauerte nicht lange. Um Mitternacht gab der Himmel nach, und Odin gebot Thors Wahnsinn Einhalt. Die Sterne erschienen wieder, Millionen feuriger Augen, neugierig, den Schaden zu sehen, der den zerbrechlichen Menschen zugefügt worden war.

Schweigend arbeiteten sie daran, das Meerwasser aus den Eingeweiden des Schiffes zu schöpfen, begierig darauf, die Morgenflut zu erreichen. Sie sprachen wenig, fanden aber dennoch Zeit zu lachen, als der Jüngste stolperte und aus den Wellen gefischt werden musste. Eine Stunde nach Sonnenaufgang würde die Flut am höchsten sein, und sie könnten von der Küste ablegen und der Küste zur neuen Kolonie folgen, um dort ein Leben aufzubauen.

Das Schiff wurde unter einem unheilverkündenden Mond in

Ordnung gebracht, einer gibbosen Erinnerung an Hel und ihr Reich der unrühmlich Verstorbenen. Erschöpft und schmerzend von ihrem Kampf mit dem Meer fielen die Brüder auf den Boden des Schiffes und schliefen ein paar kostbare Stunden, bevor die Sonne den Horizont durchbrach und sie erneut segeln konnten.

Während seine Brüder unter ihren nassen Fellen lagen, gleichmäßig atmend und von Ruhm träumend, erwachte Sören mit dem unbehaglichen Gefühl, dass etwas nicht stimmte. Er erhob sich und setzte sich auf die Ruderbank, aber die einzigen Geräusche waren das langsame Rauschen des Meeres, als es entschuldigend für seinen Wutanfall die Küste liebkoste.

Sören stand auf und glitt über die Seite des Bootes und kletterte den Strand hinauf. Er ging in Richtung der Bäume und lockerte seine Hose im Gehen, da er sich erleichtern musste. Er war auf halbem Weg zu den dichten Bäumen und hatte gerade seinen Gürtel gelockert, als er ein Geräusch hörte.

In der Dunkelheit bewegte sich etwas. Eine Bewegung zu seiner Linken fiel ihm auf, eine Reflexion im blassen Mondlicht. Noch eine. Dies waren nicht die Geräusche der Natur, keine Wölfe, die den Sand und den Geruch von Menschen wagten. Dies waren Menschen, und als er sich umdrehte und versuchte, so zu tun, als wäre er blind und dumm, konnte er sie sehen.

Das Wikingerlangschiff war oft genug an diesen Küsten gelandet, dass die Einheimischen den Drachenbug fürchteten. Die Dänen waren stolz darauf, dass kein Dorf einem Raubzug gewachsen war, und das stimmte auch. Allerdings bildeten er und seine vier Brüder keine Raubgruppe, und die Schotten, die sie überraschten, hatten die Überzahl und den Überraschungsmoment auf ihrer Seite.

Sören wollte nicht zu offensichtlich Alarm schlagen und schlenderte lässig zum Bug, lehnte sich daran, als hätte er keine Sorgen in der Welt. Doch sein Herz raste, die Kampfeswut kam bereits über ihn. Er drehte sich um, tat beiläufig, und stemmte seine Schulter gegen das Boot. Sören schob es so hart er konnte und stieß einen Kriegsschrei aus, um seine Brüder zu wecken, rief ihnen zu, sich einzugraben und zu helfen, das widerstrebende Schiff ins Wasser zu schieben.

Vier Köpfe erhoben sich aus dem Inneren des Schiffes, als die Dorfbewohner ihre Deckung aufgaben. Sie kamen auf das Schiff zu, schwangen Äxte und Heugabeln und gelegentlich verrostete Schwerter, schlecht gepflegte Familienerbstücke.

Sören gab den letzten Stoß, als die vier Männer im Boot ihre Waffen bereit machten, und das leichte, schnelle Schiff fand seine Seebeine und begann mit der Flut hinauszuziehen.

„RUDERT!", schrie er seinen Brüdern zu, „Es sind zu viele, RUDERT!"

Er platschte ins Wasser hinter dem Schiff her. Er musste es nur erreichen und sich über die schützenden Holzwände ziehen und helfen, die Ruder in die Wellen zu stoßen.

Dazu kam er nicht.

Etwas Hartes und Schweres traf ihn am Hinterkopf wie ein fallender Amboss. Er hörte seinen älteren Bruder seinen Namen rufen, und dann erinnerte er sich nur noch daran, wie er trieb und dem Meer zurückgegeben wurde. Sein letzter Gedanke galt seinen Brüdern und ihrer Sicherheit. Das und vor Odin zu stehen, um gerichtet zu werden.

War es Walhalla würdig, von einem Stein getötet zu werden, während man weglief?

Er wartete in der plötzlichen Dunkelheit auf die Walküre und betete um eine schnelle Erlösung in ihre Arme.

# KAPITEL
# EINS

FIRTHA WARF einen weiteren Holzscheit ins Feuer und warf einen besorgten Blick nach oben, als der Wind erneut heulte. „Vatergott, wenn du da bist, lass das Dach dort, wo es hingehört."

Ein Teil von ihr war sich unsicher, ob sie überhaupt noch beten durfte, oder ob sie es je gedurft hatte. Odins Zorn lag zweifellos über ihnen. Zu behaupten, sie sei für den Sturm verantwortlich, der ihre kleine Hütte heimsuchte, war genauso dumm wie zu sagen, sie sei für die Wut der Nordmänner verantwortlich. Sie überfielen die Küsten und verschwanden wieder in ihren furchterregenden Schiffen.

Niemand hat je behauptet, dass Adlige über Dummheit erhaben wären.

Der Donner krachte durch die schwankenden Bäume wie ein Drache aus einer Legende und zog Blitze hinter sich her. Der Himmel leuchtete mit Feuer, das die Baumwipfel berührte und sie in die Luft jagte, wobei explodierte Holzsplitter und Flammen vom sintflutartigen Regen gelöscht wurden.

Firtha setzte den Kessel über die Flamme, in dem der Hase mit den wenigen Gemüsesorten kochte, die sie so früh im Frühling hatte auftreiben können. Ihre Mutter hatte ihr vor ihrem Tod nur wenig hinterlassen, aber die Kenntnis dessen, was ungefährlich und was giftig war, war lebenswichtig für eine junge Frau, die allein im Wald lebte.

Die Tür flog auf. Für einen Moment dachte sie, den Sturm dafür verantwortlich machen zu können, und beeilte sich, sie wieder zu verschließen. Stattdessen wurde sie fast sofort wieder in den Raum zurückgedrängt, als eine Gestalt aus ihren Albträumen ihre winzige Hütte betrat. Er duckte sich, um durch den Türsturz zu kommen; seine Schultern waren zu breit für den Rahmen. Er taumelte herein, zuerst mit der rechten Seite, der Seite, die die große Axt in einer riesigen Faust hielt.

Firtha schrie auf und kroch von dem Neuankömmling weg, wobei ihr plötzlich die Torheit bewusst wurde, nur eine einzige Tür in der primitiven Behausung zu haben. Der Fremde stand da und blockierte den einzigen Ausweg, während sich hinter ihm weiße Feuerfinger wie ein Spinnennetz aus Licht durch den Himmel zogen. Er war fast so groß wie ihr Dach, so breit wie ihr Tisch und vom Regen durchnässt. Seine Pelze waren verfilzt und klebten an seinem Körper, seine Stiefel waren beschlagen, und sein teilweise rasierter Kopf wirkte fast fehl am Platz auf Schultern, die so breit waren wie ihr Besenstiel lang war.

Er sah sich in der kleinen Hütte um, betrachtete das Bett mit frischem Schilf in der Ecke, den hell lodernden Kamin, der dem späten Wintersturm trotzte, und die junge Frau, die den Suppentopf beaufsichtigte.

Firtha wich zurück und presste sich gegen die Wand; die Flüche, Drohungen und Lügen, die sie am Leben erhalten hatten, erstarben auf ihren Lippen. Sie vergaß ihren Ruf als Hexe und fiel zu Boden, aus Angst vor dem ursprünglichsten männlichen Riesen, den sie je gesehen hatte.

Er sah sie an und lächelte. Nun, vielleicht lächelte er nicht. Der Ausdruck auf seinem Gesicht verzog sich eher zu einer Grimasse als zu etwas anderem. Er fletschte die Zähne, hob diese unmögliche Axt in seiner Hand...

...und fiel prompt wie eine gefällte Eiche um.

Die Hütte erzitterte, als er auf den Boden aufschlug und dabei ihren einfachen Tisch umriss, wodurch die Möbel zu nicht mehr als

Feuerholz reduziert wurden. Firtha starrte ihn an und wagte kaum zu atmen.

War er tot? Er sah jedenfalls so aus, wie er da in den Trümmern und Splittern lag. Schade eigentlich, angesichts seiner gut gebauten Gestalt. Obwohl seine Züge hart waren, gab es etwas Angenehmes in der Form seines Mundes und der Platzierung seiner Augen. Wäre er nicht so erschreckend gewesen, hätte sie vielleicht... Interesse gezeigt?

So ein Unsinn. Der Sturm tobte durch die offene Tür, ein Sprühregen auf ihrem Gesicht erinnerte sie daran, wo sie war. Man verliebte sich nicht in gefallene Wikinger, und soweit sie es beurteilen konnte, schien dieser bestimmte Riese nicht geneigt, sich zu bewegen. Tatsächlich sah es fast so aus, als würde er schnarchen.

# KAPITEL
# ZWEI

ES ZOG. Sören Jurgenson spürte es zuerst an seinem Arm. Er war warm und trocken und gemütlich, aber ein kühler Luftzug auf seiner Haut war tatsächlich ein wenig kalt. Er versuchte, es zu ignorieren, in der Wärme und dem weichen Komfort zu bleiben, wo auch immer er war, aber je länger er regungslos blieb, desto kälter blies der Wind über seine Haut.

Das Bewusstsein kehrte nur langsam zurück. Irgendetwas an seinem Aufenthaltsort fühlte sich nicht richtig an. Zum einen war sein Bett zu Hause lang genug, dass seine Füße nicht über das Ende hingen. Es war auch breiter. Wenn er im Bett lag, was er langsam zu glauben begann, war dieses hier zu schmal, und die Seiten drückten gegen seine Schultern.

Außerdem, war sein Bett nicht weit weg in Dänemark?

Nun, das weckte ihn schnell genug auf.

Seine Sinne schärften sich, und er öffnete ein Auge, bereit, aus dem Bett zu springen und in welchen Kampf auch immer, der auf ihn wartete. Nur schien nichts vertraut, und er war eindeutig allein. Er hielt die Augen geschlossen und tat so, als würde er schlafen, falls ihn jemand beobachtete; er konnte nichts sehen. In der Zwischenzeit strengte er sich an, auch das leiseste Geräusch zu hören, das ihm verraten würde, wo er war.

Seltsamerweise war das Erste, was er hörte, eine singende Frau. Sie hatte eine passable Stimme, das Lied war eines, das er noch nie gehört hatte. Die Sprache war der Kauderwelsch, den die Schotten sprachen. Diese Erkenntnis brachte andere Erinnerungen zurück. Der Marsch zur Siedlung. Das Stranden.

Seine Brüder... wo waren sie?

Er konnte es sich nicht länger leisten, herumzuliegen und zu warten, um es herauszufinden. Er öffnete ein Augenlid gerade weit genug, um seine Umgebung zu erfassen. Er sah ein kleines Haus, eigentlich eine Hütte, wenn auch in gutem Zustand. Er lag in einem Bett in einer Ecke des kleinen Raumes, und ihm gegenüber blubberte etwas in einem Topf, der im Kamin stand. Was auch immer es war, es roch wunderbar, und sein Bauch erinnerte ihn daran, wie lange es her war, seit er gegessen hatte.

Als er beobachtete, wie sich die Tür öffnete, kam die recht ansprechende Gestalt einer Frau herein, die mehrere Holzscheite trug, mit einer Spur Schnee auf ihren Schultern. Diese warf sie in der Nähe des Feuers ab und hielt inne, um zu prüfen, was im Topf war. Zufrieden bückte sie sich, um Holzstücke ins Feuer zu legen, wobei ihre Röcke sich bewegten und einen wohlgeformten Hintern umrissen. Sie sang immer noch und sah für alle Welt aus, als würde sie den Flammen vorsingen, als wären sie ein geliebtes Haustier. Vielleicht lockte sie es, vielleicht beschwor sie es, heller zu brennen. Ein Hauch von Hexerei?

Er konnte nur ihren Rücken sehen, aber ihr Haar war schwarz und hatte keine grauen Strähnen, also war sie wahrscheinlich jung, ein Anblick, der mehr Fragen aufwarf als beantwortete.

Da sie ins Feuer starrte, nutzte er die Gelegenheit und öffnete seine Augen ganz, um den Rest der Hütte in Augenschein zu nehmen, obwohl er sie in Wahrheit viel lieber weiter beobachtet hätte. Er zwang sich, sich zu konzentrieren und erinnerte sich daran, dass seine erste Pflicht darin bestand, herauszufinden, wo genau er sich befand. Mädchen mit ansprechenden Formen konnten warten, zumindest bis er sich orientiert hatte.

Es war ein schlichtes Heim und brauchte keine Zeit, um es zu untersuchen. Es gab zwei Stühle an der Seite des Raumes, aber bemerkenswert. Die Wände bestanden aus zusammengebundenen Balken, und Flechtwerk und Lehm waren gemischt, um die Risse zu füllen. An einigen Stellen war es bröckelig geworden, was den Luftzug an seinem Arm erklärte. Es war ein Wunder, dass der Ort nicht um sie herum zusammenfiel.

„Du bist wach", sprach sie, ohne sich umzudrehen, als hätte sie Augen im Hinterkopf. Sie stand in einer geschmeidigen, schlangengleichen Bewegung auf. „Du kannst mich Firtha nennen."

Für einen Moment war Firtha von den Flammen umrissen. Sören war fasziniert von der Figur, die er durch den Stoff ihres Kleides sah. Er hatte Recht gehabt zu denken, dass ihr Hintern fest und rund war. Als sie sich umdrehte, sah er, dass der Rest das Versprechen dieses ersten Blickes erfüllte. Ihre Hüften waren gerundet und großzügig, aber ihre Beine... ihre Beine waren lang und wohlgeformt, ein Meisterwerk weiblicher Schönheit, und das war nur von den Schatten her. Er konnte sich gut vorstellen, wie solche Beine sich um ihn schlangen, die Schreie, die sie in ihrer Ekstase ausstoßen würde.

Sie drehte sich um und sah ihn ohne eine Spur von Angst an. Mit ihrem losen Haar, das in Wellen um ihr Gesicht fiel und bis zu ihren Schultern kaskadierte, hätte sie Idun selbst sein können, die nur diese Form angenommen hatte, um ihn ins Leben zurückzubringen. Wenn dem so war, war es ihr gelungen, denn er spürte ein Regen in seinen Lenden allein beim Anblick von ihr. Sie war schlank, ihre Brüste hoch, aber nicht zu groß. Kurz gesagt, sie war die schönste Frau, die er je gesehen hatte, und sein Körper schmerzte nach ihr. Plötzlich war er froh für die Felle, die ihn bedeckten. Obwohl er keine Scham empfand, nackt zu sein, würde eine so enthüllende Reaktion auf seine Pflegerin und Retterin wahrscheinlich nicht geschätzt werden.

Sie durchquerte den kleinen Raum zu ihm und kniete sich neben das Bett, beugte sich über ihn, um eine Hand auf seine Stirn zu legen. „Dein Fieber ist in der Nacht gesunken. Geht's deinem Kopf besser?"

Er versuchte zu sprechen, aber der einzige Laut, den er hervorbringen konnte, war ein Husten. Seine Kehle war ausgetrocknet, und die heftige Aktion raubte ihm die letzte Energie. Doch während sein Körper schwach war, wurde der Teil, der auf ihre Silhouette reagiert hatte, immer schwerer zu ignorieren. Ihre Hand war rau von Schwielen, als sie ihre Handfläche über seine Stirn gleiten ließ, aber sie war warm und stark. Er sehnte sich danach, diese Hand an anderen Teilen von sich zu spüren, und stellte sich vor, welche Reaktion solche Finger ihm entlocken könnten.

Bei den Göttern, diese Frau musste ihn verzaubert haben, um ihm ein solches Bewusstsein für ihre Gestalt zu geben.

Sie drehte sich um und brachte einen Becher Wasser. Es war sauber und rein und kalt, und er trank es dankbar. „Besser", krächzte er heraus. Dann fiel es ihm auf. „Du sprichst Dänisch."

„Zum Glück", lächelte sie ihn an und stellte den Becher auf den Boden. Es war klar, dass sie nicht die Absicht hatte zu erklären, wie sie seine Sprache gelernt hatte.

„Wie bin ich hierhergekommen?"

Sie seufzte und ordnete ihre Röcke um sich, als sie aufstand. „Alles, was ich weiß, ist, dass du durch meine Tür gekracht und dich durch meinen Tisch fallen gelassen hast. Es war ein anständiges Möbelstück, zumindest solange es hielt." Sie warf ihm einen Blick zu, den er nicht deuten konnte, aber in ihren Augen lag viel Humor.

„Ich bin nackt." Es klang banal, aber je länger er in ihrer Nähe war, desto mehr spielte es eine Rolle. Wenn sie ihn wollte, müsste sie nur zu ihm ins Bett steigen. Er versuchte trotzdem, nach ihr zu greifen, aber seine Arme gehorchten dem Befehl nicht richtig und fielen gegen die Felle, die ihn bedeckten. Er versuchte einen anderen Ansatz, einen, der wichtiger war als andere. „Ich muss meine Brüder finden, um sicher-zugehen, dass sie...." Er versuchte sich aufzusetzen, sein kräftiger Körper ließ das Bett unter seinem Gewicht ächzen. Die Felle rutschten seine Brust hinunter und sammelten sich in seinem Schoß.

Der Raum schwamm, die Hitze des Feuers fühlte sich an wie die Flammen der christlichen Hölle, und er fiel zurück auf die strohge-füllte Matratze. Einer der Riemen, die die Matratze hielten, gab unter ihm nach, brach aber nicht.

Der Blick der Frau war besorgt, als sie sich wieder über ihn beugte, ihre geschickten Hände reparierten den Verband um seinen Kopf. Er versuchte, nicht auf das Mieder zu schauen, das schon bessere Tage gesehen hatte und fadenscheinig wurde. Er war dieser Art von Hexerei jedoch nicht gewachsen. Ihre Brustwarzen machten zwei ansprechende

Abdrücke auf dem Stoff, und die Art, wie das dünne Material an ihr klebte, verstärkte nur sein Verlangen nach ihr.

Hilflos. Ich bin hilflos vor ihr.

Trotzdem war es ein wunderschöner Anblick, bevor er in den Schlaf glitt. Seine Träume wurden von der schwarzhaarigen Verführerin mit gerundeten Hüften, festen Brüsten und lachenden Augen heimgesucht.

# KAPITEL
# DREI

ODIN SEI DANK, er fiel zurück aufs Bett. Es war eine Herausforderung von einigen Stunden gewesen, ihn das erste Mal vom Boden hochzubekommen. Wäre er wieder dort gelandet, war sie sich nicht sicher, ob sie der Aufgabe gewachsen gewesen wäre.

Das Fell war heruntergerutscht, als er versuchte, sich aufzusetzen, und obwohl er fast zwei Wochen lang an ihr Bett gefesselt gewesen war, war er in dieser Zeit nicht abgemagert. Seine Brust war immer noch so breit wie ihre Pritsche, und seine Schultern sogar noch breiter. Unter dieser Haut gab es Muskeln, harte, feste Muskeln, und er hatte gerade genug Brusthaare zum Spielen, aber nicht so viele, dass man ihn im Dunkeln für ein Tier hätte halten können.

Sie verband erneut, was er beim Versuch aufzustehen aufgerissen hatte. Die Verletzung an seiner Hüfte blutete wieder, wenn auch nicht so stark wie zuvor. Ironischerweise hatte er überlebt, was auch immer einen Krater in seinem Hinterkopf verursacht hatte, war in einem Gewitter zu ihrer Hütte gelaufen und hatte sich dennoch irgendwie eine Wunde zugezogen, indem er auf ihren Tisch gefallen war.

Nun ja, niemand hatte behauptet, dass Wikinger anmutig wären. Lüstern ganz sicher, denn das hatte sie mit eigenen Augen gesehen, als er aufgewacht war und keinen Hehl daraus gemacht hatte, wie er sie anstarrte. Aber niemals anmutig.

Sie schüttelte den Kopf, als sie sich wieder ihrer Aufgabe widmete. Um die Wunde zu versorgen, hatte sie die Kleidung von seinen Hüften entfernen müssen. Zu ihrer Überraschung war es schwieriger geworden, das zu bewahren, was ihre Mutter einen „Heilerabstand" nennen würde, je mehr Zeit sie mit ihm verbrachte. Als sie ihn ausgezogen hatte, nur um seine Wunden zu versorgen und ihn aus der nassen Kleidung zu bekommen, die er trug, hatte sie hart darum gekämpft, diesen professionellen Abstand zu wahren.

Sie schüttelte jetzt den Kopf über ihre eigene Dummheit, als sie sich über ihn beugte, um den Verband über dem frischen Verband, den sie ihm angelegt hatte, zu ersetzen. Sie konnte die Röte in ihrem Gesicht spüren, als sie die Wunde versorgte und die Felle so schnell wie möglich wieder über ihn warf. Es war leichter, seine Anziehung zu ihr zu ignorieren, wenn der Beweis dafür sie nicht anstupste. Meine Güte, aber er hatte eine Art, in Bereitschaft zu kommen, wenn sie in der Nähe war. Selbst bewusstlos schien er nach ihrer Berührung zu lechzen und stöhnte auf eine Weise, die ihr Blut in Wallung brachte, wenn sie versehentlich mit dem verhärteten Fleisch in Berührung kam.

Es ließ sie darüber nachdenken, wie er wohl klingen würde, wenn sie ihn ganz in ihre Hand nähme.

Sie seufzte ein wenig, als sie dieses höchst interessante Stück Fleisch wieder außer Sichtweite brachte. Eine Frau sollte nicht so fasziniert von solchen Dingen sein. Ihre Mutter hatte erklärt, dass solche Ausrüstung der sicherste Weg für eine Frau sei, Ärger zu finden. Firtha hatte davon schon mehr als genug, vielen Dank.

Sie war jedoch nicht so grausam, seine Brust zu bedecken. Dieses Vergnügen gönnte sie sich. Sein Bauch war flach, und die Muskeln entlang seines Brustkorbs und über seiner Brust und seinen Schultern zeugten von einem Leben harter Arbeit. Seine Hände schienen ebenso fähig und stark. Waren sie auch zu Sanftheit fähig? Oder würde er nur wissen, wie man grob ist? War er der brutale Eroberer, für den alle die Dänen hielten?

Sie ließ ihre Hände über seine Brust gleiten und sagte sich, dass sie nach gebrochenen oder gequetschten Rippen suchte. Natürlich wusste sie inzwischen, dass er dort keine solchen Verletzungen hatte. Vielleicht war das doch mehr zu ihrem eigenen Vergnügen. Sie errötete und machte eine geschäftsmäßige Kontrolle unter seinen Augenlidern, um sicherzugehen, dass er bewusstlos war. Erst dann wischte sie ihre Hände an ihrem Rock ab. Die Empfindung ihrer eigenen Handflächen auf ihren Schenkeln, vermischt mit dem Bild dessen, was unter den Fellen lag, ließ ihren Mund trocken werden.

Oh, wenn er doch nur aufwachen und sie selbst berühren würde...

Da er offenbar nicht geneigt war, dies in absehbarer Zeit zu tun, raffte sie ihren Rock, gerade genug, um ihre rechte Hand ihr Bein hochgleiten zu lassen und sich selbst zu berühren. Sie ließ ihre Augen über ihn wandern, wie er dalag, seine Brust hob und senkte sich in den friedlichen Wehen des Schlafes. Sie beschloss, dass er ein starkes, aber sanftes Gesicht hatte. Die Linien um seine Augen deuteten auf ein Leben voller Lachen hin. Der muskulöse Körper war wahrscheinlich durch harte Arbeit und Schmerz geformt worden. Er war ein viriles Exemplar, über das es sich zu träumen lohnte. Ihre Finger teilten sich und öffneten sie. Sie sehnte sich nach etwas, dem sie keinen Namen geben konnte, pulsierend vor Verlangen, atemlos, als sie sich fast zögernd berührte. Was tat sie da?

Nichts. Ich tue nichts Falsches. Ich bin nur...

Vergiss die Rechtfertigung. Sie wollte, was sie wollte, lass das genug sein. Schon atmete sie schwerer, ihre Finger drückten genau dort, während sie seine starken Hände beobachtete. Langsam zog sie eine auf ihren anderen Arm; seine Faust würde schnell ihren Unterarm umschließen. Sie kehrte zu ihren Liebkosungen zurück und spürte die Hitze, die durch sie floss.

Sie war so in ihren eigenen Gedanken verloren, mit den Leidenschaften ihrer Berührung, die ihren Geist erfüllten, dass sie fast geschrien hätte, als seine Hand sich um ihren Arm schloss. Wie sie gedacht hatte, umschloss er ihren ganzen Unterarm mit seiner Hand. Sie zog ihre Finger unter ihrem Rock hervor und versteckte diese Hand hinter sich. Hatte er es gesehen? Wusste er, was sie getan hatte?

Sie zog sanft, und die Hand rutschte von ihrem Arm und fiel auf seine Brust.

Moment. War er gar nicht wach?

Sie zog ein Augenlid zurück, um nachzusehen. Er bewegte sich nicht einmal.

Er hatte nicht bemerkt, was sie getan hatte. Sie war sich sicher. Ziemlich sicher. Der verdammte Schiffsmast, den er unter der Decke zu verstecken schien, war kein Hinweis; er war überhaupt nicht geschrumpft, und sie bezweifelte, dass er noch mehr wachsen konnte, als er es bereits getan hatte.

Sie zog die Felle bis zu seinem Kinn hoch und ließ ihn mit jeglichem Unbehagen fertig werden, das sein Körper ihm bereiten mochte. Sie versorgte schließlich nur seine Wunden. Was auch immer er sonst für Probleme hatte, ging sie nichts an, so einfach war das.

Sie stand auf und wandte sich zum Fenster der Hütte, auf das ihre Mutter so stolz war. Es hatte echtes Glas, auch wenn die Scheibe verzogen und trüb war. Die ersten Spuren von Schnee wirbelten durch ihr Blickfeld und blieben an den kahlen Ästen der nächsten Bäume hängen, die seit zwei Wochen atemlos auf ihr Winterkleid gewartet hatten. Ein neues Problem bahnte sich an, denn sobald der Winter einbrach, würden sie hier zusammen eingeschlossen sein. Ihr Körper, der noch von unerfüllter Leidenschaft schmerzte, zitterte. Sie sagte sich, es sei die Kälte, die sie so beben ließ. Die Wahrheit zitterte an der Schwelle ihrer Gedanken.

Also habe ich einen eigenen Wikinger. Kann ich ihn behalten?

Es reichte schon, als Hexe betrachtet zu werden. Aus Angst, versteinert zu werden, hielten die Dorfbewohner Abstand. Der örtliche Priester hatte sie von der Kanzel herab verdammt, und ihre Kunden waren weniger geworden, sie zogen es vor zu leiden, anstatt sich Satans Heilmitteln zu unterwerfen.

Aber einen Wikinger als Haustier zu haben? Einen gestrandeten Dänen? Sie hatte gehört, dass der örtliche Lord auf Befehl des Königs einen beträchtlichen Teil seines Besitzes an die Dänen abgetreten hatte. Es war Teil des Danegelds, des Schutzgeldes, das an die Dänen gezahlt wurde, damit sie den Rest des Königreichs intakt ließen. Sie stand bereits in der Ungnade des Lords; einen solchen Mann zu beherbergen, würde sie nur noch weiter verdammen.

„Sie können mich nur einmal verbrennen", sagte sie zu einer vorbeiziehenden Schneeflocke. Sie drehte sich um und blickte zurück auf ihren Wikinger. „Dann kann ich das Leben, das ich jetzt habe, auch genießen ...."

Sie kniete sich wieder an sein Bett und legte ihren Kopf auf seine breite Brust. Sein Herz schlug kräftig, und das Pochen an ihrer Wange beruhigte sie.

„Na gut, ich werde dieses Leben genießen, nachdem er aufgewacht ist."

Sie döste leicht, kniend auf dem Erdboden, während das lodernde Feuer die Kälte fernhielt. Ihr Kopf hob und senkte sich mit jedem neuen Atemzug, den er nahm.

Ich habe meinen eigenen Wikinger.

Es war ein äußerst aufregender Gedanke.

# KAPITEL
# VIER

DAS LICHT WAR ZUMINDEST ERTRÄGLICH GEWORDEN. Es tat nicht mehr weh, Sörens Augen zu öffnen, obwohl er es vorsichtig tat. Das Mädchen war immer noch da, saß auf einem Stuhl und schnitzte etwas, das er nicht sehen konnte. Nicht schnitzen, erkannte er, schälen. Sie schälte und schnitt gewissenhaft die winzige Kartoffel, bevor sie sie in den Kessel fallen ließ, der über dem Feuer hing.

Sein Magen verkündete, dass er seit langem nicht gefüllt worden war. Es fühlte sich an, als würde sein Bauchnabel vor lauter Hunger nach innen fallen. Das Grummeln des Hungers war laut genug, dass sie es quer durch den Raum hören konnte. Sie drehte sich um und lächelte ihn an.

„Wie geht's dir?"

Es war dieselbe Stimme, an die er sich von früher erinnerte. Er hatte gedacht, er hätte sie geträumt. Wie viel von dem, woran er sich erinnerte, war eine fieberhafte Fantasie, und wie viel war eine echte Erinnerung?

Er war immer noch nackt; das zumindest hatte sich nicht geändert.

„Hungrig." Er testete seine Stimme, aber fand sie gut funktionierend. „Es zieht in diesem Haus."

„Es gibt mehrere Zugluft in diesem Haus", korrigierte sie ihn, schien aber nicht verärgert über seine Beobachtung zu sein. „Ich flicke sie, so gut ich kann, aber in letzter Zeit war ich mit etwas anderem beschäftigt." Sie grinste ihn an, ihr Gesicht leuchtete auf. Es war, als wäre die Sonne aufgegangen. „Ich habe seit ein paar Wochen nicht mehr in meinem Bett geschlafen."

„Wochen?" Er setzte sich schnell auf und hielt sich am Rand der Pritsche fest. Der Raum drehte sich, aber nur für einen Moment, und dann konnte er die Welt wieder verstehen. „Ich bin schon seit Wochen hier?"

„Drei, um genau zu sein. Oder besser gesagt, es werden in zwei Tagen drei sein." Ihr Lächeln verblasste, „Die Verletzung an deinem Kopf war ziemlich schlimm. Ich habe Männer mit Wunden wie deinen sterben sehen."

Er griff automatisch nach oben und berührte seinen Hinterkopf. Das Fleisch war empfindlich. Er stellte sich vor, dass sich der Knochen darunter ein wenig weich anfühlte, aber die Übelkeit ließ schnell nach, und der Raum hatte den Anstand, stillzustehen. „Ich muss meine Brüder finden." Er schwang seine Beine aus dem Bett, sehr zu ihrem Missfallen.

„Du bist viel zu groß, als dass ich dich wieder in dieses Bett zurück-bringen könnte. Ich schwöre, wenn du umfällst, schläfst du da, wo du landest. Das meine ich ernst."

Sören setzte seine Füße auf den festgestampften Boden. Die Kälte des Zuges hätte genauso gut von der Erde kommen können; seine Füße froren bei der Berührung fast ein. Er stützte seine Ellbogen auf seine Knie und ließ den Kopf hängen, bis sich die kleine Hütte beruhigte.

„Wo sind meine Kleider?"

Sie warf ihm einen säuerlichen Blick zu. „Sie sind in einer Kiste unter dem Bett." Sie schnüffelte, „Ich musste sie dort hinstellen, damit du nicht durch den Boden der Matratze fällst."

Dann stand er auf. Er war überrascht, als sie sich von ihm abwandte und sich so intensiv auf ihr Feuer konzentrierte. Sie war es gewesen, die ihn ausgezogen hatte; tatsächlich hatte sie ihn schon nackt gesehen; warum wandte sie sich jetzt ab? Ihre Bescheidenheit verwirrte ihn und erregte ihn nicht wenig. Solches Verstecken bedeutete, dass sie sich kümmerte und ihn als mehr als nur einen Patienten sah. Solche Gedanken gefielen ihm.

Er musste die kleine Pritsche anheben, um die Kiste darunter hervorzuholen. Es stimmte, dass er die Seile, die die Struktur für die Matratze bildeten, gedehnt hatte; er versprach sich, dass er sie vor dem Weggehen wieder festziehen würde.

Er zog sich schnell an, obwohl es eine angenehme Überraschung war, dass sie seine Kleidung gereinigt hatte. In Dänemark wurde Sauberkeit sehr geschätzt. Die Reise über das Meer und das anschließende Chaos hatten ihn und seine Kleider in einen traurigen Zustand versetzt. Offenbar hatte sie sich um beides gekümmert, während er schlief.

Er stieß seinen Fuß in den Stiefel, als er mit dem Anziehen fertig war. Die Pelze, die er normalerweise als äußere Bedeckung trug, waren über das Bett drapiert. Das kleine Haus war mit dem lodernden Feuer zu warm, um auch nur daran zu denken, sie anzuziehen. Die Hitze ließ seinen Kopf schwindeln.

Oder das Aufstehen und Herumgehen tat es. Sören setzte sich schwer aufs Bett. Er wollte es nicht zugeben, aber der einfache Akt des Anziehens war fast mehr, als er bewältigen konnte.

Sie drehte sich ein wenig und sah, dass er angezogen war, und nahm den Kessel vom Feuer, wobei sie ein dickes Tuch benutzte, um ihre Hände zu schützen. Sie stellte ihn auf den Kamin und schöpfte zwei Schüsseln aus der dicken Brühe. Ohne ein Wort reichte sie ihm eine und riss ein Stück altes, hartes Brot und einen Keil Käse aus einem Korb, der von den Dachbalken hing. Ihre Finger streiften seine, lang und zart. So winzige Hände, die sich die ganze Zeit um ihn gekümmert hatten.

Er tauchte das Brot versuchsweise in die Schüssel und nahm einen Bissen. Der Eintopf weichte das harte Brot auf, und sein Körper reagierte mit einem heißhungrigen Appetit auf das Essen. Bevor er merkte, dass er gegessen hatte, kratzte er mit der übrigen Kruste die letzten Reste des Eintopfs aus dem Boden der Schüssel.

„Hast du es überhaupt geschmeckt?" Sie grinste ihn an, ihre Augen leuchteten vor Lachen. Sören reichte ihr die Schüssel zurück und zuckte mit den Schultern. „Hast du keinen Tisch?"

Aus irgendeinem Grund schien die Frage Anlass zu großer Heiterkeit zu sein.

---

TROTZ IHRER SORGE um einen kranken Patienten war es gut, wieder in ihrem eigenen Bett zu sein. Er hatte die Schnüre, die die Matratze hielten, festgezogen, und sie hatte den strohgefüllten Sack genommen und ihn fast zu Tode geprügelt. Das Ergebnis war die erste gute Nachtruhe, die sie seit seinem Einbruch durch ihre Tür und seiner Landung auf ihrem Tisch gehabt hatte. Wenn sie zumindest einen Teil dieser Nacht wach lag und tief den männlichen Duft einatmete, der an der Bettwäsche haftete, ging das niemanden etwas an außer ihr selbst.

Sie erwachte im Morgengrauen, ein lebenslanger Rhythmus bestimmte ihren inneren Ruhezyklus, und blickte auf den Boden, wo der Riese sich in seinen eigenen Pelzen gebettet hatte. Sie hatte den größten Teil ihres geschnittenen Feuerholzes in oder in die Nähe des Feuers gelegt. Zumindest würde er nicht bei ihr erfrieren. Andererseits schliefen Wikinger nach dem, was sie gehört hatte, nackt im Schnee und fanden Schneestürme erfrischend.

Sie tadelte sich selbst dafür, dass sie wieder an ihn nackt dachte, und schlimmer noch, sich dabei wieder selbst berührte. Sie musste dieses Bild wirklich ein für alle Mal loslassen. Tatsächlich sollte sie vielleicht aufstehen und sich um ihren unerwarteten Gast kümmern, anstatt herumzuliegen und an ihn zu denken. Sie richtete ihren Blick wieder auf den Boden, wo er hätte schlafen sollen.

Er war nicht da.

Es gab keine Pelze. Keine Kleidung. Kein Zeichen von Sören. Sie schoss in ihrem Bett hoch, ein Laut der Bestürzung entfuhr ihren Lippen.

Der Winter hatte seine Klauen in die Küste geschlagen. Selbst die salzige Gischt des Meeres war auf den Bäumen gefroren, und das Eis wob Spinnweben ins Wasser hinaus. Selbst für einen gesunden und kräftigen Mann war dies keine Zeit zum Reisen. Es spielte keine Rolle, wie sehr er an die Kälte gewöhnt sein mochte.

„Er ist noch nicht einmal vollständig geheilt!"

Dass sie wieder mit sich selbst sprach, schien der letzte Tropfen zu sein. Sie stand auf, ignorierte die Kälte an ihren nackten Füßen und nahm den Schal ihrer Mutter vom Haken. Sie wickelte ihn um sich, bereit, wenn nötig barfuß durch den Schnee zu laufen, um ihn zu finden. Er würde nicht hinausgehen, um zu sterben und all ihre harte Arbeit zunichte zu machen.

In diesem Moment flog die Tür mit einem Knall auf, und er polterte wieder herein. Diesmal war er nicht verletzt, taumelte aber unter einem großen Arm voll gehackter Holzscheite. Er schloss die Tür mit dem Fuß und sah sie dabei an.

„Guten Morgen."

Er lächelte sie an. Ein echtes, offenes Lächeln. Es war das erste Mal, dass sie das auf seinem Gesicht sah, und sie beschloss, dass es ihr gefiel. Er sah weniger aus wie ein Monster aus einer Legende und mehr wie ein schelmischer Junge, der dabei erwischt wurde, wie er vorgab, ein Riese zu sein. Dieser Gedanke ließ sie zurücklächeln, ihre Schultern entspannten sich, als ihre Panik nachließ.

„Guten Morgen."

„Ich habe etwas Feuerholz geholt." Er stand da und hielt, was fast das Doppelte ihres Gewichts an Holz sein musste. Er machte keine Anstalten, es abzulegen.

„Das sehe ich." Sie zeigte auf den Rand des Kamins, wo die letzten beiden ihrer Holzscheite darauf warteten, an der Reihe zu sein, ihr Cottage zu wärmen. „Du kannst es dort hinlegen."

Er zuckte zusammen, als hätte er vergessen, dass er genug Feuerholz für fast einen ganzen Monat hielt. Er ließ das Holz fallen und bückte sich dann, um es ordentlich in einer Ecke zu stapeln.

„Die Welt ist gefroren", sagte er zum Holz. „Eis und Schnee in meinen Landen sind ... anders." Er hielt inne und drehte sich zu ihr um. „Ich kann meine Leute darin nicht finden."

„Nein", stimmte Firtha schnell zu. „Nein. Das Eis würde ein Boot zerreißen, wenn ich eines anzubieten hätte. Die meisten Pässe durch die Hügel sind zu dieser Jahreszeit tückisch. Der Schnee wird wahrscheinlich schmelzen, aber dann kommt der Nebel und gefriert. Männer haben sich in ihren eigenen Höfen verirrt, wenn das passiert."

Er schien die Holzscheite mit etwas mehr Kraft als nötig an ihren

Platz zu legen. „Ich muss bleiben, bis der Winter vorbei ist." Er hielt seine Hand über das letzte Holzscheit, das er dem Stapel hinzugefügt hatte, und Firtha wurde verspätet klar, dass er auf ihre Erlaubnis wartete.

„Natürlich." Obwohl ein Teil von ihr jubelte, ihn so lange wie möglich bei sich zu behalten, warnte ihre praktischere Natur davor, einen Feind ihres Herrn zu beherbergen. Nicht, dass der pompöse alte Mann sich ohnehin um sie kümmerte, aber er war ihr gegenüber noch nicht offen feindselig. Sie betrachtete den breiten Rücken und die breiten Schultern und beschloss, der alte Herr könne sich aufhängen gehen. Mit einer Kühnheit, die sie selbst überraschte, legte sie eine Hand auf die Schulter des Dänen und flüsterte: „Du bist hier willkommen."

Er schien vor ihrer Berührung zurückzuzucken, obwohl er sicherlich vorher Interesse an ihr gezeigt hatte. Er beendete das Stapeln des Holzes und stand auf. Firtha sprang mit ihm auf die Füße, nun unsicher, ob sie die Situation richtig gedeutet hatte. War seine recht beeindruckende Interessensbekundung nur das Ergebnis eines unbewussten Dranges während der Genesung gewesen? Verlegen zog sie sich zurück, nicht mehr sicher, was sie sagen sollte.

„Ich kann deinen Tisch reparieren." Er nickte zur Tür und dem Restholz, das an der Seite des Hauses gestapelt war. Das Restholz, das einmal ihr Tisch gewesen war.

„Ist es so schlimm?" Sie hielt ihre Hände vor sich, wagte es nicht, ihn wieder zu berühren.

„Meine Brüder haben mich für tot zurückgelassen." Er blickte nach oben auf etwas weit jenseits der Wände ihres Zuhauses. „Und jetzt..." Er gestikulierte zur Hütte und zuckte mit den Schultern, ein ziemlich beeindruckender Anblick. Sie bewegte sich, um ihn zu trösten, der Heilerinstinkt arbeitete unabhängig, aber er drehte sich plötzlich um und weigerte sich, sie anzusehen. „Ich werde sofort anfangen." Er sprach barsch, seine Stimme ein tiefes Grollen, als er sie einen langen Moment anstarrte, bevor er an ihr vorbei wieder nach draußen stürmte. Warum er auf sie wütend sein sollte, konnte sie nicht begreifen. Das war schlimmer als Desinteresse.

Firtha stand fassungslos in der Mitte des einzigen Raumes und zitterte vom Luftzug, den Sören hinterlassen hatte. Da bemerkte sie, dass ihr Kleid von der Schulter gerutscht war; sie war von Hals bis Schulter entblößt, die Wölbung ihrer Brust deutlich sichtbar.

Er hatte nicht einmal reagiert.

Nun gut. Sie zog das Kleid zurecht und wunderte sich über ihre eigene Lüsternheit.

# KAPITEL
# FÜNF

FIRTHA FÜGTE dem Fleisch etwas Gewürz hinzu, froh darüber, dass die Arbeit ihr für eine Weile etwas anderes zum Konzentrieren gab. Sören hatte Schlingen ausgelegt, und seine harte Arbeit hatte sich ausgezahlt. Eines der Wildschweine, die durch die Landschaft streiften, hatte sich darin verfangen, und während Keiler gefährliche Tiere waren, stellte ein hungriger Däne eine weitaus größere Bedrohung dar.

Er hatte das Tier ausgenommen und gehäutet und es in Schnee und Wasser eingepackt, um das Fleisch hart gefrieren zu lassen. Es sollte sie beide über den Winter bringen. In der Zwischenzeit war er losgegangen, um mehr Holz zu holen, obwohl der Stapel groß genug war, um bis zum nächsten Winter zu reichen. Während er dies tat, briet sie ausgewählte Stücke über dem Feuer. Sie ergänzte das mit einigen Knollengewächsen aus ihrer schwindenden Sammlung.

Er war jetzt seit Wochen auf den Beinen, er war sogar während der Tagundnachtgleiche bei ihr gewesen, aber während die Tage langsam länger wurden, wurde er immer unruhiger. Trotzdem hatte er sie nicht berührt, obwohl sie kein Geheimnis daraus gemacht hatte, dass seine Berührung willkommen wäre.

Sie ertappte ihn dabei, wie er sie ansah. Die düsteren, lustvollen Blicke, die sie bei anderen Männern gesehen hatte, wenn diese glaubten, sie würde es nicht bemerken. Die Dorfbewohner und sogar der

Herr, zu einem gewissen Grad, fürchteten sie und hielten Abstand. Es war ein Aberglaube, den ihre Mutter als einzige Schutzbarriere für eine alleinstehende Frau im Wald kultiviert hatte.

Dieser Däne, dieser Sören, er wusste, was sie war. Er nannte sie eine Völva; er sagte, es bedeute „Seherin" oder „weise Frau". Die Worte klangen gut, aber wirkten hohl. Jeder wusste, dass Dänen gierige Monster waren, die wahllos jeden töteten, mit dem sie in Kontakt kamen. Das stellte sich als genauso unwahr heraus wie viele ihrer Annahmen.

In der Zwischenzeit wurde sie immer frustrierter mit ihm und wie er vor ihrer Berührung zurückschreckte. Ein bisschen vom marodierenden, gierigen Riesen wäre willkommen gewesen.

Von einem Regal im hinteren Teil der Hütte, weit weg von der Hitze der Flamme, holte sie eine Holzschüssel mit rostfarbenem Pulver herunter. Sie hatte Tonnen dieses Tranks an Verliebte verkauft, die auf die Aufmerksamkeit zukünftiger Partner warteten, die gegen die uralten Rituale der Liebeswerbung immun zu sein schienen.

„Streue drei Prisen über sein Essen, und er wird wahnsinnig, leidenschaftlich in dich verliebt sein." Wie oft hatte sie das zu alten Frauen, errötenden Mädchen und dicken, glatzköpfigen Männern gesagt? Sie schüttelte den Kopf und stellte es zurück ins Regal. Es gab zwei Gründe, dieses Pulver nicht bei ihm zu verwenden. Erstens wollte sie nicht, dass er in ihre Arme fiel, weil sie ihn dazu gezwungen hatte. Sie wollte begehrt werden, wollte, dass er sie hielt, weil er es wollte, nicht wegen irgendeines verdammten Zaubers. Der andere Grund war natürlich, dass es nicht wirkte. Es war ein Schwindeltrank, den ihre Mutter herstellte, weil so viele danach fragten, und es einfacher war, ihnen etwas zu geben, als zu erklären, warum es so etwas nicht gab.

Das Einzige, was das Pulver bewirkte, war, den Anwendern das Selbstvertrauen zu geben, sich zu erklären. Sie glaubten wirklich, ihr Angebeteter stünde unter einem Zauber und es sei daher sicher, ihre Liebeserklärungen zu äußern. Manchmal war das alles, was nötig war.

Sie kehrte zum Feuer zurück und zum gelegentlichen Knistern und Knacken, wenn das Fett am Fleisch brutzelte und auf das Feuerholz tropfte. Sie dachte über das Pulver nach und überlegte, ihre... Zunei-gung? ... Liebe? zu erklären.

Alles, was sie wusste, war, dass sie nicht gewusst hatte, wie leer ihr Leben gewesen war, bevor er darin war. Der Tag, an dem er gehen würde, um seine Kolonie zu finden, würde der schlimmste, einsamste Tag ihres Lebens sein.

Sie starrte in die Flammen und dachte über die wahre Magie des Pulvers nach, und sie begann zu planen. Je mehr sie darüber nach-dachte, desto breiter wurde ihr Lächeln.

Vorsichtig benutzte sie ihr Messer, um ein paar Fäden ihres Mieders durchzuschneiden. Es war ein altes Kleid, die anderen beiden waren in besserem Zustand. Eins bewahrte sie für den Festtag und den gele-gentlichen Jahrmarkt auf.

Er blieb draußen und arbeitete am Tisch, sammelte mehr Holz, fügte Lehm und Stroh hinzu, die er vom gefrorenen Boden kratzen konnte, um die Ritzen zwischen den Baumstämmen abzudichten. Er verbrachte den Großteil der Tagesstunden draußen und kam erst herein, wenn die Sonne unter den Horizont sank und die Tempera-turen entsprechend fielen.

Sie aßen an dem neu reparierten Tisch. Er hatte besonders hart gearbeitet, um ihn für den Braten fertigzustellen. Er war umgänglich wie immer, lächelte bereitwillig und war voller guter Laune.

„Es war gut." Er wischte sich mit dem Handrücken den Mund ab und lehnte sich in seinem Stuhl zurück. Das Holz protestierte unter seiner Masse, hielt aber stand. „Wenn es jetzt Met gäbe..." Er grinste bei dem Gedanken daran, und sie verdrehte die Augen.

„Du redest schon von Met, seit du aufgewacht bist", neckte sie ihn, „Also geh und finde eine Honigwabe und mach welchen. Ich will es jetzt auch probieren."

Sie stand auf und streckte sich über den Tisch, um den Tonteller einzusammeln, den er für seine Mahlzeit benutzt hatte. Sie zuckte leicht mit den Schultern, um das Mieder zu lockern, und beugte sich vor, um den Teller aufzuheben, wobei sie den Stoff fallen ließ, als sie sich bewegte.

Sie gab ihm einen langen Blick in den Ausschnitt ihres Kleides. Sie war keine große Frau. Tatsächlich konnte man sie wohlwollend als

„schlank" bezeichnen, aber es war genug da, um die Aufmerksamkeit eines Mannes zu erregen. Oder so dachte sie zumindest.

Zunächst dachte sie, es könnte funktionieren. Sie konnte sehen, wie sich seine Augen weiteten und sein Atem stockte. Er wollte fast sprechen; sein Mund öffnete und schloss sich einmal, bevor er wegschaute und plötzlich am Tischbein interessiert war.

„Kein Wackeln." Er schob den Tisch hin und her, um die Haltbarkeit der Reparatur zu testen.

Sie stellte die Teller wieder auf den Tisch. „Apropos Beine", sagte sie und dachte verzweifelt nach, „ich fürchte, ich könnte mich verletzt haben. Ich habe mir heute Nachmittag das Bein verdreht. Würdest du nachsehen, ob ich mir vielleicht etwas getan habe?" Ohne auf seine Antwort zu warten, raffte sie ihre Röcke und zog sie über ihr rechtes Bein hoch, wobei sie ihr Gleichgewicht verlagerte, sodass das gesamte Bein auf ihn zeigte. „Wie sieht es aus?"

Sören sprang hastig auf und hätte sie dabei fast umgeworfen. Sie ließ die Röcke fallen, nur um ihre Hände frei zu haben, um nach etwas zu greifen, damit sie nicht hinfiel. Schließlich streckte sie die Hand aus und legte sie auf seine Hüfte. „Sah es in Ordnung aus?"

Unbeholfen, aber hoffentlich kokett genug, um zumindest irgendeine Art von Reaktion hervorzurufen.

„Nein. Nein, es ist... gut."

Durch seine Hose konnte sie erneut den Beweis seiner Erregung sehen, aber er verhielt sich, als ob er... Angst hätte? Als ob sie gefährlich wäre. „Ich muss meine Axt holen." Er griff nach seinen Pelzen und stürmte regelrecht durch die Tür in die kalte Nacht hinaus.

Sie hätte fast vor Frustration geschrien und wünschte sich, sie könnte sich ihm anschließen, und sei es nur, um ihre eigene Glut abzukühlen, bevor sie tatsächlich noch völlig verrückt wurde.

# KAPITEL
# SECHS

DIE EISIGEN WINDE BERUHIGTEN IHN. Obwohl das Meer halb gefroren war, ließ ihn der salzige Geschmack in der Luft fühlen, als wäre er zu Hause. Aber das Bild dieses Beines, dieses langen, schlanken, verführerischen Beines... dieser Anblick hatte sich in seine Augen eingebrannt, und er würde ihn nie vergessen. Er würde ihn nie vergessen wollen.

Sie war wunderschön, und wenn sie sich so verhielt, wie sie es getan hatte, brachte es seine Handflächen zum Schwitzen. Sein Herz raste jedes Mal, wenn sie in seine Nähe kam. Und diese beiläufigen Berührungen würden noch sein Untergang sein.

An den meisten Tagen arbeiteten sie gut zusammen. Wenn er schon an einem fremden Ufer gestrandet sein musste, gab es schlimmere Orte, an denen er festsitzen konnte. Hier war er in Gesellschaft einer hübschen Frau, die leicht lachte, intelligent und stark war... sie war in allen Aspekten perfekt.

Das Problem war, dass Firtha sich umbringen würde. Zweimal schon hatte jemand aus dem Dorf den gefrorenen Boden getrotzt, um nach Kräutern oder Salben zu fragen, und beide Male hatte er sich verstecken müssen, keine leichte Aufgabe für jemanden seiner Größe.

Beim ersten Mal gab es keinen Platz, an dem er nicht gesehen werden konnte, und jemanden in der Kälte stehen zu lassen, war gelinde gesagt unfreundlich. Sie hatte ihre Arme durch den oberen Teil ihres Kleides geschoben und hielt das Mieder an ihre Brust gedrückt. Es hatte funktioniert, aber Sören beobachtete, wie sich ihr nackter Rücken bewegte, als sie sich über die leicht geöffnete Tür beugte.

Wenn sie ihn gesehen hätten, wäre ihr Leben verwirkt gewesen. Wie konnte sie das nicht verstehen? Mit jedem Tag, den er blieb, brachte er sie in größere Gefahr. Er wollte sie packen, sie nehmen, sie zu der Seinen machen. Wenn er seine Wachsamkeit aufgäbe, was würde aus ihr werden? Sie passte offensichtlich nicht auf sich auf, nicht bei den Risiken, die sie einging.

Und dann... sie war eine Völva.

Er holte tief Luft und spürte, wie die Kälte seine Lungen durchdrang, in dem Versuch, auch andere Anzeichen ihrer Wirkung auf ihn abzukühlen.

Sie war so winzig, so wunderbar klein, wie alle aus ihrem Volk. Er dachte, er könnte sie vielleicht mit einer Hand halten, als würde sie in seine Handfläche passen. Das war übertrieben, aber es gab Teile von ihr, die perfekt passen würden. Er hatte schon zu viel Zeit damit verbracht, nachts über jeden einzelnen nachzudenken, wenn ihre bloße Nähe ihn wach hielt. Diese Gedankengänge waren auch gefährlich, aber auf eine ganz andere Art und Weise.

Das Problem war, dass er nicht nur Sex mit ihr haben wollte. Nun, er wollte nicht nur Sex mit ihr haben. Er wollte ihr die Liebe machen, sie fest halten und sie vor Schaden bewahren. Er wollte sie in jeder Hinsicht zu seiner Frau machen.

Und genau das würde ihr Schaden zufügen. Er griff nach einer Handvoll Schnee und rieb ihn sich ins Gesicht und in den Nacken. Er war versucht, etwas davon in seine Hose zu schieben, um den ständigen Zustand seines Verlangens zu betäuben. Es machte ihn wund.

„Loki hat meine Füße auf diesen Pfad gesetzt, indem er mir die perfekte Frau zeigt und dann dafür sorgt, dass ich sie nicht haben kann." Er fuhr mit den Fingern durch seinen Bart und zupfte daran. „Eine Völva." Er schüttelte den Kopf und erinnerte sich verspätet daran, warum er in die bittere Kälte hinausgegangen war.

Er suchte nach der Axt. Er beschloss, die Suche fortzusetzen, auch nachdem er sie gefunden hatte, weil die Kälte endlich seine Gedanken von anderen, erdigeren Verlangen ablenkte.

Er atmete tief durch, fühlte, als hätte er die Kontrolle über sich zurückgewonnen, und betrat erneut die Hütte.

„RAUS HIER!" Sie schrie die Worte, eine kleine Explosion detonierte in der Nähe seines Kopfes. Es dauerte einen Moment, bis er begriff, dass sie einen Teller nach ihm geworfen hatte.

„Firtha?" Er starrte sie an, nicht ganz sicher, was in sie gefahren war.

„Schlaf draußen im Schnee!" Er duckte sich, als der zweite Teller dem ersten folgte, an der Tür zerschellte und sich in Scherben auf dem Erdboden verteilte.

Bei Odin, sie war wunderschön.

Tödlich. Aber wunderschön.

# KAPITEL
## SIEBEN

FIRTHAS FINGER SPREIZTEN SICH WEIT, automatisch auf der Suche nach etwas anderem zum Werfen, irgendetwas. Natürlich war es, als würde man eine Blume gegen einen Felsen werfen. Er hatte nicht einmal den Anstand, sich zu ducken, als die Teller neben ihm zerschellten.

Ihr stockte der Atem, als er die Entfernung zwischen ihnen mit einem einzigen Schritt überbrückte. Seine großen Hände drückten ihre Arme an ihre Seiten.

„Lass mich los!"

„Das werde ich", sagte er und sah ihr in die Augen. „Sag mir zuerst, warum du wütend bist."

Sie erstarrte, verwirrt, als hätte er plötzlich eine völlig andere Sprache gesprochen. „Warum?" Sie suchte in seinen Augen nach einem Anzeichen, dass er ihr einen Streich spielte. In seinem aufrichtigen Blick lag keine Heimtücke, kein Betrug. Trotz ihres Vorsatzes, es nicht zu tun, spürte Firtha, wie sich Tränen in ihren Augen sammelten.

„Bin ich so hässlich? So schrecklich? Ich sehe, wie dein Körper nach meinem verlangt, aber..." Sie versuchte mit den Schultern zu zucken, aber sie hätte sich ebenso gut aus eisernen Fesseln befreien können wie aus seinem Griff.

Er setzte sie so schnell ab, dass sie seinen Arm packen musste, um nicht zu fallen. „Du bist wunderschön." Wieder zeigten seine Augen die Wahrheit. Er glaubte, was er ihr sagte.

„Warum begehrst du mich dann nicht?" Es kam als ein klägliches Wimmern heraus, ein kindischer Schrei, aber die Frustration und aufgestauten Gefühle hielten ihre Zunge, und sie konnte nicht ruhig bleiben, nicht mehr.

Er starrte sie an. „Zum einen bist du eine Völva."

Firtha hob eine Hand. „Eine was?" Ihre Beherrschung des Dänischen hatte sich deutlich verbessert, seit sie ihn aufgenommen hatte, aber es war ein Wort, das sie noch nie gehört hatte.

„Eine... Seherin. Eine Heilerin. Jemand, der..."

„Eine Hexe?" Da war er wieder, der alte Schmerz. Die Anschuldigungen der Teufelsanbetung, die der Priester ihr anhängen wollte, das Getuschel, das ihre Mutter ihr ganzes Leben lang verfolgt hatte. Sie konnte es ertragen, von den Dorfbewohnern eine Hexe genannt zu werden. Nach allem, was sie durchgemacht hatten, verletzte sie das Wort aus seinem Mund bis ins Mark.

„Ich kenne dieses Wort nicht." Er breitete die Hände an seiner Seite aus. „In meinem Land wird eine Völva verehrt, sie ist heilig. Dich zu nehmen, wäre..." Er trat tatsächlich einen halben Schritt zurück und sah seltsam verwirrt aus. „Es wäre, mich selbst zu..." Er rang nach den richtigen Worten.

„Warte." Sie schüttelte den Kopf, als ihr klar wurde, was er sagen wollte. „Willst du damit sagen, dass... ich zu gut für dich bin?"

Er verschränkte die Arme und sah sie durchdringend an. „Du bist eine Völva. Du solltest die Gefährtin von Königen sein."

„Aber das ist..." Firtha suchte nach dem richtigen Wort und entschied sich schließlich für „Wahnsinn. Ich bin nicht..." Ihr fehlten die Worte. „Ich bin einfach... ich!"

„Wenn sie dich dabei erwischen würden, wie du mich beherbergst", er deutete mit dem Finger zur Tür und meinte damit das Dorf oder vielleicht den Lehnsherrn, „würden sie dich töten. Der Schnee schmilzt. Es waren schon zwei Besucher hier. Andere werden kommen. Wir dürfen nicht erwischt werden. Wenn wir... wenn ich... abgelenkt bin... kann ich dich nicht beschützen. Ich..."

Die Ohrfeige ließ ihren Arm bis zur Schulter vibrieren. Er bewegte sich nicht. „Hör mir zu. Wir sind seit fast zwei Monaten in dieser Hütte. In all dieser Zeit waren es zwei; zwei liebestolle Frauen, die für eine Dosis Pulver kamen. Und was Könige angeht..." Sie schrie fast: „ICH WILL KEINE KÖNIGE!"

Langsam schien ihm zu dämmern, was sie sagte. Die Leidenschaft war von ihr gewichen, von ihrer Wut verbrannt, aber als er nach ihr griff, wusste sie, dass sie den Kampf gegen ihre aufkeimende Erregung verlieren würde. Seine Hand umfasste ihren Hinterkopf, und er zog sie zu sich, beugte sich hinunter, um seine Lippen auf ihre zu pressen, während seine andere Hand hinter ihrem Rücken griff.

Bei allen Göttern, die es je gab, sie wollte das. Sie packte das Fell, das er um seine Schultern trug, und zog, schloss den letzten Zentimeter zwischen ihnen und drückte sich an ihn, schob ihn weg.

Er brach den Kuss ab, hielt sie aber fest, sein Gesichtsausdruck eine Mischung aus Hitze und Verwirrung. Er atmete schwer, als hätte er einen Wettlauf bestritten. Sein Gesicht war gerötet, seine Augen dunkel vor Verlangen. Es war klar, dass die brennende Lust nicht nur die ihre gewesen war, die es zu unterdrücken galt. Er sah halb wild aus, als ob er den Dämon nur in Schach hielt, weil sie sich gegen ihn gedrückt hatte.

Sie dachte einen Moment an die Dummheit der Männer, dass sie unberührbar sei, weil eine Hexe etwas Schreckliches war, oder dass sie unzugänglich sei, weil die Völva zu heilig war. Verstand denn niemand, dass sie eine Frau war? Und was die ständige Wachsamkeit um ihretwillen anging, das war einfach Unsinn.

Sie ohrfeigte ihn noch einmal, hauptsächlich dafür, dass er ein Idiot war. Dann warf sie mit einem eigenen Stöhnen ihre Arme um seinen Hals und beanspruchte seinen Mund in einem glühenden Kuss, der ihm unmissverständlich klarmachte, wie sehr sie ihn wollte.

# KAPITEL
# ACHT

SEIN VERSTAND WEHRTE SICH, während seine Hände über den Körper wanderten, nach dem er sich so lange gesehnt hatte. Eine Volva war nichts für einen Mann wie ihn; sie war jemand Verehrtes und Einzigartiges, egal was sie sagte. Aber in seinen Händen fühlte sie sich wie eine Frau an. Ihr Körper schmiegte sich an seinen, als wäre sie nur für ihn geschaffen worden. Ihr Mund war weich, volle Lippen pressten sich mit einer Dringlichkeit und einem Verlangen gegen seine, die sein eigenes widerspiegelten.

Es war keine Zeit zum Nachdenken. Hitze und Lust übernahmen die Kontrolle und erfüllten jeden Sinn. Er legte eine Hand auf ihren unteren Rücken und zog Firtha näher, passte ihre Kurven an seinen Körper an, während er den Kuss vertiefte. Er spürte seine Erregung, die sich gegen das weiche Fleisch ihres Bauches drückte. Störte es sie? Mit einem Seufzer der Lust streckten sich ihre Hände aus und zogen sie näher zusammen, bis es schien, als müssten sie irgendwie die gleiche Haut bewohnen, so nah waren sie sich.

Seine rechte Hand lag auf ihrem Oberschenkel, als er das Kleid hochzog und den Stoff an ihrer Hüfte zusammenraffte, um das glatte Fleisch darunter zu finden. Das Kleid war ein Ärgernis, stand ihm im Weg. Sein linker Arm umschlang sie, während er mit dem Stoff kämpfte.

Lachend über seine Unbeholfenheit ließ sie ihre Arme von seinem Nacken fallen und zog den Rock für ihn hoch, sodass er ihren Oberschenkel streicheln konnte. Er war so weich, wie er es sich in seinem dunkelsten Traum vorgestellt hatte. Sie stöhnte dann und rieb ihr anderes Bein an seiner wachsenden Härte, ihre kleinen Fäuste in das Fell um seine Schultern vergraben. Sie war klein, aber überraschend stark und drückte sich gegen ihn, als wäre sie genauso verzweifelt darauf, sich mit ihm zu vereinen, wie er es war.

Seine Hand fand ihre Hüfte und umfasste dann ihre Wange. Sie rieb sich an ihm, zerrte an dem Fell und der Spange, die es an seiner Kehle hielt. Sie streifte es von seinen Schultern und zog sein Hemd hoch, ihre gespreizten Finger erkundeten seine erhitzte Haut.

Er wunderte sich, wie perfekt ihre Wange in seine Hand passte, und er drückte sie, nutzte seinen Griff, um sie anzuheben, während der andere Arm sie stützte. Sie quietschte vor Vergnügen, als er sie in die Luft hob, seine Finger drückten und spielten mit ihr, während sie seine Lippen biss und in seine Hose griff.

Er grunzte, als ihre Finger über die heilende Verletzung an seiner Hüfte kratzten, aber er ließ es geschehen, zu sehr auf die Lust an ihr konzentriert.

Sie lehnte sich gegen seinen Griff zurück und befreite sich aus ihrem Kleid, bis sie nackt wie eine Waldnymphe vor ihm stand, ihre Hände versuchten, ihre Blöße nicht zu bedecken. Er fing das nervöse Flattern ihrer Finger auf und hielt ihre Hände von ihrem Körper weg, um einen guten Blick auf sie zu werfen.

Sie war atemberaubend. Sie hatte die Figur einer Frau, gerundete Hüften und lange Beine, Brüste, die bei jedem Atemzug lockten und neckten. Sie streichelte seine Brust, und er bemerkte, dass er irgendwo sein Hemd verloren hatte. Sie trat wieder vor, ihre Hand suchte sein Fleisch, als hätte sie es schon tausendmal zuvor getan. Vielleicht hatte sie es in ihrem Kopf auch.

Er hatte es sicherlich.

Ihre Hand umschloss ihn, drückte ihn und streichelte. Seine Hand glitt an ihrem Oberschenkel hoch und drückte in die Wärme und das dichte Haar, das seine Berührung erwartete. Sie bog sich durch und stöhnte, sein Grunzen folgte bald, als ihre Hand sich um sein erhitztes Fleisch schloss und ihn einmal streichelte.

Er beugte sich vor, ihre Hand rutschte frei, aber das war egal. Jetzt brauchte er es, sie zu schmecken, sie mit seiner Zunge zu liebkosen. Er neigte sich zur rechten Brustwarze und zog sie in seinen Mund, saugte und zog daran, ließ seine Zähne sanft über das sich verhärtende Fleisch gleiten.

Sie bäumte sich auf und wand sich gegen die Finger, die sie erkundeten, gab weiche, lustvolle Geräusche von sich, ihr Kopf in den Nacken geworfen, ihre Augen in Ekstase geschlossen. Die Hitze ihres Körpers wärmte seine Hände, ihre Nässe überspülte seine Finger.

Es war nicht genug. Er brauchte mehr. Der süßeste Nektar kam von den schönsten Blumen, und sie war wunderschön. Er packte ihre Hüften mit beiden Händen und fiel auf ein Knie, sein Gesicht zwischen den weichsten Schenkeln vergraben, die die Götter je einer Frau zu geben für gut befunden hatten.

Sie keuchte fragend auf, als seine Zunge sie berührte, ihre Augen für einen Moment weit und überrascht, ihre Finger in seinem Haar verflochten. Instinktiv führte sie seinen Kopf zu dem weichen Fleisch. Er tauchte begierig in sie ein.

Ihre Beine zitterten, ihre Knie begannen nachzugeben, aber er hielt sie fest. Sie gab nach und ließ ihn sie stützen, während sie den Hinterkopf umklammerte.

Sie begann zu zappeln und zu stöhnen, ihre Beine zitterten und ihr Körper zuckte, und sie umklammerte erst seine Schultern, dann seinen Kopf und beugte sich dann, als seine Aufmerksamkeiten Wellen der Lust durch ihren Körper schickten. Am Ende klammerte sie sich an ihn, festgehalten von den großen, festen Händen, die sie hielten. Ihre Schreie änderten sich von Wimmern zu Schreien, ein melodischer Klang, der ihn zum Duett mit ihr aufrief. Ihre Schenkel erhoben sich und versuchten, sich um ihn zu schlingen, während sie unter dem Ansturm seiner Zunge tanzte.

Das Bewusstsein kehrte langsam zurück. Die Lichter in ihren Augen lösten sich in den reflektierten Schein des Feuers auf. Sie hatte solche Dinge noch nie zuvor getan. Sie hatte nicht einmal gehört, dass eine Vereinigung zwischen einem Mann und einer Frau einen in einen solchen Zustand versetzen konnte. Sie dachte an all die liebeskranken Mädchen, die kamen und gingen für eine Prise Pulver, oder die alten Männer, die für andere Arten von Heilmitteln kamen. Wenn sie nur wüssten, was mit Fingern und Zunge getan werden konnte, gäbe es kaum noch Bedarf für ihre Pulver.

Ihre Beine waren noch immer unsicher, aber sie konnte selbstständig stehen, wenn sie sich an etwas Festem festhielt. Der Däne war das Festeste in der Hütte, und er stand jetzt, ein zufriedenes Grinsen im Gesicht. Und ein wohlverdientes noch dazu.

Apropos fest, da war etwas, das sie unvollendet gelassen hatte.

Sie lächelte ihn an und befreite ihn mit geübten Händen für ihren Blick. Der Anblick von ihm, ausgestreckt im Bett, war ansprechend gewesen. Dort stehend, in voller Kontrolle seines Körpers und noch immer sichtbar erregt, war zu viel, um es zu begreifen.

Andererseits war es nicht ihr Verstand, den sie darum wickeln musste. Hatte er ihr nicht schon ein Geschenk an diesem Tag gemacht? War es nicht an ihr, eines zurückzugeben?

Sie umfasste ihn wieder, staunte über die Textur, die Größe, die Breite davon und fragte sich erneut, ob er zu groß für das war, was sie vorhatte, als Lichter durch das dicke, trübe Glas des Fensters zu tanzen begannen.

Sie ließ ihn los und starrte, versuchte zu erkennen, was sie sah, aber das Glas war zu dunkel, um gut hindurchzusehen. Er folgte ihrem Blick. Wäre nicht der Tumult draußen gewesen, wäre es komisch gewesen, seine Erektion einen Moment später wippen zu sehen.

„HE, IM HAUS!" rief eine Männerstimme von vorne. „ÖFFNET IM NAMEN DES HERRN!"

„Was ist das?" Sören griff nach seiner Hose. Firtha war nicht bewusst gewesen, dass die Stimme draußen Gälisch sprach. Sie hatte so lange Dänisch gesprochen.

„Ich weiß es nicht", sagte sie. Sie griff nach ihrem Kleid und zog es sich über den Kopf.

„Noch mehr alte Männer, die nach Magie suchen?", fragte Sören.

Sie schüttelte den Kopf, und sein Grinsen verblasste. „Nein." Ein Schauer durchfuhr sie. „Versteck dich."

Voller Angst, dass sie hereinkommen und ihn bei ihr finden würden, tat sie das Einzige, was sie konnte. Bevor er begreifen konnte, was sie vorhatte, stürzte sie aus dem Haus und ignorierte dabei die Kälte unter ihren nackten Füßen und wie die eisige Nachtluft durch ihr dünnes Nachthemd schnitt.

Sechs bewaffnete und gepanzerte Männer zu Pferde erwarteten sie. Sie trugen Fackeln und beobachteten mit grimmigen Mienen, wie sie näherkam. „Herrin Firtha", sprach einer der Männer mit der Schwere eines Richters, „Ihr seid verhaftet wegen Verschwörung mit dem Teufel und dämonischer Praktiken."

„Wer beschuldigt mich solcher Dinge?" Sie verschränkte die Arme und betete, dass Sören nicht verstehen konnte, was gesagt wurde. Es waren sechs von ihnen. Sie würden ihn töten, wenn er versuchte, sie aufzuhalten.

„Ich sage es." Eine dünne, hohe Stimme ertönte. Aus den Schatten trat ein siebter Mann hervor. Der örtliche Priester, ein bevorzugter Gast des hiesigen Lords. „Ihr habt Heilmittel, Tränke und Zauber verkauft. Nun wird mir berichtet, Ihr hättet einen Dämon aus Niflheim selbst beschworen, um Euer Liebhaber zu sein."

„WAS?"

„Seht sie euch an!" Der Priester richtete einen anklagenden Finger auf sie. „Seht die Blutergüsse auf ihren Lippen! Ihre unzüchtige Kleidung. Wir hörten Eure Schreie der Ekstase, als wir uns näherten, Hure. Leugnet diese Anschuldigungen, aber die Beweise sind eindeutig genug!"

„Nehmt die Hexe fest." Der Anführer der Männer unterbrach die quengelnden Anschuldigungen des Priesters.

Sie hätte ihm fast dafür gedankt, dass er die schrillen Anschuldigungen zum Schweigen brachte. Das war nichts, was ihr Wikinger hören musste.

„Ihr werdet Zeit haben, Eure Sünden zu beichten, bevor Ihr auf dem Scheiterhaufen verbrannt werdet."

„Auf dem Scheiterhaufen verbrannt?" Sie wiederholte den Satz vor

Schock. Jeglicher Humor und jede Verärgerung verschwanden, als ihr die Realität ihrer Situation bewusst wurde. Die Kälte durchdrang nun das warme Glühen ihres Nachorgasmus und ergriff Besitz von ihrem Herzen.

Sie war so entsetzt, dass sie gar nicht bemerkt hatte, dass sie nicht Gälisch gesprochen hatte.

„Zügelt Eure Zunge, Weib, Ihr werdet heute Nacht keinen Dämon zu Eurer Hilfe beschwören..." Der Priester holte tief Luft, als ob er im Begriff wäre, eine Predigt zu halten. Was auch immer er hätte sagen wollen, ging verloren, als besagter Dämon durch die Tür brach.

# KAPITEL
# NEUN

ER WAR ÜBERALL GLEICHZEITIG.

Sören hatte seine Axt in der Hand, war aber mit nacktem Oberkörper der eisigen Kälte ausgesetzt. Er stürzte sich mit solcher Wucht und Gewalt auf die Männer, dass die Pferde scheuten und sich aufbäumten. Sören wich blitzenden Hufen aus, während die Reiter versuchten, ihre Reittiere zu beruhigen, und seine leere Hand schnellte hervor, um die Pferde zu schlagen und noch mehr Chaos zu verursachen.

Einer der Reiter fiel von seinem Pferd, das Tier rannte in den Wald davon. Der Priester stieß einen entschieden unchristlichen Fluch aus, als sein Reittier ungehorsam durch die dunklen Bäume preschte, während sein Reiter sich verzweifelt festhielt.

Einer der Reiter versuchte, seine Fackel in einem weiten Bogen auf Sören zu schwingen, der den Arm des Mannes packte, ihn körperlich aus dem Sattel hob und zu Boden schmetterte. Firtha hörte, wie dem Mann, der regungslos dalag und nur versuchte zu atmen und nicht viel mehr, die Luft aus den Lungen getrieben wurde.

Sören stieß einem anderen Pferd den Ellbogen in die Seite, sodass es stolperte, und der Reiter kämpfte darum, sein Reittier ruhig zu halten. Er war am Leben und unverletzt, aber Firtha dachte, es würde einige Zeit dauern, bis er wieder zu sich käme.

Sören wirbelte herum, die Axt kampfbereit, aber der Feind hatte sich zerstreut und fand die dunklen Wälder als sicheren Zufluchtsort vor dem wütenden Riesen.

„Was hast du getan?", kam es als dünnes Klagen über ihre Lippen.

Sören hielt inne und starrte sie an. „Ich dachte, ich würde dich am Leben erhalten." Er knurrte und hob ein Schwert auf, das einer der Reiter fallen gelassen hatte. „Ist das nicht der Grund, warum du Dänisch gesprochen hast?"

„Sie werden zurückkommen." Sie erkannte ihre eigene Stimme nicht wieder. „In größerer Zahl, wohlgemerkt. Und sie werden sich nicht noch einmal überraschen lassen. Sie werden uns beide töten und mein Haus niederbrennen, vorzugsweise mit uns darin."

Sören rammte die Schwertspitze in den hart gefrorenen Boden. Es schwankte wie ein Schilfrohr im Sturm. „Dann gehen wir."

Firtha warf die Hände in die Luft. „Wohin? Wo kann ich hin? Selbst wenn ich diese Länder verließe, würde mein Name mir vorauseilen. Es gibt nirgendwo Sicherheit, wenn man eine Hexe genannt wird."

Sören kam zu ihr, die Axt noch immer in der Hand. „Doch, die gibt es. Ich habe dir gesagt, mein Volk verehrt die Völva."

„Bittest du mich, mit dir zu kommen?"

Sören zuckte mit den Schultern und grinste. „Es muss besser sein als auf dem Scheiterhaufen verbrannt zu werden."

Sie griff nach hinten und legte ihre Hand auf das harte Holz ihrer Hütte. „Dies ist der einzige Ort, an dem ich je gelebt habe. Es gehörte meiner Mutter."

„Du bist auch die Tochter deiner Mutter", erinnerte Sören sie und streckte die Hand nach ihr aus, um ihre Wange mit seiner Handfläche zu umfassen. Seine Stimme war zärtlich, als er mit dem fleischigen Teil seines Daumens über ihre Wange strich. „Wenn du getötet würdest, würde das das Haus retten?"

Firtha schüttelte den Kopf. „Die Tür funktioniert sowieso nicht mehr." Sie stieg über das zersplitterte Holz und durch den offenen Türrahmen.

„Ich hatte es eilig."

Sie schüttelte den Kopf. Mit wenig Zeit zu verlieren, schnappte sie sich eine Tasche, die sie zum Kräutersammeln benutzte, und stopfte ihre beiden anderen Kleider auf den Boden. Sie packte Pulvertütchen und Gläser mit getrockneten Kräutern ein und hielt plötzlich mitten im Raum inne.

„Ich habe mein ganzes Leben hier verbracht", sagte sie zum Kamin gewandt, „und jetzt gibt es fast nichts mehr, was ich von diesem Ort mitnehmen könnte. Ich habe ... nichts."

„Das wirst du", sagte Sören mit der Gewissheit eines Versprechens. „Dafür werde ich sorgen."

Sie schulterte ihre Tasche und folgte ihm nach draußen. Als er abrupt stehen blieb, wäre sie beinahe in ihn hineingelaufen.

„Was ist los?"

Sören schritt zu einem der gefallenen Männer, der noch immer bewusstlos dalag. „Was ist das?" Er bückte sich und umklammerte mit seinen riesigen Fäusten ein dunkles Tuch, das größtenteils unter dem Soldaten lag. Er zog kräftig daran und ließ den Mann zur Seite rollen. Firtha fragte sich, ob der Mann jemals wieder aufwachen würde.

„Das?" Er hielt ihr das Tuch wie eine Anklage vor die Nase.

„Es ist das Banner des Herrenhauses." Sie fuhr die Umrisse nach. „Es soll ein Wolf sein, aber es sieht eher aus wie ein räudiger Hund."

Er ballte es in seiner Faust zusammen, seine Augen schwarz vor irgendeiner erinnerten Wut. „Warum?"

„Einer von denen kehrte nach Dänemark zurück", knurrte er, „mit Nachrichten von meinem Vater. Er wurde gefangen genommen und durfte nicht im Kampf sterben. Ich werde nicht mit meinem Vater in Walhalla feiern können, wegen des Mannes, der dies auf dem Schlachtfeld zurückließ." Er knüllte es zusammen und schob es ihr zu. „Bewahre es in deiner Tasche auf. Ich muss es meinen Brüdern zeigen."

„Und dann?"

„Und dann tragen wir diese Angelegenheit vor die Tür dieses Herrn von dir." Sören machte die Antwort zu einem Schwur, und Firtha erschauderte. Er riss dem Soldaten den Umhang ab und legte ihn ihr um die Schultern. „Komm, bald wird es Tag. Der Tag wird wärmer werden."

Sie kuschelte sich in den Umhang, zweifelte aber an seiner Definition von „warm", und folgte ihm in den sich aufhellenden Wald.

Er war schweigsam, während er ging. Firtha dachte, er grübelte über das Banner nach, das er dem Soldaten abgenommen hatte. Am Nachmittag war er wieder gesprächig, und wenn der Tag auch nicht heiß war, half das Gehen doch sehr. Sie warf den Umhang an einem Punkt ab, um sich abzukühlen, als sie entlang der Küste gingen.

Als die Nacht die Luft abkühlte, wanderten sie weiter ins Landesinnere, wo ein Feuer nicht so leicht zu sehen sein würde. Sie sammelte alles Fallholz, das sie finden konnte, während er einen brauchbaren Unterstand baute und Kiefernzweige benutzte, um ihn auszukleiden und den Wind abzuhalten.

Er entfachte ein Feuer nahe genug an der Konstruktion, um Wärme zu bekommen, und breitete sein Fell aus, um es über sie beide zu legen. Obwohl Firtha wusste, dass es ihn kaum bedecken würde, wollte er sichergehen, dass sie in dieser Nacht warm blieb. Der Umhang diente als Bodenunterlage und verhinderte, dass ihre Körperwärme in den Boden sickerte.

Sie schmiegte sich eng an ihn, um das Fell über ihnen beiden zu halten. Er öffnete seinen Arm, und sie kuschelte sich neben ihn, wobei sie sich an die frühere Leidenschaft erinnerte. Mit ihrem Kopf auf seiner Brust konnte sie sich ins Gedächtnis rufen, wie er sie in die Leidenschaft eingeführt hatte. Selbst jetzt, als er fast beiläufig ihren Rücken streichelte, spürte sie das Kribbeln zwischen ihren Lenden. Es gab noch unerledigte Dinge zwischen ihnen. Sie beobachtete, wie sich die Sterne langsam am Himmel drehten, und überlegte, wie sie ihm alles in ihrem Herzen ausdrücken könnte. Sie streckte den Arm aus und legte ihn über seine Brust.

Seine Hand fuhr ihren Rücken hinunter und machte Kreise auf ihrem unteren Rücken. Sie grinste und ließ ihre Hand wieder in seine Hose gleiten, auf der Suche nach seinem geschwollenen Fleisch. Er rollte sich auf seinen Ellbogen und hob ihr Kleid hoch, wobei er sie mit dem Fell bedeckte. „Bist du dir sicher?", fragte er an ihrem Mund, als sie sich küssten.

„Ja." Es war sicher ein anstrengender Tag gewesen, aber sie konnte sich keinen besseren Weg vorstellen, ihn zu beenden.

Sie befreite ihn aus seiner Hose, und er legte sich über sie, ein Berg aus Muskeln. Sein Mund auf ihrem war zärtlicher als in der Nacht zuvor, aber genauso leidenschaftlich.

Sie spreizte ihre Beine, ihr Körper bog sich ihm bereits entgegen, als sie ihn dort willkommen hieß. Es fühlte sich natürlich an, ihn durch ihre Falten zu führen. Er war groß, drang aber langsam in sie ein, bis er sie vollständig ausfüllte. Zu ihrer Freude passte er höchst zufriedenstellend. Er hielt inne, bis er sicher war, dass sie sich an seinen Umfang gewöhnt hatte, und begann dann, sich in ihr zu bewegen. Er zog sich langsam zurück, wartete und stieß wieder hinein, füllte sie aus, bis sie dachte, sie müsste platzen.

Das Tempo war quälend. Sie brauchte mehr. Firtha hob ihre Hüften, um seinen Stößen zu begegnen, und er verstand den Hinweis. Er beschleunigte seine Stöße, bewegte sich schneller, härter. Er drang tiefer in sie ein und variierte seine Bewegungen, trieb sie in den Wahnsinn und pausierte, wenn sie zu nahe daran war, über die Kante zu gleiten, die sie gemeinsam früher am Tag entdeckt hatten. Es war wahnsinnig und intensiv, in jeder Hinsicht perfekt.

Er stieß härter zu, sein Atem wurde schneller und flacher; sie krallte sich in seine Hüften, begierig darauf, ihn noch näher zu spüren, ihn noch tiefer zu ziehen. Sie schlang ihre Beine um ihn, bis sie schmerzten. Der harte Boden unter ihrem Rücken war ein Unbehagen, das ignoriert werden musste. Es war besser, auf den Boden gepresst zu werden, als auch nur einen Moment dieser Leidenschaft zu verlieren.

Schließlich hörte sie ihn keuchen und spürte sein Zittern, als sein Höhepunkt ihn überkam. Zu ihrer Freude löste das Gefühl seines Pulsierens in ihr ihren eigenen Orgasmus aus. Firtha zuckte um ihn herum, ihr Höhepunkt verstärkte seinen. Sie erschauderte trotz der Hitze des Feuers und der Wärme seines Körpers auf ihrem.

Er rollte sich auf den Rücken und zog sie mit sich, sodass sie auf ihm lag. Ein viel besserer Platz zum Ausruhen. Man könnte sogar behaupten, er war bei weitem bequemer als das Bett es je gewesen war.

Firtha lächelte, als sie in den Schlaf glitt.

Sie war zu Hause.

# KAPITEL
# ZEHN

DIESES MAL WAREN es nicht nur sechs Männer, die kamen, um sie zu holen. Fast zwei Dutzend bewaffnete Männer auf Streitrossen, die darauf trainiert waren, nicht zu scheuen, stürmten auf den primitiven Unterstand zu, den Sören in der Nacht zuvor für sie gebaut hatte.

Derselbe Hauptmann, den Sören gedemütigt hatte, war wieder in Führung und hatte seinem Herrn etwas zu beweisen. Er war nicht hier, um sie zu verhaften; er war hier, um die Bedrohung durch den Wikinger und die Hexe ein für alle Mal zu beenden.

Die Truppe ritt über die kleine Unterkunft hinweg, zermalmte die glimmenden Überreste des Feuers und zertrampelete den Umhang, der die beiden Liebenden bedeckte. Es gab keinen Widerstand. Sie hatten keine Zeit zu fliehen. Die Hexe und ihr Geliebter wurden im Schlaf regelrecht niedergetrampelt.

Der Hauptmann zog sein Schwert, um den Umhang von den zerquetschten Körpern zu ziehen. Doch statt zweier zermalmter Leichen fand er nichts weiter als Tannenzweige, die unter dem Umhang gestopft waren, um es so aussehen zu lassen, als ob dort zwei Menschen schliefen.

Er schrie vor Frustration auf und befahl seinen Männern, sich aufzuteilen und nach ihnen zu suchen. Sie sollten sie ihm lebendig bringen, wenn möglich.

Während die Männer sich aufteilten und begannen, die Wälder zu durchsuchen, trieb ein einzelnes Boot, das sich von seiner Vertäuung gelöst hatte, ziellos mit der Strömung. Es drehte sich in langsamen, trägen Kreisen, während es die Küstenlinie entlang wanderte, der Verlust eines Einheimischen unter der Morgensonne.

Firtha lag wieder auf ihrem Wikinger, kämpfte gegen den Schlaf an und vertraute auf die unheimliche Navigationsfähigkeit eines Nordmannes, während das Boot seinen eigenen Weg zu finden schien. Sie hörte die fernen Wutschreie und die gebrüllten Befehle des Hauptmanns und spürte das tiefe Glucksen in der Brust ihres Geliebten, als er über die törichten Männer lachte, die glaubten, sie aufhalten zu können.

Nichts konnte sie mehr aufhalten.

Firtha war wund, aber es war eine köstliche Art von Schmerz. Die Art, die man nach einer kurzen Ruhepause willkommen hieß. Er war groß, aber er war geduldig, und sie kuschelte sich an ihn im Boden des gestohlenen Bootes, das in den Gewässern vor der Küste schaukelte und sie langsam in ihre Zukunft trug.

Als sie es wagte, über den Rand des Bootes zu spähen, konnte sie nichts als die felsige Küstenlinie und die verkrüppelten Bäume Schottlands sehen. Der Hass und die Angst waren verschwunden, verborgen hinter der Dunkelheit des Waldes.

Sie lächelte zu ihrem Wikinger hinunter. „Ich glaube, es ist sicher genug, um sich aufzusetzen."

„Sicher", stimmte er zu, mit einem wilden Lächeln auf dem Gesicht. „aber bei weitem nicht so... interessant."

Er verschob das Fell und schaffte es irgendwie, seine Hand unter ihr Kleid zu bekommen.

Sie musste zustimmen, besonders als ihre wandernde Hand Fleisch fand, das interessanter zu berühren war als ihr eigenes. Er reagierte auf ihre geschickten Finger und ihre Erkundungen seines Körpers mit einem leisen Stöhnen und einem Fluch, als seine Reaktion das Boot beinahe zum Kentern brachte.

Später, als sie sich angezogen und aufgesetzt hatten, griff er nach dem Ruder und steuerte sie in Richtung Ufer. Firtha sah ein großes

Gebäude, eine lange Struktur aus Holz und Stroh, umgeben von kleineren Häusern.

„Das Langhaus", verkündete Sören, als ob sie wissen sollte, was das Wort bedeutete.

Eine Gruppe von Kriegern stand am Ufer, die Hände an den Griffen ihrer Schwerter, und wartete darauf, dass sie an Land gingen.

„Abjörn!", schrie Sören und winkte wild mit den Armen.

„Sören?", einer der Männer begann zu lachen und watete so schnell wie möglich ins Wasser, ohne Rücksicht auf die Kälte. Er erreichte das Boot in wenigen Augenblicken und umarmte seinen Bruder fast wie bei einem Tackle. Sie klopften sich gegenseitig auf den Rücken und grinsten. Es war, als würde man doppelt sehen.

„Mein Bruder!", rief Sören, obwohl die Beschreibung unnötig war. Er zeigte auf Firtha. „Das ist mein Bruder Abjörn. Das ist Firtha. Sie ist eine Völva." Er machte eine kurze Pause und schenkte ihr ein strahlendes Lächeln, „und meine Frau."

Frau?

Abjörn gab ihr dann eine nasse Umarmung, die das Boot fast zum Kentern brachte. „WILLKOMMEN", brüllte er, und dann klopfte er seinem Bruder auf den Arm. „Wir dachten, du wärst tot! Nur mein kleiner Bruder könnte sterben und mit einer wunderschönen Braut zurückkommen. Und noch dazu eine Völva!" Er packte das Boot und zog sie zurück ans Ufer, während er munter über seinen kleinen Bruder plauderte und darüber, wie die anderen Brüder um ihn getrauert hatten.

Frau.

Firtha ertappte sich dabei, wie sie breiter und strahlender lächelte, als sie sich je erinnern konnte, es getan zu haben. Sie mochte das Wort recht gern, konnte aber nicht umhin zu denken, dass es vielleicht schön gewesen wäre, wenigstens irgendeine Art von Zeremonie gehabt zu haben.

Ich habe einen Wikinger.

Oder vielleicht war es doch nicht nötig.

# EPILOG

ABJÖRN und seine Brüder versammelten sich in der Hütte. Sörens neue Frau lebte sich gut ein. Schon stand eine lange Schlange von Frauen und Männern vor ihrer Tür, die Pulver und Heilmittel wollten.

Aber Sören hatte darauf bestanden, dass die Brüder sich allein trafen. Er trug die Tasche, die er bei ihrer Ankunft dabei hatte.

Sie hatten seine sichere Rückkehr mit einem Fest gefeiert und dann seine Hochzeit mit einem weiteren. Solange der Met reichte, würden sie die neue Völva in ihrer Siedlung willkommen heißen, aber heute zeigte Sörens Gesicht keine Freude.

„Erinnert ihr euch an das Tuch, das Olaf uns brachte, und was gesagt wurde?"

„Ja." Erik holte ein Stück Stoff aus seinem Beutel. Er ließ es auf den Tisch fallen. Es war der stilisierte Kopf eines Wolfes. „Olaf sagte, es wurde einem Soldaten abgenommen, der Vater mitnahm, als er verraten wurde. Er sagte, sie alle trugen es."

Sören griff in die Tasche und entfaltete ein großes schwarzes Tuch. Das Design stimmte überein.

„Der König in diesen Landen gab uns dieses Land als Danegeld. Der örtliche Lord scheint mit dieser Vereinbarung unzufrieden zu sein."

„Du denkst, er hat unseren Vater getötet?", fragte Ryker, griff nach dem Stoffstück und verglich sie.

„Gefesselt wie ein Schwein zur Schlachtung." Sören nickte. „Ohne Ehre, ohne Mut. Er hat unseren Vater verraten und ihn nach Niflheim geschickt."

„Dann töten wir ihn", sagte Abjörn langsam nickend. „Er hat den Waffenstillstand und das Wort seines Königs gebrochen."

„Sie werden denken, wir hätten den Waffenstillstand gebrochen", sagte Erik leise, seine Stimme unsicher.

„Dann erhöhen wir das Danegeld", sagte Abjörn mit einem schiefen Grinsen, „bis sie es nicht mehr zahlen können."

„Was uns erlaubt, diese Küsten nach Belieben zu überfallen und zu plündern", sagte Erik zufrieden.

ENDE

# ABJÖRN

## DAS HERZ AN EINE ENGLÄNDERIN VERLOREN

# ABJÖRN

## DAS HERZ AN EINE ENGLÄNDERIN VERLOREN

## PEYTON LAWSON

BEACHES AND TRAILS
PUBLISHING

# PROLOG

ABJÖRN GAB sich immer noch die Schuld für den Schiffbruch, der sie alle fast das Leben gekostet und sie gezwungen hatte, in diesem fremden Ort zu überwintern. Doch endlich konnte er schlafen, da er wusste, dass sein Bruder Sören am Leben war. Er hasste es, während dieser Wintermonate getrennt zu sein, aber zu sehen, wie glücklich sein Bruder mit seiner neuen Braut war, wärmte sein Herz. Abjörn und die übrigen Jürgensen-Brüder konnten sich nicht erinnern, Sören jemals so glücklich gesehen zu haben. Die Liebe einer guten Frau bewirkte solche Wunder.

Während sie die Rückkehr ihres Bruders feierten, waren die Herzen der Jürgensen-Brüder schwer von den Neuigkeiten, die er mitbrachte. Der Mann, der ihren Vater getötet hatte, nannte diese Länder sein Zuhause. Abjörn und seine Brüder waren klug und wurden oft unterschätzt, wie die meisten Dänen. Man hielt sie für reine Muskelprotze ohne Verstand. Abjörn widerlegte solche Vorurteile, indem er die Idee hatte, das Danegeld zu erhöhen. Sobald es untragbare Höhen erreichte, wussten sie, dass es nicht lange dauern würde, bis der Lord nach ihnen suchen würde. Lass den Lord den Kampf beginnen, nicht sie. Warum seine Energie damit verschwenden, der Maus nachzujagen, wenn man sie mit Käse anlocken kann?

Abjörn studierte die Karte, die Firtha gezeichnet hatte. Er bewunderte ihre Handschrift; die Linien zeigten detailliert die Abkürzung durch das Tal und vorbei an der Grenze. Sie kannte diese fremden Länder wie ihre Westentasche und zögerte nicht, die Behausung des englischen Lords nahe der Grenze zu beschreiben.

Abjörn und Ryker reisten über den Hügel und hinunter durch das Tal. Mit jedem Schritt kamen sie der Rache für den Tod ihres Vaters näher. Die Karte führte sie durch die dichtesten Bäume, breit genug, um selbst sie zu verstecken. Die Hügel über der Burg des Lords waren steil genug, um die meisten Männer zu ermüden. Aber sie waren nicht wie die meisten Männer. Sie waren Wikinger, einige der größten und stärksten Exemplare ihres Volkes.

Abjörn und Ryker umkreisten die Wälder, die die Burg des Lords umgaben, auf der Suche nach dem perfekten Aussichtspunkt. Schließlich fanden sie ihn hinter moosbewachsenen Felsen, versteckt im Dickicht der Bäume auf dem Hügel.

„Wir sollten unser Lager am Fuße des Tals aufschlagen. Der Rauch unseres Feuers wird von dort aus unbemerkt bleiben", schlug Ryker vor. Abjörn nickte und behielt den Burgeingang im Auge, der von Männern bewacht wurde, die den Umhang mit dem Wolfssigel trugen, was bestätigte, dass sie den richtigen Ort gefunden hatten.

„Es wird nicht mehr lange dauern, Bruder; wir haben das Danegeld erhöht. Er muss es bemerken", sagte Abjörn und strich mit dem Daumen über den Griff seiner Axt. Er juckte es, in die Schlacht zu ziehen.

„Wie lange, denkst du, sollten wir bleiben?", fragte Ryker und machte es sich an einem nahen Baum bequem, dessen Holz unter seiner Riesengröße ächzte.

„Ein Mann wie er wird nicht lange warten, um anzugreifen", sagte Abjörn und starrte angespannt auf die Burg.

Abjörn hatte Recht. Drei Nächte des Auflauerns zahlten sich aus. „Schau", sagte Abjörn und schlug seinem Bruder mit dem Handrücken seiner kräftigen Hand auf die Schulter. Die bewaffnete Wache hatte sich von zwei Männern an der Tür auf vier verdoppelt. Eine kleine Armee von Soldaten bewachte das Burgtor, als ein kleiner dunkler Wagen von einem Paar schwarzer englischer Shire-Pferde gezogen wurde. Abjörn mochte Pferde und dachte daran, wie schön es wäre, die schweren Zugpferde der Sammlung in der Siedlung hinzuzufügen. Die wartenden Wachen folgten dem Wagen, als er das Burggelände verließ, und bewachten ihn eng.

„Siehst du das?", fragte Abjörn Ryker und zeigte auf den Sitz neben dem Kutscher.

Zusammengekauert neben dem Kutscher saß eine kleine Gestalt, verborgen unter einem langen schwarzen Kapuzenumhang; die Rückseite des Wagens war mit drei kleinen Holztruhen beladen, die mit Seilen und Ketten sicher festgebunden waren. Sie folgten dem Wagen, als er sich langsam nach Westen die Straße hinauf bewegte.

„Reisekisten? Wer, glaubst du, steckt unter diesem Umhang?", fragte Ryker, während sie sich zwischen den Bäumen bewegten und den Wagen im Blick behielten.

„Ich weiß es nicht, aber angesichts der Größe der Truppe, die ihn umgibt, muss es sich um jemanden von Bedeutung handeln", antwortete Abjörn, während sein Verstand versuchte, die Situation zu erfassen.

Die Siedlung lag im Osten. Wohin fuhr der Wagen mit einer so schweren Bewachung? Schickte der Lord die Kavallerie, bevor er Abjörn und seine Brüder aufsuchte? Welcher Schatz wurde vom Lord entfernt, der drei Truhen unter so schwerer Bewachung erforderte?

„Ryker, kehre zur Siedlung zurück, informiere die anderen über das, was wir gesehen haben. Irgendetwas stimmt hier nicht. Wir müssen uns vorbereiten", sagte Abjörn und zog seine Pelze enger um den Hals. „Ich werde folgen und herausfinden, welche Art von Schatz unser Freund, der Lord, zu verstecken gedenkt. Dann greifen wir an. Die Rache ist so nah, Bruder", sagte Abjörn und erhielt ein ernsthaftes, zustimmendes Nicken von Ryker, bevor dieser schnell den Hügel hinabstieg und sich auf den Heimweg machte.

# KAPITEL
# EINS

SIMA WAR WÜTEND. Ihr Vater behandelte sie wie eine Gefangene. Es machte sie krank. Dieser bestimmte Wagen wurde normalerweise von den Bediensteten für Besorgungen benutzt, um Heu zu den Ställen oder Getreide von den Märkten zu transportieren. In so etwas zu fahren, war eine Schande. Der Sitz knarrte unter ihr, als die Räder gegen den Matsch kämpften, der vom Winter übrig geblieben war. Der Schnee hatte aufgehört, aber die Luft war immer noch bitterkalt, sodass ihr Atem in der Luft gefror. Sie kämpfte mit ihren Fesseln, während das Seil ihre Haut aufriss.

Ihr Gedanken wanderten zurück zu dem Streit mit ihrem Vater, bevor er sie wegbrachte. „Es ist zu deinem Schutz, du gehst, und damit basta", hatte er zu ihr gesagt.

Sima war am Hof dafür bekannt, was einige als Temperament bezeichneten, aber sie sah es nie so. Im Gegenteil, sie war stolz darauf, anders zu sein als all die anderen Frauen am Hof. Während die meisten Hofdamen eine Schar von Zofen hatten, die sich um all ihre Bedürfnisse kümmerten, weigerte sich Sima, verhätschelt zu werden. Sie war in der Lage, sich selbst zu baden und anzukleiden. „Ich bin kein Säugling, der gerade von der Brust kommt", hatte sie beharrt.

Sima hielt sich nie für eine wütende Frau; nur für anders. Sie war unabhängig, willensstark und hatte keine Angst davor, auf eine Weise zu handeln, die die meisten für undamenhaft hielten, wie zum Beispiel wenn sie mit einem übereifrigen Herren konfrontiert wurde.

„Schutz wovor, Vater?", hatte sie gefragt.

„Nichts, womit sich eine Dame beschäftigen sollte", war die Antwort ihres Vaters.

„Wenn du versuchst, mich aus meinem Zuhause zu entfernen, geht es mich sehr wohl etwas an", argumentierte sie.

„Ein Krieg steht mit den Wikingern bevor. Das ist alles, was du wissen musst. Jetzt pack deine Sachen. Es ist bereits alles arrangiert, du reist sofort ab!", brüllte er, seine Stimme hallte von den starken Steinmauern wider.

„Wikinger? Sind das keine Männer? Ich habe keine Angst vor Männern, sei es ein Wikinger, ein Wachmann des Königs oder ein Kelte. Ich bin durchaus in der Lage, mich selbst zu verteidigen. Ich bin nicht eines dieser zerbrechlichen kleinen Dinger, die du so magst. Frag deine Wachen. Wie geht es übrigens der Nase des Hauptmanns?", sagte sie selbstgefällig.

Früher in diesem Monat, als der Hauptmann der Wache ihres Vaters zu freundlich geworden war, hatte sie ihm in den Schritt getreten und zwei Rippen sowie seine Nase gebrochen.

Ihr Vater sah sie amüsiert an. „Frag ihn selbst", sagte er zu ihr. Und bevor sie weiter argumentieren konnte, hatten zwei Wachen, einer davon der Hauptmann, sie gepackt und ihre Hände gefesselt. Sie wurde über eine Schulter geworfen und trat und schrie, während sie zum Wagen gebracht wurde.

Der Wagen neigte sich leicht, als das Rad ein Loch in der Straße traf, und brachte Sima zurück in die Realität. Sie war keine, die weinte, aber als der Wagen immer näher an das Kloster herankam, fühlte sie sich mehr geneigt zu weinen. Mehr aus Frustration und Wut als aus Traurigkeit. *Schon gut, Vater, ich werde dir genau zeigen, wozu ich fähig bin*, dachte sie bei sich und erstellte in Gedanken eine Karte der Landschaft für ihre Rückreise nach Hause, sobald sie entkommen war.

Das Kloster sah so kalt und elend aus, wie Sima es sich vorgestellt hatte. Aber zu ihrer Überraschung wurde deutlich, als sie näher kamen, dass das Gebäude größer und besser gebaut war, als sie gedacht hatte. Das Entkommen würde schwieriger werden als erwartet. Der Wagen hielt vor den Toren und wartete darauf, dass jemand sie öffnete, bevor er die lange dunkle Straße zum Klostereingang hinunterfuhr. *Warum ist dieser Ort wie eine Festung bewacht?*, fragte sich Sima, während sie ihre Umgebung nach Lücken in Mauern und Zäunen absuchte, für den Fall, dass sie fliehen würde.

Die Wachen ihres Vaters übergaben sie an die zwei Nonnen, die an der großen Eichentür warteten. „Die Fesseln sind nicht nötig. Entfernt sie bitte", sagte die älteste Nonne sanft.

*Endlich*, dachte Sima bei sich und rieb ihre geröteten Handgelenke.

Die beiden Nonnen führten sie sanft in das kalte Kloster. Sima verzog das Gesicht, als der Geruch von Moder und feuchter Erde ihre Lungen füllte. Der Boden drinnen war nass, fast als hätte es geregnet. Die Wände waren kahl, abgesehen von einem schleimigen Belag, der sie aufgrund der vielen Lecks im Dach überzog. Sima schlang die Arme um sich, als sie spürte, wie die kalte Luft an ihrer Haut knabberte und ihre Brustwarzen sich verhärteten, sodass sich zwei kleine Berge gegen ihr Mieder abzeichneten.

„Nachdem wir dir dein Zimmer gezeigt haben, kannst du dich umziehen. Wir kleiden uns hier einfacher", sagte die alte Nonne und musterte das eher unangemessene Kleid ihrer Schutzbefohlenen.

Sima ignorierte die Frau. Stattdessen prägte sie sich das Labyrinth von Gängen und Kammern ein. Sie hatte nicht vor, über Nacht zu bleiben.

Sima sah sich in dem Zimmer oben an der Treppe um. Die Nonnen hatten ihr gesagt, dass ihr Vater das beste Zimmer verlangt hatte. Der Raum war kahl bis auf eine Pritsche in der Ecke mit einer kleinen juckenden Wolldecke. Auf der anderen Seite des Raumes stand ein Tisch mit einem Stuhl unter einem kleinen Fenster. Die Luft zischte durch die rissigen Holzläden. Diese Läden hingen kaum noch am Leben. Sima wusste, wenn sie versuchte, sie zu öffnen, würden sie komplett aus dem Fenster fallen und auf den Boden unter ihnen stürzen. Über dem Stuhl hing ein langes, einfaches Kleid, das einmal weiß gewesen war, aber so oft gewaschen worden war, dass es einen blassen

Braunton angenommen hatte. Sima hob es hoch, um es anzuschauen, und der Stoff war genauso kratzig wie die Decke.

Die Bedingungen, unter denen ihr Vater erwartete, dass sie leben würde, schürten nur das Feuer in ihr. „Zu meinem Schutz", schnaubte sie und ging im Zimmer auf und ab. „Wer wird mich davor schützen?", tobte sie leise. Sie hatte ihren Umhang nicht abgelegt, seit sie angekommen war. Sie kuschelte sich jetzt hinein und dachte, dass er sie kaum vor den fast eisigen Temperaturen des Klosters retten würde. Er würde ausreichen, um sie warm zu halten, wenn sie ging.

Sie wartete, bis die Sonne begann, hinter den Hügeln zu versinken. Das Kloster war schlecht beleuchtet. Sie plante, das zu ihrem Vorteil zu nutzen. Sie machte sich keine Sorgen um ihre Habseligkeiten. Sie würde ihren Vater schicken, um sie zu holen, wenn sie zu Hause ankam. Sie sehnte sich danach, den Blick auf seinem Gesicht zu sehen, wenn sein Plan, sie loszuwerden, scheiterte. Sie hatte ihre Flucht komplett ausgearbeitet. Wenn sie dabei erwischt würde, wie sie nach Einbruch der Dunkelheit außerhalb ihres Zimmers umherwanderte, würde sie den Nonnen sagen, sie versuche sich mit ihrem neuen Zuhause vertraut zu machen.

Als sie die Tür öffnete, trat sie einen Moment zurück, erschüttert, als sie die Gestalt eines Mannes sah, der sich über ihr auftürmte. Er war groß und gebaut wie ein Berg. Sein dunkles Haar fiel in einem kontrollierten, chaotischen Durcheinander über seinen Kopf und verschmolz wunderschön mit seinem dicken dunklen Bart. Seine Augen schienen zu funkeln, als sie über ihren Körper wanderten und an ihrer Brust verweilten.

*Oh mein Gott, was für ein Anblick für müde Augen,* dachte sie und biss sich auf die Unterlippe, wie sie es oft tat, wenn sie mit einem attraktiven Mann konfrontiert war. Sie hatte eine Vorliebe für Männer mit Gesichtsbehaarung. Für Sima war es ein Zeichen ungezügelter Männlichkeit. Sie fragte sich, wie es sich anfühlen würde, mit ihren Fingern durch sein grobes Haar zu fahren und es gegen ihre Haut zu spüren.

„Hat mein Vater dich geschickt, um meine Tür zu bewachen?", fragte sie mit atemlosem Flüstern.

Wortlos schüttelte er langsam den Kopf, während seine Augen auf ihrer Brust ruhten, die sich schnell hob und senkte.

„Gut. Jetzt befehle ich dir, mich aus diesem Ort herauszuholen und mich zurück in mein Zuhause zu bringen. Ich muss mit diesem Grobian sprechen, der glaubt, er könne mich kontrollieren. Ich muss sofort mit meinem Vater sprechen."

# KAPITEL
# ZWEI

ER KONNTE sein Glück kaum fassen. Nicht nur hatte er den wertvollsten Schatz des Lords gefunden, sie hatte auch keine Angst vor ihm. Abjörn war kein dummer Mann. Er konnte erkennen, dass sie ihn genauso attraktiv fand wie er sie. Und mit seiner Mission im Hinterkopf plante er, das zu seinem Vorteil zu nutzen.

Sie stand groß und schlank da. Der Umhang um ihre Schultern bedeckte kaum ihre wunderschönen Brüste, die in ihrem blauen Samtmieder steckten. Er genoss es, wie sie sich mit jedem schneller werdenden Atemzug hoben und senkten, und er konnte spüren, wie seine Erregung gegen seine Kleidung drängte. Für einen Moment vergaß er, warum er hier war. Ihre Schönheit verzauberte ihn. Abjörn hatte noch nie eine so schöne Frau gesehen.

*Kein Wunder, dass der Lord versuchte, sie vor der Welt zu verbergen. Sie ist wirklich ein Schatz von hohem Wert,* dachte er bei sich.

Als sie ihm eine Frage stellte, schüttelte er den Kopf und versuchte, Zeit zu gewinnen, während er nachdachte. Sie ließ sich von seiner Größe und Statur nicht einschüchtern, was ihn beeindruckte. Abjörn war der größte und stärkste seiner Brüder. Eine Frau, die keine Angst vor einem Wikingerkrieger wie ihm hatte, war etwas Besonderes.

„Wenn du mir hilfst, werde ich dich mit einem Kuss belohnen", sagte sie und zwinkerte ihm verführerisch zu.

Bei allen Göttern, sie versuchte, ihn zu verführen. Was für eine lächerliche Vorstellung! Abjörn würde sich nicht von seiner Mission ablenken lassen, sich an dem Lord zu rächen... aber dann wieder, welche süßere Rache gab es, als die kostbare Tochter des Lords zu entjungfern.

Er duckte sich unter dem Türrahmen hindurch und richtete sich in seiner vollen Größe vor ihr auf, was sie dazu brachte, einen Schritt zurückzutreten und den Kopf in den Nacken zu legen, um zu ihm aufzuschauen. Ihr Umhang fiel von ihren Schultern und entblößte ihre Brüste vollständig zu seinem Vergnügen.

Abjörn packte sie sanft an den Schultern und drehte sie herum, sodass sie zwischen ihm und der Wand gefangen war. Er nahm eine Handvoll ihrer Haare und zog sanft daran, wodurch er ihren Hals frei-legte und ihr ein leichtes Keuchen entlockte. Als er ihr in die Augen sah, konnte er erkennen, dass sie es auch wollte. Er senkte seine Lippen auf ihre und schob seine Zunge in ihren Mund, ließ sie auf Erkundungstour gehen. Er war überrascht, als er spürte, wie ihre Zunge seine als Antwort massierte. Sie schmeckte so süß. Abjörn erlaubte seiner anderen Hand, ihren Rock hochzuziehen und ihren Oberschenkel zu erforschen. Er spürte die Wärme zwischen ihren Beinen und gönnte sich den Genuss, die feuchte Wärme mit seinen Fingern zu erkunden.

Er zog sich zurück und streifte mit seinen Zähnen über ihren Hals, bevor seine Lippen über ihre Brüste wanderten. Als sie einen Laut des Genusses von sich gab, trat er zurück und betrachtete sie, wissend, dass auch sie die Anziehung zwischen ihnen spürte.

„Komm", sagte er mit tiefer Stimme. Er packte ihr Handgelenk und zog sie hinter sich her die Treppe hinunter und durch das Labyrinth der Korridore.

*Rache war noch nie so einfach... oder genussvoll*, dachte er bei sich, während sie Mühe hatte, mit seinen langen Schritten mitzuhalten.

„Lass mich los", flüsterte sie wütend.

Abjörn wusste, dass sie nicht zu sehr protestieren würde. Sie wollte raus aus diesem Ort. „Halt... sei still", flüsterte er und blieb an der Ecke des letzten Korridors vor dem Eingang stehen. Er lauschte auf die

Echos, die von den Wänden widerhallten; die Geräusche wurden vom Wind getragen.

*Rache ohne einen Schweißtropfen zu vergießen; das ist sicherlich eine Premiere. Wie wird der Lord wohl reagieren, wenn er erfährt, dass ich seine unberührte Blume gekostet habe.* Er leckte sich über die Lippen und schmeckte sie immer noch auf seiner Zunge.

# KAPITEL
# DREI

SIMA WAR NICHT in der Stimmung für diesen Unsinn. Der große Tölpel hatte noch kein Wort mit ihr gesprochen, bevor er sie anstarrte wie ein hungriger Wolf ein Lamm. Sie hatte den Kuss angeboten, aber nie erwartet, so vereinnahmt zu werden, wie er es tat. Auch wenn sie seine Berührung und die Rauheit seines Bartes auf ihrer Haut genossen hatte, war sie wütend, dass er annahm, er könne sich einfach nehmen, was er wollte. Wusste er nicht, wer sie war? Sie hatte für weniger schon Nasen gebrochen. Während sie nicht leugnen konnte, wie ihr Körper auf ihn reagiert hatte und sie ihn durchaus attraktiv fand, verstärkte seine Dreistigkeit nur die Wut, die den ganzen Tag über in ihr gebrodelt hatte.

Sie hätte ihm verzeihen können, wenn er zu Ende gebracht hätte, was er begonnen hatte. Sie so aufzuheizen, nur um dann aufzuhören und sie wegzuzerren. Ärgerlich, gelinde gesagt. Er hatte nicht einmal seinen Namen genannt. Zwischen ihrem Vater, der sie hatte fesseln und wegbringen lassen, und diesem Fremden, der ihre Handgelenke blau drückte, als er sie gewaltsam durch das Kloster zerrte, hatte sie ihre Toleranzgrenze für Misshandlungen an diesem Tag erreicht.

An diesem Punkt wusste Sima nicht, was sie mehr frustrierte. Der große Tölpel, der sie ohne Rücksicht auf ihre Gefühle oder Proteste mit sich zog, oder das Gefühl, das seine Berührung zwischen ihren Schenkeln geweckt hatte. Das Gefühl, das nach Erlösung verlangte.

Er hielt erneut an, als sich der Korridor vor der großen Eichentür, durch die sie bei ihrer Ankunft getreten war, verbreiterte. Er lauschte, ob sich jemand näherte. Sima sah dies als ihre Chance zur Freiheit und um etwas von ihrem aufgestauten Frust abzubauen. Sie riss ihren Arm aus seinem Griff, und als er sich umdrehte, um sie erneut zu packen, rammte sie ihm ihr Knie in den Schritt. Mit der Lust, die immer noch wie ein Fluss durch ihre Adern strömte, versuchte sie, die harte, dicke Länge zu ignorieren, die sie spürte, als ihr Knie sein Gemächt traf. Einen Moment lang war sie neugierig auf seine Größe und seinen Geschmack, aber sie schob die Gedanken beiseite und rannte los.

Sie hatte keinen Zweifel daran, dass sie den Weg vom Kloster nach Hause finden würde, aber die Tür war schwerer als gedacht. Sie zog mit aller Kraft an dem großen, runden Metallgriff, aber er bewegte sich nur ein winziges Stück. Nicht annähernd genug, damit sie sich hindurchquetschen konnte, bevor ihr neuer Entführer sich erholt hatte und nach ihr suchen würde.

# KAPITEL
# VIER

ABJÖRN STÖHNTE VOR WUT. Der Laut hallte durch die Gänge wie das Brummen eines Bären. Jegliche Anziehung, die er noch vor wenigen Augenblicken für diese Frau verspürt hatte, war nun verflogen. Dafür hatte sie gesorgt. Er spürte immer noch die Nachwirkungen ihrer Begegnung in ihrem Zimmer, als ihr Knie Kontakt machte. Während ihn ihr Mut und ihre Stärke beeindruckten, machten sie ihn auch wütend. Sie war stark, aber nicht stark genug, um wirklichen Schmerz oder Schaden zu verursachen. Sein Schritt schmerzte leicht, und es dauerte einen Moment oder zwei, bis er wieder gerade stehen konnte, ohne dass Schmerzen durch seinen Bauch schossen. Aber mit wenigen Schritten – zumindest wenige für einen Mann seiner Größe – hatte er sie an der Tür eingeholt.

Ihre Augen weiteten sich, als er sich näherte, während sie verzweifelt versuchte, ihren schlanken Körper durch den Türspalt zu quetschen. Er riss die Tür auf, ohne sich noch darum zu kümmern, ob er erwischt wurde, und rannte ihr die Straße hinauf zum Haupttor nach. Er packte sie um die Taille und warf sie sich über die Schulter wie einen Getreidesack.

„Lass mich los, du Unhold! Warte nur, bis mein Vater davon erfährt", kreischte sie, strampelte mit den Beinen und hämmerte mit den Fäusten auf seinen Rücken ein. Ihr Wutanfall amüsierte Abjörn. Sie versuchte, ihm wehzutun, aber alles, was er spürte, war ein Kitzeln.

Abjörn suchte seine Umgebung ab, während er auf eine kleine Lücke in der Mauer zusteuerte, wo die Ziegel bröckelten. Der Wald würde eine gute Deckung bieten. Ihr Hintern thronte schön in seinem Blickfeld; er war angenehm abgelenkt davon, wie er im Takt seiner Schritte wippte. So gefesselt war er von diesem Anblick, dass er fast über einen umgestürzten Baum gestolpert wäre.

Frustriert darüber, dass er sich hatte ablenken lassen, stürmte er weiter. Leider schrie sie immer noch. Wenn sie nicht ruhig wäre, würde sie die Wachen alarmieren, die sich noch im Kloster befanden. Obwohl Abjörn zuversichtlich war, dass er alle allein bekämpfen könnte, wollte er das nicht tun müssen. Er musste sie zum Schweigen bringen.

Sie stieß einen überraschten Laut aus, als seine Hand auf ihrem Hintern landete. „Sei still, Weib!", sagte er, während er den Hügel hinaufstapfte, wo er sein Pferd zurückgelassen hatte.

„Weib? Weißt du nicht, mit wem du sprichst?", kreischte sie.

„Es ist mir egal", erwiderte er.

Sein Pferd war zwischen den Bäumen auf dem Hügel versteckt. Es war ein prächtiges schwarzes Tier, so groß und muskulös wie Abjörn, mit großen weißen Haarbüscheln, die über seine massiven, breiten Hufe hingen. Es wieherte, als sie sich näherten, und stampfte mit dem Vorderhuf. Abjörn lächelte. „Da bist du ja, alter Freund", sagte er und streichelte die lange weiße Mähne des Pferdes.

Abjörn packte Sima und setzte sie vorne auf sein Pferd, bevor er schnell hinter ihr aufstieg. Er schlang seine Arme um sie, damit sie nicht springen oder fallen konnte, ergriff die Zügel und befahl seinem Pferd, loszugehen.

Die Bewegung ihrer Körper im Einklang mit dem Pferd ließ sie aneinander reiben. Der Wind blies ihnen ins Gesicht und trug dabei ihren blumigen Duft mit sich. Abjörn fand den Geruch berauschend. Eine Erinnerung an diesen Duft, als er seine Lippen über ihren Hals gleiten ließ, blitzte in seinem Kopf auf. Er versuchte dagegen anzukämpfen, aber seine Erregung wuchs und ließ ihn sich unbehaglich im Sattel bewegen.

Er wollte nicht, dass sie die Wirkung bemerkte, die sie auf ihn hatte. Abjörn wollte ihr diese Macht nicht geben. Eine Frau, die weiß, welchen Einfluss sie auf einen Mann hat, ist eine gefährliche Sache. Eine Frau mit dieser Macht könnte einen Mann wie Abjörn in die Knie zwingen.

# KAPITEL
# FÜNF

SIMA GAB DEN KAMPF AUF. Er hatte seine großen, muskulösen Arme fest um sie geschlungen. Es gab keine Möglichkeit zu entkommen. Adrenalin verstärkte ihren ohnehin schon erregten Zustand. Die Kombination aus der Reibung des Sattels und den starken Armen, die sie festhielten, war fast zu viel für sie. Sie ließ sich in seine Arme zurücksinken. Seltsamerweise fühlte sie sich in seiner Umarmung geborgen. Die wenigen Männer, die ihr Bett geteilt hatten, hatten sie nie so wahnsinnig gemacht wie in diesem Moment.

Ihre Gedanken schweiften zurück zu ihrer früheren Begegnung. In Wahrheit mochte sie, wie kraftvoll und doch zärtlich er mit ihr umgegangen war. Die Art, wie er ihr Haar gepackt und sie für sich beansprucht hatte. Sie konnte spüren, wie sie bei der Erinnerung feucht wurde.

„Da ich dein Gefangener bin, darf ich wenigstens deinen Namen erfahren?", fragte sie.

„Abjörn", antwortete er, und sie spürte, wie ein Schauer sie durchfuhr, als sein Atem ihr Ohr streifte.

*Abjörn*, wiederholte sie in Gedanken. Sogar sein Name klang solide und geheimnisvoll. Sie bot ihm als Antwort ihren Namen an. „Ich bin Sima."

Sie kannte nicht alle Männer ihres Vaters, hauptsächlich wegen seiner ständig wechselnden Besetzung – ihr Vater fand es schwer, selbst den Männern zu vertrauen, die er zum Schutz seiner Familie ausgewählt hatte. Trotzdem kannte sie einige Namen der Männer, die am längsten in der Belegschaft ihres Vaters waren. Ailwin, Colin, Halyas, aber der Name Abjörn war ihr noch nie untergekommen.

*Das ist ein Wikingername*, wurde ihr verspätet klar, und Alarm durchfuhr sie. Ihr Vater hatte sie vor einem bevorstehenden Krieg gewarnt; sie hatte nie erwartet, mitten darin zu geraten. Sie hatte auch nie erwartet, davon zu fantasieren, dass ein Wikinger sie hart im Wald nimmt. „Du gehörst nicht zu den Männern meines Vaters", sagte sie laut.

„Nein, das tue ich nicht", antwortete er, und sie spürte Wut in seinem Ton.

„Wikinger?", fragte sie, obwohl sie die Antwort bereits kannte.

Ein zustimmendes Grunzen war Abjörns einzige Antwort.

Dies könnte eine Gelegenheit für Sima sein, ihrem Vater zu beweisen, wie wertvoll sie ist, und ihm zu zeigen, was für ein Fehler es war, sie zu unterschätzen und in dieses Kloster zu verbannen. *Wenn ich Informationen von ihm bekomme, könnte ich Vater informieren, bevor dieser Krieg eskaliert*, dachte sie.

„Du sprichst meine Sprache so elegant", sagte sie in einem Versuch zu schmeicheln.

„Ich spreche Gälisch und vier andere Sprachen", erwiderte er.

„Was willst du von mir?", fragte sie und lehnte sich sanft weiter in seine Umarmung zurück. Sie konnte sein hartes Fleisch gegen ihren Rücken drücken spüren. Erneut durchströmte sie Lust. Sie hatte von den Liebeskünsten der Wikingermänner gehört, aber es für Hofklatsch gehalten, bis sie sein Werkzeug nicht einmal, sondern zweimal in weniger als einer Stunde spürte.

„Nichts von dir", antwortete er trocken. In diesem Moment hatte sie alle Antworten, die sie brauchte. Es ging nicht um sie. Es ging um ihren Vater.

Sima wurde plötzlich etwas klar. Zum ersten Mal in ihrem Leben hatte sie Angst vor einem Mann. Sie hatte Angst vor diesem Wikinger Abjörn. „Hast du vor, meinem Vater wehzutun?", fragte sie kleinlaut.

„Dein Vater hat Verbrechen begangen, für die er sich verantworten muss."

„Du hast meine Frage nicht beantwortet."

„Nein, ich habe nicht vor, ihm wehzutun", antwortete er und gab Sima genug Raum zum Atmen. „Ich habe vor, ihn zu töten", sagte er schließlich, und Sima spürte einen kalten Schauer über ihren Rücken laufen.

„Ich bin die Tochter von Lord Beecham", begann sie.

„Ich weiß, wer du bist", unterbrach er sie.

„Was könnte ich dir geben, damit du meine Familie verschonst?"

„Du hast nichts, was ich will", sagte er kühl.

„Ich habe Gold und Silber", fuhr sie fort, aber er antwortete nicht. Sie dachte, es wäre am besten, ihre Sache mit der einzigen echten Macht zu argumentieren, die Frauen hatten. Sie bot sich selbst an.

Sie drückte ihren festen Hintern weiter nach hinten gegen ihn und rieb ihre Hüften. Sie spürte, wie er bei ihrer Berührung wuchs. Er verschob sich hinter ihr und versuchte, sich aus ihrer Reichweite zu bewegen. Da wusste sie, dass sie ihn in der Hand hatte.

„Ich habe etwas Wertvolleres", schnurrte sie, nahm eine seiner großen, rauen, schwieligen Hände und steckte sie in ihr Mieder. Sie sog scharf die Luft ein, als seine Finger ihre Brustwarzen streiften, die bereits aufmerksam dastanden und darum bettelten, berührt zu werden.

„Du kannst mich haben, alles mit mir machen, was du willst", schnurrte sie erneut und ließ ihren Kopf an seiner Brust ruhen. „Du könntest mich gleich hier in diesen Wäldern nehmen", fuhr sie fort, nahm seine Hand weg und ermutigte sie, unter ihren Rock zu gleiten, zog sie näher und näher an die süße Stelle zwischen ihren Beinen, die pochte und berührt werden wollte. „Verschone meine Familie, und ich werde dein sein."

Er zog hart an den Zügeln und stoppte das Pferd so abrupt, dass sie fast kopfüber herunterfiel. Er stieg ab, packte ihre Hüften und zog sie vom Pferd. Er schleifte sie zu einem nahegelegenen Baum, drückte sie hart mit dem Rücken dagegen und legte dann seine starken Hände auf ihre Schultern. „Du kannst versuchen, mich zu verführen, aber sein

Blut fließt in deinen Adern. Ich will keinen Sex mit dir; ich will nichts von dir", knurrte er.

„Du kannst es leugnen, so viel du willst, aber was im Kloster passiert ist und deine Erregung, die mich in den Rücken sticht, verraten dich", sagte sie.

Abjörn starrte sie an, seine Augen brannten sich tief in ihre. Seine Stirn runzelte sich, und sein Griff um ihre Schultern verstärkte sich, was sie zusammenzucken ließ. „Mein Vater wird nicht mit uns in Walhalla speisen wegen deines Vaters. Dein Vater hat ihn zu Hel verurteilt. Mein Vater war ein sanfter Mann, ein furchtloser Krieger, der für Frieden und Gerechtigkeit kämpfte. Ein Licht in der Dunkelheit, und dein Vater ließ ihn ohne Ehre sterben."

Sima zuckte zusammen und fühlte, wie ihr Herz für ihn schmerzte. Das Gesicht des Wikingers tobte vor Wut, aber seine Augen weinten vor Kummer.

„Woher weißt du, dass es mein Vater war? Es gibt viele Lords in diesem Land. Es hätte jeder von ihnen sein können", beharrte Sima, die immer noch tun wollte, was sie konnte, um ihre Familie zu retten. Sie wollte nicht glauben, dass das, was dieser Mann sagte, wahr war. Sie mochte wütend auf ihren Vater gewesen sein, weil er sie ins Kloster geschickt hatte, aber er war ein guter Mann. Oder?

„Der König gab meinem Volk Land. Und als mein Vater sich mit deinem traf, um über Danegeld zu sprechen, ein friedliches Treffen, verriet dein Vater ihn. Der Soldat, der ihn tötete, trug das Wappen deines Vaters. Ein solcher Verrat kann nicht ungestraft bleiben", erzählte er ihr.

*Ich erinnere mich an dieses Treffen. Ich bat darum, mit ihm zu gehen, aber er sagte, Wikinger seien Wilde und würden mich nicht mitnehmen,* dachte Sima und versuchte, sich nichts anmerken zu lassen. „Es tut mir leid, aber ich und meine Familie sind nicht mein Vater. Ich habe eine Mutter, Schwestern und einen Bruder. Warum sollten sie für die Sünden des Vaters leiden?", flehte sie.

Sima befreite sich aus seinem Griff, blieb aber wo sie war und fuhr mit ihrer Hand über seine Brust bis zu seinem Schritt. „Ich weiß, dass du mich willst. Warum leugnest du es? Ich biete mich dir an", flüsterte sie verführerisch in sein Ohr. Sie griff nach seinem Gürtel, wo sie das

Aufblitzen einer Klinge sah, aber er durchschaute sie. Er packte ihr Handgelenk und drehte sie herum, zog sie wieder zu sich. „Netter Versuch", lachte er, zog ein Seil von seinem Gürtel und fesselte sie erneut.

Sima bemerkte, wie er beim Fesseln anscheinend nicht anders konnte, als mit seinen Händen ihren Körper zu erkunden.

# KAPITEL
## SECHS

ABJÖRN GLAUBTE seinen eigenen Worten nicht, aber er hoffte, dass sie es tat. Natürlich wollte er sie. Der Gedanke, sie dort direkt gegen den Baum zu nehmen, weckte in ihm Gefühle, die er nur schwer kontrollieren konnte.

Sie war die schönste Frau, die er je gesehen hatte. Zu spüren, wie sie sich im Sattel an ihm rieb, war eine Qual gewesen. Er wusste, dass sie seine Erregung gespürt hatte. Sie zu kosten, wenn auch nur kurz, war ein Fehler gewesen. Seitdem brannte sein Blut vor Lust. Er wollte ihr Mieder herunterreißen und ihre großen Brüste in den Mund nehmen.

Als sie seine Hand unter ihren Rock geführt hatte, spürte er, wie feucht sie geworden war. Sie mochte sich als List angeboten haben, um ihre Familie zu retten, aber da war auch etwas Wahres dran. Sie wollte ihn auch, was ihn nur noch mehr nach ihr verlangen ließ.

Der Gedanke, sie einfach zu nehmen, weil sie sich anbot, war nicht befriedigend genug. Abjörn wollte, dass sie ihn wollte, dass sie ihre langen Beine um seine Hüften schlang, dass sie spürte, wie sein Schaft sie dehnte und sie ihn als Antwort fest umschloss. Er wollte hören, wie sie vor Vergnügen in sein Ohr stöhnte und wusste, dass er der Grund dafür war. Er wollte hören, wie sie seinen Namen schrie.

Sie kämpfte gegen ihn an, aber Abjörn war zu stark für sie. Er war beeindruckt von ihrer Entschlossenheit und der Tatsache, dass sie keine Angst vor ihm hatte. Sie war in vielerlei Hinsicht eine starke Frau. Ihr Verstand war genauso stark wie ihr Wille. Das machte sie für Abjörn nur noch anziehender.

*Sie würde eine gute Wikingerbraut abgeben,* dachte er. Seine Hände fuhren über ihren Bauch, während sie sich in seinem Griff wand. Nach der Schlacht nach Hause zu kommen und zu sehen, wie sie mit offenen Armen wartete, sich um die Kinder kümmerte und den Hof bestellte. Der Gedanke erschreckte ihn. Wie hatte sie es geschafft, ihn von seiner Mission abzulenken?

Er war hier, um sich an Lord Beecham zu rächen. Er war hier, um seinen Vater zu rächen und Vergebung für den Schiffbruch zu erlangen, der sie hier gestrandet hatte. Sein Verstand raste in ihrer Gegenwart; er konnte sich nicht auf seine Sache konzentrieren. Sie hatten genug Abstand zum Kloster zurückgelegt. Vielleicht würde ein weiterer Kuss die Lust in ihm vorerst beruhigen.

Pferde und Schritte in der Ferne brachten seinen Geist wieder zur Besinnung. Ein Gefühl der Enttäuschung verdrehte sich in seinen Eingeweiden. Er wünschte, er hätte mehr Zeit allein mit Sima gehabt. Er war neugierig zu sehen, ob sie beide ihren Urinstinkten nachgeben würden.

„Meine Brüder nähern sich", sagte er, hob sie in seine Arme und warf sie dann auf das Pferd. Er nahm die Zügel und ging auf das Geräusch der Schritte zu. „Brüder", rief er, ein Lächeln breitete sich auf seinem Gesicht aus.

„Wer ist da?", fragte eine Stimme, die Abjörn noch nie gehört hatte. Er kniff die Augen zusammen, um die Gestalten durch die Bäume zu fokussieren, und er und Sima kamen gleichzeitig zu demselben Schluss.

„Es sind die Männer meines Vaters; sie müssen entdeckt haben, dass ich geflohen bin", sagte sie und blickte vom Pferd herab, ihre Augen voller Sorge. Seltsam. Sie hatte gezeigt, dass sie keine Angst vor ihm hatte, warum sollte sie jetzt Angst haben?

„Lauf, Abjörn; du bist in der Unterzahl", sagte sie, und er erkannte, dass sie sich um ihn sorgte. Es war ein Gedanke, den es sich lohnte, später zu erforschen. Sie wusste nicht, dass selbst zehn Männer ihres Vaters kein Gegner für ihn und die beiden Äxte an seinem Gürtel waren.

Fünf Männer zu Pferd kamen durch die Lichtung. Jeder hatte ein Breitschwert an der Hüfte befestigt. Helme bedeckten ihre Köpfe und reichten bis zur Nase hinunter. Der Blick auf ihren Gesichtern verriet Abjörn, dass sie nicht erwartet hatten, einen Wikinger zu finden. Niemand sagte ein Wort, als sie erkannten, wen er bei sich hatte. Für einen Moment waren die einzigen Geräusche der Wind, der in den Blättern der Bäume raschelte, und das schwere Atmen ihrer Pferde.

„Lasst Lady Beecham los", brüllte einer der Wächter.

„Ihr wollt sie, kommt und holt sie euch!", grinste er und zog eine Axt von seiner rechten Hüfte.

Die Männer kicherten untereinander. Ihrer Denkweise nach war der Wikinger in der Unterzahl. „Lady Beecham, ich werde Sie vor dieser wilden Bestie beschützen", sagte der Hauptmann, als er von seinem Pferd abstieg. Abjörn blickte zu Sima hinauf, die nur mit den Augen rollte. Abjörn lachte in sich hinein. Er war im Begriff, die Männer ihres Vaters zu demütigen, und freute sich auf die Aufgabe.

Der Hauptmann zog sein Schwert und schwang es nach Abjörn, der sich duckte und schnell zur Seite trat. Sie tanzten ihren Tanz für eine Minute oder zwei, während Abjörn den Hauptmann sich erschöpfen ließ. Gelegentlich blickte er zu Sima hinauf, von der er erkennen konnte, dass sie die Demütigung des Hauptmanns der Wache ihres Vaters amüsant fand.

„Triff ihn endlich!"

„Komm schon, Hauptmann!" kamen die Anfeuerungsrufe seiner Männer.

Der Hauptmann keuchte schwer und hatte Mühe, sein Schwert zu heben, da seine Muskeln sicherlich von den gescheiterten Angriffen auf Abjörn schmerzten.

„Genug davon", sagte Abjörn und schleuderte seine Axt durch die Luft, als der Hauptmann sein Schwert über seinen Kopf hob. Die Axt bohrte sich in die Brust des Hauptmanns. Der Hauptmann fiel mit einem dumpfen Schlag zu Boden. Abjörn benutzte seinen Stiefel, um den Körper umzudrehen, und zog die Axt aus seiner Brust.

„Wer ist der Nächste?", fragte er, zog die Axt von seiner linken Hüfte und stand aufrecht, bereit zum Kampf.

# KAPITEL
# SIEBEN

DIE SOLDATEN SASSEN auf ihren Pferden und musterten einander nervös.

*Sie sollten nervös sein; mein Wikinger ist wild,* dachte Sima bei sich. In ihrem Kopf hatte sie ihn bereits als ihren Eigenen beansprucht.

Ihr war nun bewusster, welche Wirkung sie auf ihn hatte, denn die Seile, die sie fesselten, waren nicht so fest, wie sie erwartet hatte. Sie behielt ihren Wikinger, der zum Angriff bereit stand, genau im Auge; Männlichkeit, Mut und Rauheit in einem attraktiven Paket. In der Zwischenzeit drehte und wand sie sich, um sich zu befreien.

Sie hörte einen Ast knacken und blickte zu den Bäumen hinter den Soldaten ihres Vaters, die sich inzwischen entschieden hatten, mutig zu sein und abzusteigen, wobei sie Abjörn umzingelten. Männer in ähnlicher Kleidung und Pelzen, die Äxte und Dolche trugen, schlichen näher. Jeder von ihnen war fast so groß und hochgewachsen wie Abjörn. *Das müssen seine Brüder sein,* dachte sie. Sie brachen durch die Bäume, erschreckten die Pferde, die davongaloppierten, während das Gebrüll der Wikinger noch im Wind nachhallte.

„Ruhig, Junge", sagte Sima, griff nach dem Sattel und versuchte, ihr Pferd davon abzuhalten, aufgeregt zu werden und sie abzuwerfen.

Das Tier ließ sich nicht beruhigen. Das Pferd bäumte sich auf und wieherte, während Sima darum kämpfte, das panische Tier zu kontrollieren, als um sie herum das Chaos ausbrach.

Sima konnte nicht umhin zu bemerken, wie Abjörn sich zwischen sie und die Wachen ihres Vaters gearbeitet hatte. Sie bewunderte, wie er sich entschieden hatte, als ihr Schild zu agieren.

Er war prächtig im Kampf. Abjörn bewegte sich so fließend für einen Mann seiner Größe und Statur. Um sich freier bewegen zu können, hatte er die Pelze über seinen Schultern abgelegt. Sima wusste, dass er ein muskulöser Mann war, da er sie getragen hatte. Sie hatte diese gemeißelten Arme eng um sich geschlungen auf genau diesem Pferd gehabt. Aber zu sehen, wie seine Muskeln um seine Schultern und seinen Nacken anschwollen, während er kämpfte, ließ Sima den Wunsch verspüren, ihre Hände überall auf ihm gleiten zu lassen.

Die Männer ihres Vaters waren diesen Bergriesen nicht gewachsen. Selbst mit ihren Breitschwertern waren die Fähigkeiten der Wikinger unübertroffen. Sima war nie eine Frau gewesen, die sich sehr für die inneren Abläufe einer Schlacht interessierte, aber als sie rittlings auf dem Pferd saß und zusah, fand sie es seltsam faszinierend.

*Das Pferd*, dachte sie und kehrte in die Realität zurück. Sie genoss es, die Schlacht zu beobachten, aber sie musste nach Hause. Endlich wand sie sich frei und zog das Seil ab, warf es zu Abjörns Füßen in den Staub.

„Leb wohl, Abjörn", sagte sie mit einem Grinsen. Er blickte hinter sich; seine Augen weiteten sich, als er sah, dass sie sich befreit hatte.

„Nein!", schrie er und griff nach den Zügeln, aber sie wendete das Pferd, trat ihm in die Rippen und schickte das Tier in den Wald rennend, der sie zurück zu ihrem Zuhause brachte.

Der Klang von aufeinanderprallenden Schwertern und Äxten und wütenden Grunzlauten wurde leiser, als sie weiter vom Kampf weg galoppierte. Während sie von Freude erfüllt war, als ihr Zuhause näher rückte, schmerzten ihre Lenden bei dem Gedanken, ihren Wikinger nie zwischen ihren Beinen zu spüren.

# KAPITEL
# ACHT

DER BODEN WAR DURCHTRÄNKT vom Blut der Männer Lord Beechams. Die Schlacht dauerte länger als nötig. Abjörn hätte sie allein und mit Leichtigkeit besiegen können. Doch nachdem die Brüder von der Beteiligung dieser Soldaten am Tod ihres Vaters erfahren hatten, wollten sie den Moment auskosten.

Sören zog einem der Soldaten den Umhang ab und benutzte ihn, um die Klinge seiner Axt zu reinigen. „Diese Männer sind kein Gegner für Vater. Ich frage mich, was an jenem Tag passiert ist", sagte Sören, während er ein weggeworfenes Breitschwert aufhob und dessen Gewicht prüfte.

„Wir werden es bald herausfinden", erwiderte Abjörn und starrte in die Richtung, in die die Frau, nach der er sich sehnte, davongaloppiert war und dabei sein Pferd und seinen Verstand mitgenommen hatte. Ryker klopfte ihm hart auf den Rücken. „Du verlierst im Alter deinen Biss. Ich habe noch nie erlebt, dass du eine Frau und ein Pferd verloren hast. Noch dazu am selben Tag", lachte er und löste damit ein Gelächter bei seinen anderen Brüdern aus. „Ich werde sie zurückbekommen", flüsterte er in den Wind.

„Sie war die vermummte Gestalt im Wagen. Ihr Name ist Sima Beecham", sagte Abjörn und drehte sich um, um seine Pelze aufzuheben und sie sich wieder über die Schulter zu werfen.

„Die Frau des Lords?", fragte Ryder.

„Besser, seine älteste Tochter", antwortete Abjörn.

„Sie wird zweifellos auf dem Weg zurück zum Schloss des Lords sein, um ihren Vater zu warnen und weitere Truppen zu sammeln", sagte Erik, während er die Leichen der toten Soldaten nach Gold und anderen Wertsachen durchsuchte.

Der Plan war, den Lord angreifen zu lassen. Zunächst sorgte sich Abjörn, sie hätten den Krieg vorzeitig begonnen; sie brauchten mehr Mittel, bevor sie Beechams Burg angreifen konnten. Sobald Sima zurück wäre und ihrem Vater von den Ereignissen des Tages berichtet hätte, würden seine Männer zweifellos nach den Jürgensen-Brüdern suchen.

„Brüder, es ist Zeit für Raubzüge", sagte Dittmer; er war losgezogen und hatte eines der Pferde der Soldaten zurückgebracht, das in der Nähe graste, und reichte die Zügel seinem ältesten Bruder. „Versuch, dieses nicht zu verlieren", scherzte Dittmer und boxte seinem Bruder gegen die Schulter. „Werde ich das je zu Ende hören?", seufzte Abjörn und schüttelte den Kopf. Seine Brüder tauschten einen Blick aus, bevor sie in Gelächter ausbrachen. „Niemals", antwortete Sören.

Der Plan stand fest. Dittmer und Ryker würden nach Osten ziehen und dort die Dörfer überfallen, während Erik und Sören nach Westen gehen würden. Sobald sie alles Nötige gesammelt hätten, würden sie sich wieder treffen und den Angriff auf Beechams Burg vorbereiten.

„Geh und hol sie dir, Bruder", Sören legte eine Hand auf Abjörns Schulter. „Ich kann sehen, dass es hier um mehr geht als um Rache für Vater", sagte Sören, als die Brüder einen stillen Moment des Nachdenkens teilten. Sima bedeutete Abjörn so viel wie Firtha Sören. Nachdem dieser Gedanke Zeit hatte, in Abjörn zu reifen, bestieg er sein Pferd und machte sich auf den Weg, Sima zu folgen.

Der Sattel fühlte sich seltsam an. Es lag nicht daran, dass dieses Pferd nicht so kräftig war wie sein Hengst, sondern daran, dass er Sima immer noch in seinen Armen spüren konnte; die Erinnerung an ihren Po, der sich an ihm rieb, der Geschmack ihrer Lippen, der Duft an ihrem Hals. Er lächelte in sich hinein, als er an ihre Furchtlosigkeit und Kühnheit zurückdachte. Sie war wie keine andere Frau, die er je getroffen hatte. Eine unbekannte Kraft zog ihn zu ihr, so sicher wie der Ruf einer Sirene.

Jedes Mal, wenn er die Augen schloss, sah er ihr Gesicht. *Ich bin ein Wikinger. Wie hat sie mir das angetan?*, fragte er sich. Sima hatte seinen Verstand eingenommen und ihn zu ihrem Zuhause gemacht. Er würde nicht ruhen, bis er sie hatte. Ganz und gar.

# KAPITEL
# NEUN

TAGE WAREN VERGANGEN, seit Sima nach Hause gekommen war. Ihr Vater war nicht erfreut über ihre Flucht aus dem Kloster, und noch weniger gefiel ihm die Tatsache, dass sie mit einem Wikinger geflohen war. Sima war sich sicher, dass Abjörn und seine Brüder die Soldaten getötet hatten, die geschickt worden waren, um sie zurückzuholen. Diese Tatsache wurde umso deutlicher, als sie nicht zurückkehrten.

Jede Nacht seit Simas Heimkehr waren ihre Träume die gleichen: eine lebendige Nachstellung ihrer Zeit mit Abjörn. Die Erinnerung an seine Lippen auf ihren, der Geschmack seiner Lippen und sein Bart, der ihre Haut liebkoste. Sie konnte es alles noch spüren. Sie sehnte sich nach mehr.

Sie lag im Bett und fuhr den Pfad auf ihrem Oberschenkel nach, wo seine Finger entlanggefahren waren. Mit geschlossenen Augen stellte sie sich vor, ihre Finger wären seine. Ihre andere Hand streichelte ihre Brustwarzen, die sich nach seiner Berührung sehnten. Sie ließ ihre Finger hineingleiten und ließ ihren süßen Nektar ihre Hände benetzen. Sie stöhnte seinen Namen leise, während sie die pochende Knospe zwischen ihren Beinen rieb. Selbst als sie sich zum Höhepunkt brachte und ihr Körper als Antwort kribbelte und zuckte, war es nicht genug. Egal wie oft sie sich selbst befriedigte, die Erlösung war nur von kurzer Dauer. Ihr Körper schmerzte vor Verlangen, seine Hände wirklich auf sich zu spüren. Sein langes, heißes Glied zwischen ihren Beinen zu fühlen. Sie hatte es an ihrem Rücken gespürt, als sie den Sattel teilten. Sie hatte es an ihrem Knie gefühlt, als sie ihn getreten hatte, um zu fliehen. Die Neugier trieb sie in den Wahnsinn. Sie wollte es sehen, es anfassen. Herausfinden, ob es ihrer Vorstellung entsprach.

Sie dachte darüber nach, einen der Wachen ihres Vaters zu bitten, ihr Bett zu teilen, damit sie die dringend benötigte Erlösung finden könnte. Aber sie wusste, dass auch das nicht genug sein würde. Sie wollte *sein* Gewicht auf sich spüren.

Sie wollte ihren Wikinger zurück.

In der vierten Nacht kam ihr Vater in ihr Zimmer, um Sima über ihren Wikinger zu befragen. Sie gab bereitwillig die wenigen Informationen preis, die sie hatte, weil sie die schrecklichen Dinge nicht glaubte, die Abjörn ihr über ihren Vater erzählt hatte. Ihr Herz schmerzte, als das Gespräch weiterging, und obwohl er Abjörns Anschuldigungen nicht bestätigte, war Sima klug genug, auf die Worte zu hören, die ihr Vater nicht sagte.

„Vater, bitte sag mir, dass das, was er gesagt hat, nicht wahr ist? Du bist ein Mann der Ehre. Ich kann nicht glauben, dass du solche Dinge tun würdest", sagte sie und klammerte sich an die liebevollen Erinnerungen an ihren Vater.

Sein Gesichtsausdruck veränderte sich nicht. Stattdessen blickte er Sima mit steinernem Gesicht an. „Eine Dame sollte sich nicht mit solchen Dingen befassen", sagte er.

„Vater?", fragte sie, aber er winkte ab und ließ sie allein mit ihren Gedanken zurück.

Sie setzte sich auf ihr Bett und dachte über alles nach, was in der letzten Woche passiert war. Sie bemerkte einige Veränderungen an ihrem Vater, die sie gewählt hatte zu ignorieren. Er war reizbar, gestresst und schnell zu verärgern geworden. Andererseits war er immer offen zu Sima gewesen. Nicht ein einziges Mal in all den Jahren hatte er sich gescheut, Informationen mit ihr zu teilen. Doch sie hatte immer noch Fragen, die sie von der Nacht, in der er sie weggeschickt hatte, beantwortet haben musste.

*Und warum hat er nur mich weggeschickt? Warum hat er nicht auch meine Schwestern geschickt? Plant er eine Heirat für mich mit dem Sohn eines anderen Lords?* fragte sie sich. Schließlich nagten ihre Frustrationen an ihr, sie brauchte Antworten, und sie würde nicht aufhören, bis sie sie bekam.

Sie verließ ihr Zimmer und ging zu den Gemächern ihres Vaters. Sie waren leer, also wanderte sie durch die Hallen und durchsuchte Raum für Raum. Schließlich kam sie an der Audienzkammer vorbei. Die Tür stand einen Spalt offen und ließ das Licht der Fackeln durch den Spalt tanzen.

Sie griff nach dem Griff, hielt aber inne, als sie mehrere Stimmen drinnen hörte. Ihr Vater war nicht allein.

„Es ist der beste Weg, Eure Botschaft zu übermitteln, mein Lord", sagte eine Stimme.

„Habt Ihr es geschafft, die Überfälle zu stoppen?", fragte ihr Vater.

„Die Dörfer im Osten, ja. Nach letzten Berichten haben sie sich neu gruppiert und bearbeiten die Dörfer am See, westlich der Hügel", antwortete eine andere Stimme.

„Ihr wisst, was Ihr zu tun habt. Ihr habt Eure Befehle", kam eine dritte Stimme. Sima trat näher heran, um deutlicher hören zu können.

„Also ist die Siedlung leer?", fragte ihr Vater.

„Bis auf die Frauen und Kinder, ja. Die letzten Männer sind vor einem Tag abgezogen."

Sima durchsuchte ihr Gedächtnis. Sie konnte nicht herausfinden, wem die anderen Stimmen gehörten. Sie dachte, sie klangen vertraut, konnte sich aber nicht an die dazugehörigen Gesichter oder Namen erinnern.

„Wartet bis zum Einbruch der Nacht. Nutzt die Abkürzung durch das Tal als Deckung und brennt die ganze Siedlung bis auf den Grund nieder. Diese Wilden müssen wissen, dass dieses Land uns gehört. Wenn sie Krieg wollen, werden wir ihn ihnen geben. Nehmt alles von Wert mit und macht mit allen, die zurückbleiben, was ihr wollt", sagte ihr Vater.

Sima keuchte und bedeckte ihren Mund mit der Hand, um nicht entdeckt zu werden. *Das ist nicht ehrenhaft; das ist Feigheit. Unschuldige Frauen und Kinder werden abgeschlachtet. Ich muss Abjörn warnen!* dachte sie und wich schnell von der Tür zurück.

Sie raste durch die Hallen zu ihrem Zimmer, um ihren Umhang und eine kleine Tasche zu holen, die sie für Vorräte brauchen könnte. Tränen brannten in ihren Augen. *Das ist nicht mein Vater*, dachte sie, gebrochen von seinem Verrat. Er hatte nicht nur den Waffenstillstand mit den Wikingern verraten, sondern auch ihr Vertrauen.

Sie band ihren Umhang fest um sich und rannte durch die Hallen in Richtung Küche. Sie schlich durch den leeren Raum und drückte langsam die Tür zum Hof auf, wobei sie versuchte, die Scharniere nicht quietschen zu lassen. Die Wachen ihres Vaters hatten den Hof ständig patrouilliert, seit sie nach Hause gekommen war, und Sima wollte sie nicht alarmieren. Stattdessen musste sie an den Wachen im Hof vorbeischleichen und zu den Ställen gelangen.

Abjörns Pferd war noch da. Glücklicherweise war es ein treuer Hengst, der gut auf Sima zu reagieren schien. *Wenn ich ihm sein Pferd zurückgebe, wird er mir vielleicht zuhören, ich muss ihn zum Zuhören bringen*, duckte sie sich hinter einen Busch und wich den beiden Wachen aus, die plaudernd den Raum zwischen Sima und den Ställen auf und ab gingen.

Sie schlüpfte durch die Stalltüren und griff nach einem Sattel, der an der Rückwand hing, um das Pferd vorzubereiten. Als sie sich in der Dunkelheit umdrehte, stieß sie mit solcher Wucht gegen etwas, dass sie fast das Gleichgewicht verlor, bevor eine Hand sie ergriff und sie festhielt. Sie blinzelte in der Dunkelheit und versuchte zu erkennen, wer bei ihr war. Stattdessen zog der Fremde sie näher und zog sie ins Fackelschein.

„Abjörn", hauchte sie.

„Lady Sima."

Sie grinste. Ihr Wikinger war gekommen, um sie zu holen.

# KAPITEL
# ZEHN

„HAST DU EIN PROBLEM DAMIT, an einem Ort zu bleiben? Erst das Kloster, dann nimmst du mein Pferd mit", fragte Abjörn mit einem Grinsen. Es fühlte sich gut an, wieder in ihrer Gegenwart zu sein, und sein Herz schlug schneller, als er ihre Haut berührte.

„Pst, draußen sind Wachen; sie werden dich hören", flüsterte sie.

„Sollen sie doch kommen", sagte er, wieder ohne Rücksicht auf seine Lautstärke.

„Abjörn, du verstehst nicht, du musst nach Hause gehen. Mein Vater plant einen Angriff. Er hat eine kleine Armee. Sie werden aufbrechen, sobald die Sonne endlich untergeht", flüsterte Sima mit panischer Stimme.

Abjörn zuckte mit den Schultern. „Meine Brüder und ich können mit den Männern deines Vaters fertig werden", sagte er, nahm ihr den Sattel aus den Händen und legte ihn auf den Rücken des Pferdes.

„Nein, Abjörn, du verstehst nicht. Sie wissen, dass alle Frauen und Kinder unbewacht sind. Er plant, die Siedlung mit allen darin bis auf den Grund niederzubrennen", informierte sie ihn.

Er schreckte auf. Mit einer solchen Vergeltung hatte er nicht gerechnet. Hastig machte er das Pferd fertig. So gern er auch mehr Zeit mit Sima verbracht hätte, er musste los, wenn das stimmte. Und zwar schnell. Er ging in Gedanken die Karte durch und versuchte, den besten Weg zu finden, um seine Männer zu sammeln und sie so schnell wie möglich nach Hause zu bringen.

Sima stand schweigend da und wartete darauf, dass Abjörn antwortete. „Abjörn, bitte, du musst etwas unternehmen", drängte sie.

„Das werde ich. Zunächst einmal nehme ich mein Pferd zurück", sagte er, nahm die Zügel des Pferdes und wandte sich zum Gehen. Er stieß die Stalltüren auf und stieg auf sein Ross. Er warf einen letzten Blick auf ihren Busen, der sich bei ihrem keuchenden Atem hob und senkte.

Sima packte seinen Arm, und ihre Berührung sandte Feuer durch seine Adern. „Sie planen, durch das Tal zu ziehen. Ich kenne eine schnellere Route durch den Wald. Wir können deine Brüder unterwegs einsammeln und ihnen den Weg abschneiden, bevor sie die Siedlung erreichen. Bitte nimm mich mit. Bitte", flehte sie und verstärkte ihren Griff.

Abjörn bot ihr seine Hand an, und als sie sie ergriff, zog er sie mit einer schnellen Bewegung hoch und setzte sie vor sich in den Sattel. Es fühlte sich gut an, sie wieder in seinen Armen zu haben. „Halt dich fest", sagte er, und sie schlang ihre Arme so weit um seinen breiten Körper, wie sie konnte.

Sie vergrub ihr Gesicht an seiner Brust, und er nahm den Duft ihres Haares wahr. Sie roch nach Rosen und Glockenblumen. Dann, mit einem kräftigen Tritt, bäumte sich das Pferd auf, wodurch Sima an Abjörn hochrutschte und ihren Griff verstärkte. Abjörn grinste in sich hinein. Er hatte seine Frau zurück, und sobald sie den Angriff auf die Siedlung gestoppt hatten, plante er, sie zu nehmen. Sein Kopf schwamm vor allerlei Ausschweifungen, denen er mit ihr nachgehen wollte.

Das Pferd stürmte aus dem Stall und rannte durch den Hof, sprang über die Steinmauer, die das Gelände umgab, während Abjörn es nach Hause lenkte. Als das Pferd über die Hügel galoppierte, konnte Abjörn spüren, wie Simas Brüste im Rhythmus des Pferdes auf und ab wippten. Er trat dem Ross in die Rippen, damit es schneller lief, um das Gefühl ihrer Brust zu genießen, und stellte sich vor, wie sie bei jeder Bewegung etwas heftiger nickte.

Sima lenkte ihn über die Hügel in Richtung des Dorfes. Er wusste, dass seine Brüder und der Rest ihrer Truppen auf Raubzug waren. Als sie ankamen, informierte Abjörn sie über Lord Beechams Plan, die Siedlung niederzubrennen. Dittmer spuckte auf den Boden; sein Gesicht war vor Wut gerötet. „Was für ein Feigling greift unbewaffnete Frauen und Kinder an? Dieser Mann ist teuflischer, als wir zuerst dachten. Ich kann es kaum erwarten, meine Axt in seinen Schädel zu rammen."

Abjörn warf einen Blick auf Sima, der die Gesprächsrichtung offensichtlich unangenehm war. „Geht es dir gut?", fragte er sie.

Sie nickte, aber er wusste, dass sie log. Sie hob ihren Blick, um seinem zu begegnen. „Ich mag es nicht, aber du hast recht, er ist ein Feigling und muss sich für seine Verbrechen verantworten. Er muss die Konsequenzen für seine Taten tragen", sagte sie.

Der Sonnenuntergang rückte näher. Wenn sie sich nicht beeilten, würden sie es nicht rechtzeitig ins Tal schaffen, um die Soldaten aufzuhalten. „Erik, bring Sima nach Hause. Der Rest von euch folgt mir und bereitet euch auf den Kampf vor", sagte Abjörn, gab Sima einen Kuss auf die Stirn, bevor er sie auf Eriks Pferd hob.

„Warum muss ich den ganzen Spaß verpassen?", beschwerte sich Erik, bevor er tat, wie ihm geheißen wurde.

Abjörn, seine Brüder und der Rest ihrer Truppen warteten im Tal im Hinterhalt. Ihre Bogenschützen versteckten sich in den Bäumen, während der Rest der Truppen in Lauerstellung lag.

Lord Beechams Armee hatte mindestens doppelt so viele Männer wie Abjörn. Aber die Brüder machten sich keine Sorgen. Als die Soldaten in der Falle saßen, umzingelt von Abjörns Männern, brüllte er „Angriff!". Seine Stimme, laut und dröhnend, scheuchte Vögel aus den Bäumen. Pfeile flogen durch die Luft, sangen im Wind, bevor sie ihre Ziele trafen. Abjörn und seine Männer sprangen aus ihren Verstecken hervor, als Schwerter auf Schwerter trafen, ihre Klingen durch Haut und Knochen schnitten.

Ein Chor von Schmerzen und Todesröcheln hallte laut wider. So war der Gesang der Schlacht; wie sehr Abjörn ihn liebte. Abjörn suchte das Schlachtfeld ab in der Hoffnung, Lord Beecham zu finden. Aber wie er erwartet hatte, war der Lord ein Feigling, der seine Männer allein in die Schlacht schickte, denn er war nirgends zu sehen.

„Lasst uns Beecham zeigen, was wir Wikinger drauf haben", brüllte Sören über die Menge; mit einem Schwung seiner Axt schlug er einem Soldaten den Kopf ab, drehte sich um und hackte durch einen anderen. Abjörn blickte zu den Bäumen und sah, wie Dittmer Pfeil um Pfeil abschoss und ihre Feinde von oben niedermähte.

Ryker hatte ein Pferd gestohlen und ritt über das Schlachtfeld, jeden niedermähend, der ihm im Weg stand. Ihre Rüstungen waren der Macht der Wikinger nicht gewachsen.

Am Ende der Schlacht standen nur noch eine Handvoll von Lord Beechams Männern. Abjörn war beeindruckt vom Kampf seiner Männer. Seine Männer hatten standgehalten und nur wenige leichte Verletzungen erlitten. Abjörn packte einen von Lord Beechams Männern am Kragen und hob ihn über seinen Kopf. Der Soldat trat um sich und rang in Abjörns festem Griff nach Luft.

„Nimm, was von deinen Männern übrig ist, und geh zurück zu deinem Herrn. Sag ihm, was passiert, wenn er einen feigen Angriff auf unbewaffnete Frauen und Kinder plant", erklärte Abjörn und warf den Mann zu Boden. Der Soldat rappelte sich auf, während der Rest der Armee auf Pferde sprang oder wegrannte. „Sag deinem Lord, wenn er einen Krieg mit den Wikingern will, werden wir die ganze Macht Asgards mitbringen", brüllte Abjörn ihnen nach, seine Stimme ein Donnergrollen, das Thor Konkurrenz machte.

Seine Männer jubelten um ihn herum. „Abjörn, Abjörn, Abjörn", skandierten sie.

Er lächelte, erfreut über ihre Beifallsrufe, wollte aber etwas anderes mehr als ihre Huldigungen. „Kommt, Männer, lasst uns nach Hause gehen."

# KAPITEL
# ELF

ERIK STELLTE Sima Sörens Frau Firtha vor, mit der sich Sima auf Anhieb gut verstand. Firtha war so herzlich, dass sie Simas Nervosität angesichts des bevorstehenden Krieges beruhigte.

Sima empfand die Mischung aus drohender Gefahr, Adrenalin und der Lust, die sie in sich trug, als prickelnde Kombination. Sie stellte fest, dass sie erregter war als je zuvor und fragte sich, was passieren würde, wenn Abjörn nach Hause käme.

Das Wort überraschte sie. Sie dachte es noch einmal. *Zuhause.* Es fühlte sich richtig an, diesen Ort als *Zuhause* zu bezeichnen. Am Königshof hatte sie sich immer fehl am Platz gefühlt. Und der Verrat ihres Vaters schnitt wie ein Messer.

Firtha stürmte in die Hütte und ein freudiges Lächeln breitete sich auf ihrem Gesicht aus. „Sima, sie sind zurück, komm schnell", sagte sie, griff nach Simas Hand und zog sie nach draußen. Sima rannte hinter Firtha her, als die Wikingermänner unter dem Jubel ihrer Frauen in die Siedlung ritten.

Ihre Ankunft wurde mit einem Fest gefeiert, gefolgt von Trinken und Tanzen um Lagerfeuer. Zum ersten Mal in ihrem Leben hatte Sima das Gefühl, ihren Platz gefunden zu haben. Sie hatte mehr mit den Frauen hier gemeinsam als je zuvor am Königshof.

Später in der Nacht saßen Abjörn und Sima zusammen in seiner

Hütte. *Ihrer* Hütte. „Mein Vater wird nach mir suchen", sagte Sima und nippte an ihrem letzten Met.

„Soll er doch", sagte Abjörn und zog sein Hemd und seine Felle aus, sodass Sima zum ersten Mal einen Blick auf die Wand aus Muskeln werfen konnte, von der sie stundenlang fantasiert hatte. Es war genauso, wie Sima es sich erträumt hatte. Gemeißelte Muskeln, verziert mit einer oder zwei Narben, die seine Schönheit nur noch verstärkten.

„Wenn er kommen würde, um mich zu suchen, würdest du wollen, dass ich mit ihm gehe?", fragte sie, um die Lage zu testen.

Abjörn enttäuschte sie nicht. „Lass ihn versuchen, dich mir wegzunehmen", antwortete Abjörn, trat näher an sie heran und strich über den entblößten Teil ihrer Schulter.

„Du willst also nicht, dass ich gehe?", fragte sie und ließ ihre zitternde Hand knapp über seiner Hüfte streichen.

„Willst du denn gehen?", fragte Abjörn. Sima sah ihm in die Augen und schüttelte sanft den Kopf.

„Was willst du?", fragte er, legte seinen Arm um ihre Taille und zog sie an sich.

Sima biss sich auf die Lippe, während sie zu ihm aufsah. „Ich will hier bleiben... bei dir", hauchte sie.

Ein leichtes Schmunzeln umspielte Abjörns Mundwinkel. „Was willst du noch, Sima?", fragte er und fuhr mit seiner freien Hand durch ihr Haar.

Sie schloss die Augen und erinnerte sich an das Gefühl vom letzten Mal, als seine Finger in ihrem Haar verflochten waren. Sie hakte ihre Finger in den Bund seiner Hose und schob sie nach unten, wobei sie den Teil von ihm entblößte, den sie am meisten begehrte. Sie bestaunte die Schönheit zwischen seinen Beinen. Er war lang und dick, mit einer leichten Krümmung nach links.

„Ist das die Art, wie sich Hofdamen immer verhalten?", fragte Abjörn und stieg aus seiner Hose.

„Ist das die Art, wie sich Wikingerfrauen verhalten?", fragte sie und öffnete langsam die Schnürung ihres Mieders, wobei sie ihre Brüste Zentimeter für Zentimeter freilegte.

Abjörn lachte und nickte zur Antwort. „Wikingerfrauen sind

willensstark und haben keine Angst davor, nach dem zu fragen, was sie wollen", antwortete Abjörn, während seine Augen der Linie ihrer Finger folgten.

„Dann war ich wohl nie dazu bestimmt, eine Hofdame zu sein... Ich bin dazu bestimmt, eine Wikingerfrau zu sein", hauchte sie und ließ ihr Kleid zu ihren Füßen fallen.

Abjörn packte erneut ihr Haar, auf die kraftvolle und dennoch sanfte Art, nach der sie sich gesehnt hatte, und senkte seine Lippen auf ihre. Seine Zunge plünderte ihre Lippen, als sie ihren Mund öffnete, um ihn willkommen zu heißen.

Seine Hände umfassten ihre runden Pobacken, als er sie hochhob und es ihr ermöglichte, sich um ihn zu schlingen, während er sie zum Tisch trug.

Er setzte sie auf die Kante und ging auf die Knie, wobei er ihre Beine weit spreizte. Sima stützte sich mit den Händen hinter sich auf dem Tisch ab und legte ihre Beine über Abjörns Schultern. Sie spürte seinen warmen Atem an ihrem Oberschenkel, als er Küsse nach oben verteilte, bis er den Teil von ihr erforschte, der nach seiner Berührung lechzte.

Sie stöhnte vor Vergnügen auf, als seine Zunge über die schmerzende Knospe leckte. Es war besser, als sie es sich je vorgestellt hatte. Während seine Zunge Wunder vollbrachte, spreizten seine Finger ihre Lippen und dehnten sie weit. Sima ließ sich auf den Tisch zurücksinken, während ihre Hände ihre Brüste erkundeten und ihre schmerzenden Brustwarzen streichelten und kniffen. Ihr Atem beschleunigte sich, als er sie der Ekstase, nach der sie sich sehnte, immer näher brachte. „Abjörn, ja!", stöhnte sie keuchend, während der Druck zunahm.

Schließlich brachte er sie über die Schwelle, und sie schrie seinen Namen. Sima sprang vom Tisch, nahm seine Hände in ihre und führte ihn zum Bett. Er legte sich hin, und Sima setzte sich rittlings über seine Hüften. Sie wollte ihn reiten, ihn tief in sich spüren.

Sie nahm seinen harten Schwanz in die Hand und führte ihn in sich ein, wobei sie scharf die Luft einsog, als er sie vollständig ausfüllte. Sie stieß ein Stöhnen aus. Er fühlte sich so gut in ihr an.

Abjörn legte seine Hände auf ihre Hüften, während sie langsam an ihm auf und ab glitt und sich an seine Länge gewöhnte. Sima hatte nicht mit vielen Männern geschlafen, aber Abjörn war größer als sie alle. Als sie an Geschwindigkeit zunahm und ihre Hüften kreisen ließ, wurden ihre Lustschreie lauter, bis beide nach Luft schnappten. Sie konnte spüren, wie sich ihr Höhepunkt tief in ihr aufbaute, aber sie wollte ihre Erlösung erst fühlen, wenn er seine erreichte. Stattdessen wollte sie seine Erlösung in sich spüren. Seine Hände wanderten nach oben und massierten ihre Brüste, während sie lauter stöhnten. „Oh, Abjörn", rief sie.

„Sima", knurrte er, als seine Erlösung ihn überkam, und Sima erlaubte sich endlich, ihre eigene Erlösung mit ihm zu fühlen, wobei sie sich um ihn zusammenzog und jeden Zentimeter spürte. Schließlich fiel sie keuchend auf seine Brust, der Klang seines Herzschlags wie ein Wiegenlied, während sich seine Arme liebevoll um sie schlangen.

*Das war besser als jede Fantasie*, dachte sie, bevor sie in seinen Armen in den Schlaf driftete.

# EPILOG

ABJÖRN VERSAMMELTE seine Familie um sich.

„Lord Beecham ist vielleicht nicht unser einziges Problem", sagte Abjörn, als er mit seinen Brüdern am Tisch saß, kurz darauf gesellte sich Sima zu ihnen.

Abjörn nickte Sima zu. Sie holte tief Luft und sagte: „Mein Vater handelt nicht allein. Ich glaube, er handelt auf Befehl von jemandem Höhergestellten, vielleicht jemandem, der dem König näher steht."

„War also sein Angriff auf die Siedlung seine Idee oder die von jemand anderem?", fragte Dittmer mit einem verwirrten Gesichtsausdruck.

„Ich weiß es nicht. Mein Vater hat das Land, auf dem die Siedlung steht, verloren, bevor ich geboren wurde. Daher bin ich mir nicht sicher, wem es gehörte, bevor der König euch das Land gab", sagte Sima.

„Also haben wir jetzt noch einen Feind", sagte Ryker mit ernster Miene.

„Egal, wie viele Feinde wir in diesem fremden Land haben, wir haben Odin auf unserer Seite und werden nicht besiegt werden", sagte Abjörn.

ENDE

# ERIK

## VOM RUNENMEISTER GEDEMÜTIGT

# CRIK

VOM RUNENMEISTER GEDEMÜTIGT

## PEYTON LAWSON

BEACHES AND TRAILS
PUBLISHING

# PROLOG

DIE JÜRGENSEN-BRÜDER SASSEN in der Ratshaus. Sie hatten so lange geredet, dass ihre Mägen nun zu knurren begannen. Abjörn, als ältester Sohn, galt als der Weiseste, aber selbst mit seinem Rat und seiner Weisheit waren sie der Lösung des Rätsels, mit wem Lord Beecham im Bunde stand, keinen Schritt näher gekommen.

Die Gemüter begannen sich zu erhitzen, als sich das Gespräch im Kreis drehte. Frustration lag dick in der Luft.

„Du redest Unsinn, Bruder. Das haben wir doch schon besprochen!", stöhnte Abjörn und rieb sich frustriert den Bart.

Erik kämpfte darum, sein Temperament zu zügeln. Als zweiter Sohn stand er nicht in der Erbfolge und musste härter kämpfen und schneller lernen als alle anderen, um seinen Wert zu beweisen. Jede Idee, die Erik hatte, wurde von seinem älteren Bruder schnell zunichtegemacht, was Erik dumm aussehen ließ und ihn verbittert gegenüber Abjörn machte.

Die Hütte dröhnte, als jeder versuchte, das Gespräch zu führen und seine Ideen zu Gehör zu bringen. Sören rieb sich die Schläfen, als sich eine neue Kopfschmerzen anbahnte.

Ryker kam ein Gedanke, als er schließlich eine Frage stellte, die zuvor niemand in Betracht gezogen hatte. „Was hat Vater überhaupt hier in England gemacht?"

Die Frage brachte den Raum zum Schweigen. Sie war so offensichtlich, dass die Brüder einander ansahen und sich stumm fragten, warum niemand früher darauf gekommen war.

In Wahrheit ergab die Reise ihres Vaters hierher nicht viel Sinn. Als jemand in direkter Linie zum dänischen Thron war es seltsam, dass er sich selbst in Gefahr bringen würde, indem er persönlich einen Raubzug unternahm.

Erik dachte ernsthaft über die Frage nach; es gab vieles zu bedenken, was keiner von ihnen zuvor erkannt hatte. „Ryker hat recht; Vater hatte seit Jahren keinen Feldzug mehr unternommen. Er hatte viel zu viele andere wichtige Pflichten zu erledigen." Erik stand auf, um seinem Argument mehr Gewicht zu verleihen. „Warum also dieser Versuch? An so fremden Ufern und ohne seine Wache, und auch ohne uns?"

Abjörn kaute an den Worten seines Bruders, rieb sich den Bart, während sich seine Stirn in Falten legte, als er versuchte, eine Antwort zu finden. Er konnte es nicht.

Der Raum verfiel in ein noch tieferes Schweigen, da niemand sonst die Frage beantworten konnte. Ihr Vater vertraute ihnen allen bedingungslos und schickte sie oft auf Expeditionen, die er selbst für zu gefährlich hielt. Seine Söhne waren starke, intelligente Männer mit vielen erfolgreichen Schlachten in ihrer Bilanz. Während frühere Königshäuser einen engen Kriegsrat hielten, hatte ihr Vater ihnen gegen den Willen seiner königlichen Berater vertraut.

Die Frage lag schwer in der Luft und lastete auf allen Brüdern. Schließlich, als die Nacht hereinbrach und es weder Antworten noch neue Wege der Nachforschung gab, entließ Abjörn den Rat für den Abend.

Als die Männer die Hütte verließen, wurden diejenigen, die Frauen gefunden hatten, mit offenen Armen empfangen - Begrüßungen mit Umarmungen und leidenschaftlichen Küssen, bevor sich jedes Paar zu seiner bescheidenen Behausung begab.

Erik beobachtete verwirrt, wie die Fragen des Abends immer noch in seinem Kopf kreisten und ihn plagten. Wenn Abjörn keine Antwort finden konnte, dann musste er es tun. Wenn er den Grund für die Reise seines Vaters herausfinden könnte, dann würden seine Brüder vielleicht sehen, wie weise er tatsächlich war.

Er sah zu, wie die liebestrunkenen Paare zu ihren Hütten gingen, und schüttelte den Kopf. Kein Wunder, dass keiner von ihnen brauchbare Antworten oder Pläne entwickeln konnte; sie waren alle von ihren Frauen berauscht. Frauen machten einen weich, dachte er. Gottseidank hatte er noch seinen klaren Verstand.

Erik stapfte durch die Siedlung, das Gewicht seiner Gedanken drückte ihn nieder und ließ sein Blut kochen, während er nach den Antworten suchte, die er brauchte.

Seine Hütte lag am weitesten von seinen Brüdern entfernt; er bevorzugte es so. Erik mochte es, den nächtlichen Eskapaden seiner Brüder aus dem Weg zu gehen. Als er sich seiner Hütte näherte, rief ihm eine der Frauen, die kürzlich das heiratsfähige Alter erreicht und deutlich gemacht hatte, wie sehr sie sich einen Ehemann wünschte, leise zu.

Erik mangelte es nicht an weiblichen Bewunderern, aber wie bei allen früheren Versuchen von Frauen, seine Aufmerksamkeit zu gewinnen, ignorierte er sie. Stattdessen sah er hinüber und knurrte voller Abscheu. Er hatte weitaus Wichtigeres zu tun, als sich in weibliche Verstrickungen zu begeben.

Die junge Frau raschelte mit ihren Röcken und entblößte eine ihrer Brustwarzen in dem Versuch, ihn zu verführen. So schön sie auch war, er ignorierte sie weiterhin.

Er war hierhergekommen, um sich zu beweisen, sein Vermögen zu vergrößern und sich eine Zukunft aufzubauen. Er war gekommen, um seinen Wert zu zeigen. Seine Mission würde sich nie ändern. Er würde nicht aufhören, bis seine Mission erfüllt war. Die Antworten mussten bei seinem Vater liegen.

Es gab einen Ort, an den ein Mann gehen musste, wenn er Antworten brauchte, und die Antworten waren näher, als er dachte. Er musste zu Bryn gehen.

# KAPITEL
# EINS

BRYN WAR EINST eine Kriegerin gewesen, genauso stark und wild wie jeder Mann. Sie hatte nie von einem Mann abhängig sein wollen, um etwas zu bekommen, das sie brauchte. Schon als Mädchen war Bryn unglaublich selbstständig gewesen und hatte die Jungen in ihrem Alter oft beim Überfallspielen geschlagen.

Oft blickte Bryn mit Zuneigung auf ihre Zeit in der Schlacht zurück, gefolgt von Trauer. Ihre letzte Schlacht war eine für die Ewigkeit gewesen. Und obwohl sie sich und ihren Vater stolz gemacht hatte, war sie schwer verletzt worden. Ihr Bein war nie vollständig geheilt. Die verletzte Gliedmaße saß nun in einer seltsamen Position vom Knie abwärts, was sie mit einem auffälligen Hinken gehen ließ.

Schmerz war immer ihr Freund gewesen; sie war ihm nie aus dem Weg gegangen und hatte ihn genauso gut ertragen wie jeder Mann. Doch selbst in ihrem neuen Leben dachte sie oft, dass ihr Freund, der Schmerz, seinen Willkommensgruß etwas überstrapaziert hatte.

Sie würde nie wieder in die Schlacht reiten, also war Bryn gezwungen gewesen, ihr Leben ihren anderen Talenten zu widmen. Glücklicherweise hatte Bryn eine magische Gabe erhalten, gesandt von Frigg, der Königin von Asgard und höchsten der Göttinnen. Bryn nutzte diese Gabe als Runenmeisterin der Siedlung.

Bryns Bein bereitete ihr an diesem Abend große Probleme; sie war gerade dabei, etwas Mohnmilch zu trinken und sich für den Abend zurückzuziehen, als der zweite Jürgensen-Bruder in ihr Zelt platzte.

„Du bist die Runenmeisterin, ja?", fragte Erik, sein Gesicht ernst. Für einen Moment klang seine Frage eher wie eine Anklage.

„Ja, das bin ich; was brauchst du?", fragte Bryn und humpelte durch das Zelt zu dem Tisch, der alles enthielt, was sie für das Runen- werfen brauchte.

Erik sah sich in ihrem Zelt um, als wäre er hinter feindliche Linien geraten. Bryn kannte diesen Blick. Oft, wenn Leute sie baten zu werfen, war es, weil sie glaubten oder zumindest glauben wollten; aber einige wenige hielten ihre Gaben für einen Betrug.

„Welche Antworten suchst du?", fragte Bryn, langsamer gehend und versuchend, den stechenden Schmerz in ihrer Hüfte zu ignorieren. Sie biss die Zähne zusammen und griff nach ihrem Stuhl, um endlich das Gewicht von ihrer Verletzung zu nehmen. „Ich brauche Antworten über meinen Vater und seine Reise hierher, da die Dinge nicht zusam- menpassen. Ich muss die Antwort auf unser Problem herausfinden", sagte Erik und ging durch den Raum, um sich zu Bryn zu setzen.

Erik lehnte sich im Stuhl zurück und starrte Bryn intensiv an. „Ich brauche die Runen, um mir zu sagen, was an dieser Expedition so besonders war, dass Vater ohne ein Wort an uns reiste. Ich muss wissen, mit wem unser Feind zusammenarbeitet."

Bryn war für einen Moment wie betäubt. Sie blickte ihn leer an und suchte in seinem Gesicht nach irgendeinem Anzeichen von Wissen. Dann, nach einigen Momenten, wurde ihr klar. Er wusste es nicht.

Mit allem, was Bryn wusste, nicht nur aus Geheimnissen, die ihr anvertraut wurden, wenn Menschen kamen, um ihren Rat beim Runenwerfen zu suchen, sondern auch aus ihrer Geschichte in der Schlacht, wusste sie, dass Feinde überall waren. Sie wusste auch, dass manchmal Feinde als Freunde getarnt waren.

Erik sah sie an, ahnungslos gegenüber den Gedanken, die in ihrem Kopf herumschwirrten. Wenn Bryn das selbst sagen durfte, war er ein wunderschönes Exemplar eines Mannes. Dichtes blondes Haar, Muskeln über Muskeln und hohe gemeißelte Wangenknochen. Er hatte einen starken Kiefer, umrahmt von einem langen blonden Bart, von dem zwei kleine Zöpfe über sein Kinn hinaus hingen. Es gab eine leichte Narbe über seiner linken Wange und blaue Augen, so hell, dass sie fast grau waren.

Er sah aus wie die Verkörperung von Thor selbst, dachte Bryn, als sich seine Stirn ungeduldig runzelte.

Erik wurde besorgt über Bryns Schweigen. Als sich seine Stirn vertiefte, bemerkte sie eine weitere Narbe durch seine rechte Augenbraue. Sein Ruf als furchteinflößender Krieger eilte ihm voraus.

Sie schüttelte den Kopf und versuchte, die plötzlichen ungewohnten Gefühle der Anziehung abzuschütteln. Je länger er sie mit diesem grüblerischen Blick ansah, desto stärker raste ihr Puls. Sie dürfte nicht zulassen, dass Anziehung ihre Sicht trübte, sagte sie sich, bevor sie abrupt aufstand und sich vom Tisch wegschob.

„Es tut mir leid, ich kann dir nicht helfen; die Antworten, die du suchst, stehen mir nicht zu, sie zu geben. Bitte geh", antwortete sie und drehte sich von ihm weg.

Sie stand da und fummelte an den Schmuckstücken auf den Holzregalen herum, die sie am hinteren Ende ihres Zeltes aufgestellt hatte, und wartete auf das Geräusch seines Gehens.

# KAPITEL
# ZWEI

ERIK VERLIESS das Zelt mit einem unguten Gefühl. Die Antworten lägen nicht bei ihr; was könnte sie damit meinen? Die Jürgensen-Brüder waren dänischer Adel, und was auch immer sie meinte, Erik war es nicht gewohnt, dass jemand Nein zu ihm sagte. Die Leute sagten oft Ja, nur wegen seines blauen Blutes, aus Angst während seiner Raubzüge oder einfach aus Bewunderung für seine Siege in der Schlacht. „Nein" war normalerweise kein Wort, das Erik zu hören bekam. Je mehr er den Gedanken in seinem Kopf hin und her wälzte, desto frustrierter fühlte er sich.

Wie konnte sie es wagen, ihn abzuweisen, dachte er, als er sich abrupt umdrehte und zurück zu ihrem Zelt eilte.

Erik betrat das Zelt der Runenmeisterin mit so viel Kraft, wie es in der Stoffstruktur möglich war. Er wirbelte seinen Kopf herum und fand Bryn bei der Arbeit an einer Runenschnitzerei. Die große Steintafel war das auffälligste Ding im Zelt neben ihm selbst. Er konnte nicht fassen, dass er sie vorher nicht bemerkt hatte.

Sie klopfte weiter auf den Stein ein, und er machte noch ein paar Schritte ins Innere.

„Warum weigerst du dich, für mich zu werfen? Was verbirgst du? Ich verlange Antworten; ich bin ein Jürgensen-Bruder. Weißt du, wen du abweist?", brüllte er, während er in dem kleinen Raum auf und ab ging und sein Blut kochte.

Die Runenmeisterin ignorierte ihn und klopfte weiter, als wäre er nicht da.

Eriks Wut wuchs, je mehr sie seine Forderungen ignorierte. Er stampfte mit dem Fuß auf wie ein trotziges Kind, um ihre Aufmerksamkeit zu gewinnen. Aber wieder einmal zuckte sie nicht einmal mit der Wimper bei seiner Anwesenheit.

„Ich habe dir eine Frage gestellt!", knurrte er.

„Du hast mir tatsächlich mehrere gestellt", begann sie und blies Staub von ihrer Schnitzerei. „Und ja, Erik Jürgensen, ich weiß genau, wer du bist... Weißt du, wer ich bin?"

Sie klopfte am untersten Teil des Steins weiter. Erik verstummte für einen Moment, verärgert darüber, dass sie es wagte, ihn zu hinterfragen, aber da er nicht dumm aussehen wollte, antwortete er stur.

„Du bist die Runenmeisterin", sagte er, wobei seine Bemerkung mehr wie eine Frage klang.

„Das wissen wir jetzt schon, nicht wahr?", sagte sie, und Erik konnte das Amüsement in ihrer Stimme hören. Sie verspottete ihn. Noch nie hatte ihn eine Frau aufgezogen; die Einzigen, die ihn neckten, waren seine Brüder. Es war ein Gefühl, das er nicht mochte.

„Natürlich würdest du nicht wissen, wer ich bin. Ein Krieger wie du würde jemandem mit einer Unvollkommenheit wie meiner niemals einen zweiten Blick schenken. Du hast mir vor diesem Abend keinen Moment Beachtung geschenkt", tadelte sie und erhob sich langsam. „Willst Antworten, aber bemühst dich nicht einmal, nach meinem Namen zu fragen."

Erik bemerkte, wie sie sich mit ihrem Bein abmühte, und bewunderte, wie stark sie dennoch wirkte. Er beobachtete sie, wie sie ihre Arbeit prüfte, jede Rune streichelte und kontrollierte, ob sie perfekt war.

Er dachte einen Moment über ihren Vorwurf nach, bevor er sanft seine Antwort gab. „Dein Name ist Bryn, und dein Hinken ist nicht der Grund, warum ich dich nicht bemerkt habe. Ich beachte Frauen nicht; erst wenn sie sich mir zu Füßen werfen, bleibt mir keine andere Wahl, als sie zu bemerken."

„Ah, dann erregst du dich nicht beim Anblick von Frauen; vielleicht sind es deine Mitkrieger, die dich erregen?" Sie grinste und warf endlich einen Blick über ihre Schulter, wobei sie seinen Blick auffing. Ihre Bemerkung ließ Erik kalt. Er hatte Wichtigeres im Kopf als Frauen und die Dramen, die mit ihnen einhergingen.

„Ha! Du verspottest mich mit Worten, die keine Wirkung haben. Glaub mir, ich habe kein Problem damit, mich zu erregen, wenn die Stimmung es zulässt!", lachte er, verschränkte die Arme vor seiner breiten Brust und hob eine Augenbraue.

Erik ließ seinen Blick über Bryn schweifen. Sie sprach etwas Wahres, er hatte sie vorher nie bemerkt, und als er sie jetzt ansah, wurde ihm klar, was für ein Fehler das gewesen war. Sie war anders als die anderen Frauen in der Siedlung. Sie hatte die Ausstrahlung einer Kriegerin. Sie war stark mit muskulösen Armen und Schultern, dabei aber immer noch schlank und feminin. Ihre Kurven waren sehr angenehm anzusehen.

Ihre Augen waren hart, fast wütend auf die Welt, aber Erik konnte sehen, was ihre Augen verbargen. Ihre Augen hatten fast denselben Farbton wie seine. Ihr Haar hatte ebenfalls fast die gleiche blonde Farbe wie seines. Sie hatte es an mehreren Stellen auf ihrem Kopf geflochten, Erik vermutete, um es davon abzuhalten, ihr in die Augen zu fallen, und der Rest fiel in Wellen ihren Rücken hinunter. Erik fragte sich, wie sich diese Locken wohl anfühlen würden, wenn sie sich während der Leidenschaft um seine Finger wickelten. Der Gedanke allein gab ihm Anlass, sich zu erregen, was ihn unruhig von einem Fuß auf den anderen treten ließ.

„Ah, dann fürchtest du also meine Magie", neckte sie, schmunzelnd, als sie sich langsam umdrehte, um ihm ins Gesicht zu sehen, mit einem schelmischen Glitzern in ihren Augen.

Erik bäumte sich bei ihren Worten auf und vergaß sofort die Bilder der Leidenschaft, die nur Momente zuvor durch seinen Kopf gegangen waren. Die Anschuldigung, dass er sich nur beim Anblick seiner Mitkrieger erregte, störte ihn nicht, aber eine Anschuldigung der Furcht? Das würde er nicht auf sich sitzen lassen!

Erik war stolz darauf, ein furchtloser Krieger zu sein. Er hatte viel zu viel zu beweisen, um Furcht jemals in seinen Weg treten zu lassen.

Seine Stirn runzelte sich, und er machte mit jedem Wort, das er sprach, einen Schritt näher auf sie zu, bis er über ihr aufragte.

„Ich habe vor nichts Angst; du wirst nie einen Krieger treffen, der so frei von Furcht ist wie ich. Dein Geschlecht macht mir keine Angst, deine Unvollkommenheit, wie du es nennst, macht mir keine Angst, und deine Runen machen mir keine Angst. Möchtest du eine Demonstration?", fragte er, als sie mit dem Rücken an ihrer Steinschnitzerei stand.

Er erwartete, dass sie sich angesichts seiner Größe beugen würde, da er sie nicht nur an Höhe, sondern auch an Muskeln überragte. Aber stattdessen stand sie fest, unbeweglich, während sie tief in seine Augen starrte. Während ihr Gesicht und ihr Mund sich weigerten zu antworten, war Erik sicher, dass ihre Augen zu ihm sprachen.

Erik drängte vorwärts und presste Bryn zwischen sich und ihre Schnitzerei. Sie drückte ihre Hände gegen seine Brust und versuchte, Abstand zwischen ihnen zu schaffen, aber Erik packte beide ihre Handgelenke in einer seiner riesigen Hände und hielt sie über ihrem Kopf fest, wodurch Bryn ihm ausgeliefert war.

Er senkte seine Lippen auf ihre, drängte seine Zunge in ihren Mund und erkundete ihn. Es überraschte ihn nicht, zu spüren, wie ihr Körper reagierte, als ihre Zunge seine als Antwort massierte.

Er ließ seine freie Hand ihre Kurven erkunden, und er hörte deutlich, wie sie vor Vergnügen bei seiner Berührung stöhnte. Er griff hinunter, um unter ihren Röcken zu erkunden, und streichelte den Oberschenkel ihres verletzten Beins, als Bryn plötzlich ihre Meinung änderte.

Mit einer Kraft, die Erik nicht erwartet hatte – und von der er ziemlich beeindruckt war – riss Bryn ihre Hände frei und stieß ihn hart gegen die Brust, sodass er einen Schritt zurücktreten musste. Sie griff nach dem langen Stab, den sie als Gehhilfe benutzte, und benutzte ihn, um das Gleichgewicht zu halten, als sie ihr gesundes Bein hob und Erik hart in den Magen trat, sodass er zurücktaumelte und nach Luft schnappte, als der Schlag ihm die Luft aus den Lungen trieb.

Als Erik sich den Bauch rieb, lachte er leise, amüsiert über den Sinneswandel der Runenmeisterin. Er blickte zu ihr auf und ihr Gesicht verzog sich vor Wut. Sie griff nach ihrem Stab, drehte sich blitzschnell und schwang ihn gegen Erik. Er traf hart seine Wange und Erik sank auf die Knie. Bevor er reagieren oder begreifen konnte, was gerade geschehen war, holte sie erneut aus und streckte ihn flach auf den Bauch nieder.

„Nenn mir einen guten Grund, warum ich dich nicht hier und jetzt kastrieren sollte!", bellte sie und starrte auf Erik hinab, der sich aufsetzte und seinen Kiefer rieb.

„Du schienst dich nicht zu beschweren; tatsächlich kann ich deine Zunge immer noch auf meinen Lippen schmecken", kicherte Erik. Seine Antwort wurde mit einem weiteren Schlag ihres Stabes und dem schnellen Ziehen einer kleinen Klinge aus ihrem Stiefel quittiert.

Erik kniete still, während Bryn die Klinge an seine Kehle hielt. Die beiden starrten sich tief in die Augen, jeder den anderen abschätzend. Erik beobachtete, wie ihre Augen zuckten, und grinste noch etwas mehr. Bryn war erregt gewesen; sie hatte es genossen, auch wenn sie es jetzt leugnete.

Sowohl Erik als auch Bryn atmeten noch sanft nach ihrem gemeinsamen Kuss, aber beide waren stur und keiner wollte der Erste sein, der den Blickkontakt brach.

„Jetzt, wo ich bewiesen habe, dass ich weder Angst vor dir habe noch von dir abgestoßen bin, wirst du deine Runen werfen und meine Fragen beantworten?", fragte er.

Bryn zitterte leicht, als sich ihr Griff um die Klinge verstärkte; sie starrte Erik noch einen Moment länger an, bevor sie das Messer zurück in ihren Stiefel steckte und sich wieder zu ihrer vollen Größe aufrichtete.

Der Zorn in ihrem Gesicht blieb unverändert. Schweigend ging sie zu ihrem Tisch hinüber und deutete mit zusammengezogenen Brauen an, dass Erik sich zu ihr setzen sollte. Erik stand auf und gesellte sich langsam zu ihr an den Tisch, wobei er sie amüsiert und aufmerksam beobachtete.

„Ich werde für dich werfen, aber nur, weil meine Pflicht mich dazu zwingt. Sobald die Lesung beendet ist, wirst du gehen und mich nie wieder belästigen", sagte sie entschieden, nahm ihre Runen und warf sie weit über den Tisch zwischen ihnen beiden.

# KAPITEL
# DREI

BRYN BETRACHTETE DIE KLEINEN RUNENSTEINE, die auf dem Holz lagen, und versuchte sich zu konzentrieren, während ihr Herz noch immer raste. Sie verspürte eine Mischung aus Erregung und Hass für den Mann, der vor ihr saß.

Sie hielt ihren Blick stetig auf die Runen gerichtet und war vorsichtig, ihn nicht zu heben, um seinen zu treffen. Sie konnte es nicht ertragen, ihn anzusehen, hin- und hergerissen zwischen den Gefühlen, die in ihr aufwallten, und ihrem Ärger und Stolz.

„Die Runen deuten auf Dänemark hin", murmelte sie, während sie die Steine sorgfältig betrachtete.

Sie hatte nicht erwartet, dass ihre Weissagung etwas wie das offenbaren würde, was vor ihr lag. Sie benannten praktisch den Mann hinter dem Verrat am verstorbenen zukünftigen König von Dänemark.

Bryn wusste, dass sie vorsichtig vorgehen musste. Erik war offensichtlich ein leidenschaftlicher Mann, sei es im Umgang mit einer Frau oder wenn es um seine Mission ging. Bryn wusste, wenn sie zu viele Informationen zu schnell preisgab, könnte es Erik auf den falschen Weg führen. Sie wollte nicht, dass sein Zorn ihn in Gefahr brachte.

„Was siehst du?", fragte er und lehnte sich näher zu den Runen, als könnte er sie plötzlich auch lesen.

„Die Runen sprechen von einer Bedrohung von vertrauten Ufern", begann sie. „Das Bündnis zwischen diesen Ländern und der Heimat ist ein Bündnis von Feinden, nicht von Freunden." Die Besorgnis in ihrer Stimme war schwer zu verbergen.

Jetzt ergibt alles einen Sinn, dachte sie, als sie die Steinfliesen noch einmal betrachtete. Sie wusste mehr, als sie erwartet hatte, und nun begann ihr Herz aus völlig anderen Gründen als zuvor zu rasen. Wenn ihre Schlussfolgerungen richtig waren, waren die Dinge viel schlimmer, als sie schienen. Sollte sie es ihm sagen? Er musste es wissen, sie alle mussten es wissen. Aber wenn sie sprach, würde sie sie in Gefahr bringen?

Sie haderte mit sich selbst, zu ängstlich, um die Worte laut auszusprechen. Der Feind, vor dem die Runen warnten, war auch ihr Feind, und der Kampf rückte näher an die Heimat heran.

„Was meinst du? Unsere Feinde kämpfen zusammen?", fragte Erik.

Bryn betrachtete die Weissagung auf dem Tisch noch einmal und las immer wieder, was vor ihr lag, um sicherzugehen, dass sie es richtig verstanden hatte.

Sie konnte es nicht länger zurückhalten. Sie atmete tief durch und setzte sich gerade hin, wobei sie Erik endlich in die Augen sah. Er blickte zurück und wartete gespannt auf ihre Antwort. Sie öffnete den Mund, um zu sprechen, als die Weissagung von Rufen von draußen unterbrochen wurde.

„Ein Schiff mit freundlichen Segeln. Es ist der Jarl!", brüllte die Stimme draußen.

Bryns Herz begann zu rasen. Es erschreckte sie immer noch manchmal, wie genau sie die Steine interpretieren konnte, und jetzt musste sie offenbaren, was sie wusste, bevor es zu spät war.

Erik stand auf, um zu gehen, und Bryn packte seinen Ärmel fest mit ihrer Faust. Er schaute auf seinen Ärmel und dann zurück in ihr Gesicht, verwirrt darüber, warum sie das Bedürfnis verspürte, ihn aufzuhalten. Sie konnte seinen Kuss immer noch auf ihren Lippen spüren, und ihre Finger kribbelten, als sie ihn berührte. Widersprüchliche Gefühle überfluteten sie, als sich ihre Blicke erneut trafen.

„Geh nicht; ich habe dir noch viel zu erzählen. Ich fürchte, es ist von großer Wichtigkeit", sagte sie, aber Erik weigerte sich zuzuhören.

„Der Jarl ist hier; er wird mit dringend benötigten Vorräten und mehr Männern gekommen sein. Ich muss gehen und meinen Brüdern helfen", sagte er, bevor er aus ihrem Zelt rannte.

Bryn betrachtete die Steine noch einmal und prägte sich ihre Botschaft ein, bevor sie sie wegräumte. Als sie den letzten Stein wegräumte, schlug sie mit der Faust auf den Tisch. Wut und Frustration überfluteten sie wie die Wellen, auf denen der Jarl heransegelte.

„Er verlangt eine Weissagung und flieht dann, bevor ich fertig bin. Warum sucht er meinen Rat und lehnt dann die Ergebnisse ab?", atmete sie aus.

Sie war sich nicht sicher, was sie mehr frustrierte: seine Ablehnung ihrer Deutung, seine grobe Behandlung oder die Tatsache, dass sie mehr wollte. Er hatte Recht gehabt, sie genoss seine Berührung, aber sie wusste, dass es gefährlich sein könnte, ihm die Macht zu geben, zu wissen, dass er Recht hatte.

# KAPITEL
# VIER

DIE SIEDLUNG BRACH in Jubel aus, als das Schiff ankam. Der Gedanke an die Ankunft des Jarls sorgte für große Aufregung.

Bryn humpelte durch die Siedlung und wich der Aufregung aus, während andere vorbeieilten. Feuer wurden entfacht und ein riesiges Festmahl vorbereitet. Bryn beobachtete, wie der Jarl und seine Männer an Land gingen und von den Jürgensen-Brüdern begrüßt wurden.

An diesem Abend, nachdem sich die Gäste nach ihrer langen Reise eingelebt hatten, begann das Fest. Frauen und Kinder tanzten um die Feuer, Fässer mit Met, Bier und Wein wurden geöffnet, und Krieger kämpften, um dem Jarl ihre Stärke zu zeigen. Es folgten Übungskämpfe mit hölzernen Kinderschwertern und Armdrücken.

Bryn schnaubte verächtlich; es widerte sie an, wie die Leute dem Mann zu Füßen fielen, als wäre er etwas Besseres als der Rest.

*Er ist nichts Besonderes; selbst mit meinem Bein könnte ich ihn im Kampf besiegen*, dachte sie, während sie Erik aufmerksam beobachtete und der Aufregung im Lager lauschte.

„Jetzt, da der Jarl angekommen ist, haben wir genug Streitkräfte, um Lord Beecham und jeden anderen, der sich uns in den Weg stellt, zu bezwingen", lallte eine betrunkene Stimme in der Menge.

Bryn war es gewohnt, dass ihr niemand viel Aufmerksamkeit schenkte, und im Moment war sie dankbar dafür. Sie zog die Kapuze ihres Umhangs über den Kopf und versuchte, mit den Schatten zu verschmelzen.

Sie musste mit Erik sprechen, aber zu versuchen, ihn vom Ehrengast, dem Jarl Halfden, abzulenken, würde eine Herausforderung sein. Alle hingen an seinen Lippen.

Bryn lief auf und ab – so gut sie konnte – jede Zelle in ihrem Körper brannte vor Frustration, während sie dem Gespräch zwischen Halfden und den Jürgensen-Brüdern lauschte. Halfden drängte die Brüder, den Angriff auf Lord Beecham fortzusetzen und schlug vor, weiter nördlich zu plündern und die Grenzen des Vertrags zu überschreiten.

„Der Verrat der Schotten macht jegliche im Vertrag festgelegten Grenzen hinfällig. Wir können jetzt nehmen, was rechtmäßig uns gehört", lallte Halfden, während er ein weiteres Glas Bier leerte.

„Der Jarl hat Recht; Lord Beecham ist nicht der Einzige, der uns verraten hat. Wir müssen diesen Verrat mit Blut vergelten", dröhnte Sören.

Erik, Abjörn, Sören, Ryker und Dittmer stimmten dem Jarl alle zu.

Bryn blieb wie angewurzelt stehen, als ihr das Blut in den Adern gefror. Das war Wahnsinn; sie musste mit Erik sprechen. Er musste den Rest der Weissagung hören. Sie konnte ihn nicht länger anlügen. Er musste wissen, was sie getan hatte. *Aber wie?* Wie konnte sie ihn vom Jarl weglocken? Sie kämpfte mit sich selbst.

Gelächter in der Nähe gab Bryn eine mögliche Antwort auf ihr Problem. Sie blickte auf und sah Firtha, die Frau von Sören, die mit einigen Kindern spielte.

Firtha war dafür bekannt, eine starke Frau zu sein, und als jemand, der ebenfalls mit Magie begabt war, konnte Bryn an niemand anderen denken, dem sie vertrauen würde, ihr zu helfen. Sie stolperte hinüber und neigte den Kopf zur Begrüßung.

„Firtha, kann ich mit dir sprechen?", fragte sie.

Firtha wandte sich Bryn zu und schickte die Kinder sanft weg. Sie musterte Bryn zunächst misstrauisch, dann breitete sich ein Lächeln auf ihrem Gesicht aus.

„Bryn, nicht wahr?", fragte Firtha, „Die Runenmeisterin?"

Bryn nickte und trat etwas näher. Sie wusste, dass sie Firtha vertrauen konnte, aber das bedeutete nicht, dass sie es tun würde. Sie erzählte Firtha nur das, was sie für nötig hielt, und nur so viel, dass die Information nicht in die falschen Hände gelangen würde, falls jemand anderes zuhörte.

„Ich muss mit Erik sprechen; es ist von großer Wichtigkeit. Wir haben unerledigte Angelegenheiten", flüsterte Bryn und stützte sich schwer auf ihren Gehstock.

Firtha musterte Bryn, ein wissendes Grinsen spielte um ihre Lippen. „Was für unerledigte Angelegenheiten?", lächelte Firtha und stupste Bryn in den Arm.

„Dies ist weder der richtige Zeitpunkt noch der richtige Ort", erwiderte Bryn.

Firtha lachte und nickte fröhlich. „Ich werde dir helfen, Runenmeisterin Bryn."

Firtha ergriff Bryns Hand und führte sie langsam zur anderen Seite des Lagers.

# KAPITEL
# FÜNF

„DIE NACHT WIRD ALT, und ich habe genug getrunken. Jarl Halfden, es ist eine Ehre, dich hier bei uns zu haben, aber ich muss gehen", lallte Erik, während seine Brüder lachten und ihm auf die Schulter klopften.

Sie teilten alle eine liebevolle brüderliche Umarmung, bevor Erik mit verschwommenen Augen zurück zu seiner Hütte taumelte.

Erik summte eine Kriegsmelodie aus seiner Heimat in Dänemark, während er mit unsicheren Schritten auf seine Hütte in ihrem neuen Land zuging. Eines Tages würden sie Lieder über seine Siege singen, dachte er bei sich.

Der Abend hatte Eriks Blut vor Adrenalin pulsieren lassen. Die bevorstehenden Schlachten würden ihm viele Gelegenheiten bieten, sich zu beweisen, der Mann zu werden, auf den sein Vater stolz gewesen wäre. Er fragte sich, welche seiner kommenden Schlachten zu einer Ballade werden würde, die die Barden mit Stolz und Ehre singen würden, während er in den Hallen von Walhalla speiste.

Erik betrat seine Hütte, immer noch summend und leise vor sich hin singend. Er begann sich zu entkleiden, zog sein Hemd aus und warf es zu Boden, als das Knarren seines Bettes seine Aufmerksamkeit erregte. Er riss den Kopf hoch, nicht auf den Anblick gefasst, der sich ihm bot.

Bryn saß am Ende seiner Pritsche und lehnte sich auf ihren Gehstock. Er fragte sich, wie lange sie schon da war, und bemerkte, dass sie nicht versucht hatte, ihre Anwesenheit anzukündigen, während er sich auszog. Er musterte sie und sah, wie sie ihn liebevoll anschaute, ihre Augen über seine breite Brust aus solidem Muskel wanderten.

„Runenmeisterin, womit verdiene ich das Vergnügen?", fragte Erik. Sie stand auf, und er bemerkte, dass sie ihren Umhang bereits abgelegt hatte. Also wollte sie entweder das, was er wollte, oder hatte schon eine Weile gewartet.

„Ich muss mit dir sprechen. Ich muss die Aufgabe beenden, die wir begonnen haben", antwortete sie.

Erik beobachtete, wie sie einen Schritt auf ihn zuging; er bewunderte ihre Gestalt noch mehr.

„Was wir begonnen haben? Das gefällt mir", hauchte er, legte seine Hand um ihre Taille und zog sie an sich. Ihr Duft war berauschend, als er mit seiner Nase an ihrem Schlüsselbein entlangfuhr.

„Erik, ich muss deine Lesung vollenden", sagte sie und schmiegte sich in seine Berührung, als seine Lippen ihre Haut streiften.

„Die Lesung kann warten. Du weckst etwas in mir, Runenmeisterin, und jetzt kann ich nur an die Erinnerung deiner Lippen auf meinen denken, an deinen Geschmack. Ich frage mich, wie der Rest von dir schmeckt."

Seine Hände griffen in ihr Haar, und ihre Münder trafen sich in einem leidenschaftlichen Kuss.

„Erik...", hauchte Bryn, als seine Hände an ihrer Taille hinabglitten und um ihren Rücken, ihren Hintern umfassten, als er sie hochhob und ihre Beine um seine Taille schlang.

Er trug sie zu einem Stuhl am Kamin. Er setzte sich hin und platzierte Bryn rittlings auf seinem Schoß. Er bedeckte ihren Hals und ihr Schlüsselbein mit Küssen. Seine Hände fuhren ihren Rücken hinauf, um ihre Kleidung zu lösen, als er sie über ihre Schultern zog und ihre Brüste entblößte. Sie atmete erneut seinen Namen, als sein Mund sie erforschte.

„Ja, Bryn, spürst du jetzt, wie ich mich für dich erhebe?", stöhnte er, griff sanft eine Handvoll ihres Haares und zog ihren Kopf zurück, was ihm freien Zugang zu den Teilen von ihr gab, die ihn vor Verlangen wahnsinnig machten.

Leidenschaft erfüllte den Raum, ein Verlangen, das das Paar noch nie zuvor erlebt hatte, noch von dem sie dachten, dass sie es jemals wollten. Aber sie saßen beide da und erforschten einander, kosteten voneinander, saugten jeden Moment der Lust auf.

„Komm, Runenmeisterin, lass uns vollenden, was wir begonnen haben", stöhnte er in ihr Ohr und knabberte an ihrem Ohrläppchen. Er schlang seine Arme um sie und hob sie hoch, bereit, sie zu seinem Bett zu tragen.

Sie hatte vor Lust gestöhnt und gewimmert; sie hatte seinen Namen in den Throes der Leidenschaft gesprochen. Ihm gefiel, wie es auf ihrer Zunge klang, und er wollte mehr davon hören. Ihr Schreien seines Namens hören, während er in sie stieß.

Sein Geist blitzte mit all den Arten auf, wie er plante, ihr Lust zu bereiten, und all den Arten, wie er vorhatte, dass sie ihm Freude bereiten würde. Sein Schwanz pulsierte bei dem Gedanken, aber bevor er die Freuden genießen konnte, die sein Geist geschaffen hatte, schrie Bryn.

„Der Jarl steht im Bündnis mit dem schottischen Lord, der deinen Vater getötet hat!"

# KAPITEL
# SECHS

ERIK RIEF SEINE BRÜDER ZUSAMMEN, und sie trafen sich heimlich mit ihren Frauen. Alle warteten geduldig; Erik war in seiner Bitte vage geblieben. Bryn stand fest neben Erik, beide vermieden es, einander anzusehen, und sprachen kein Wort über die Begegnung, die ihre Nervenenden immer noch wie Blitze zucken ließ.

„Warum müssen wir uns im Schatten versammeln, Bruder?", fragte Sören.

Seine Frau beäugte Bryn mit einem schelmischen Funkeln. Bryn unterdrückte ein Schmunzeln; Firtha hatte recht gehabt. Trotz ihres besseren Urteils fühlte sie sich zu Erik hingezogen.

„Die Runenmeisterin ... Bryn, sie hat Informationen, die sie teilen musste, Informationen über Vater", sagte Erik und nickte Bryn zu, damit sie sprechen sollte.

Sie trat vor und begann ihre Geschichte. „Mein Vater reise mit eurem, sie kämpften oft Seite an Seite, und als euer Vater darauf bestand, diese Reise zu unternehmen, bestand meiner darauf, ihn zu begleiten."

Sie machte eine Pause. „Auch ich wurde über die Expedition im Dunkeln gelassen, bis es zu spät war." Ihre Stimme stockte, als sich ihre Brust hob. „Leider starb mein Vater ebenfalls auf dieser Reise."

Bryn blickte sich im Raum um. „Mein Vater war nie jemand, der

Dinge vor mir verbarg, also hinterließ er mir eine Nachricht. Eine Botschaft in den Runen erzählt mir, was an jenem Tag wirklich geschah... Der König selbst hatte die Runen geschickt."

Sie beobachtete, wie alle an ihren Lippen hingen und darauf warteten, dass sie fortfuhr. „Der König vermutete, dass der Jarl Geld aus dem Danegeld unterschlug, aber als die Schiffe hier zuerst landeten, trafen sie auf einen Mann, der später zum Jarl wurde, und sie trafen auch den örtlichen Lord, Beecham."

Sie beobachtete, wie nach und nach alle ihre Geschichte zusammensetzten. Sie blickte zu Erik hinüber, der nickte und sie ermutigte fortzufahren.

„Die Runen erzählten nicht die ganze Geschichte. Das tun sie nie; wir können nicht alle Antworten bekommen. Wäre das der Fall, würden wir nie lernen." Sie sah wieder zu Erik, sie wusste, dass er immer noch genauere Antworten wollte, aber selbst mit ihrem Wissen hatte sie nicht die Antworten, die er brauchte.

„Die plötzliche Ankunft des Jarls hier ist in Dunkelheit gehüllt. Seit er Jarl geworden ist, hat er die Siedlung nicht ein einziges Mal besucht. Er hat uns nicht beim Wachsen geholfen; er weiß nichts von den Schwierigkeiten, denen wir begegnet sind, oder von Freunden, die wir gewonnen und verloren haben. Und doch kommt er hierher und ermutigt zu weiterem Krieg?"

Bryns Bauch verkrampfte sich, und ihr Kriegerinstinkt sagte ihr, dass sie auf der Hut sein musste. Hier war ein übler Plan im Gange, und sie war irgendwie darin verwickelt worden. Sie fragte sich, ob dies eine Chance für sie sein könnte, wieder eine Kriegerin zu sein.

„Du sprichst in Rätseln, Runenmeisterin, und in Rätseln, die keinen Sinn ergeben. Der Jarl ist hier, um uns zu helfen. Er bringt Vorräte; er bringt dringend benötigte Verstärkung, um uns zu helfen", erklärte Dittmer, nur um von Abjörn zum Schweigen gebracht zu werden, der seine Hand hob.

„Dittmer hat recht. Der Jarl ist unser Freund, unser Verbündeter; vielleicht hast du die Steine falsch gelesen, soweit ich weiß, warst du nicht immer eine Runenmeisterin", sagte Abjörn.

Bryn blickte zu Erik; die Worte seines Bruders schienen ihn zu verärgern.

„Sei nicht dumm, Bruder. Wobei hilft er uns? Vor seiner Ankunft hier wusste er nichts von unseren Schwierigkeiten, hat irgendjemand von euch eine Nachricht an ihn geschickt und um Hilfe gebeten?" Erik sah sich um. „Woher hat er die Informationen?"

Bryn richtete sich etwas auf und blickte zu Erik mit einem Gefühl, das dem Stolz nahe kam. Er kämpfte an ihrer Seite. Es überraschte sie, dass er sich entschied, auf ihrer Seite zu stehen, aber es überraschte sie auch, wie sehr ihr der Gedanke gefiel, ihn an ihrer Seite zu haben.

„Bryn hat recht; es ist verdächtig, dass er jetzt auftaucht, und in seiner ersten Nacht hier ermutigt er zum Krieg. Sag mir, Bruder, wenn es jemand anderes wäre, würdest du ihn nicht mit dem gleichen Misstrauen behandeln?", fragte Erik und trat näher zu Bryn.

Er stand jetzt so nah, dass sie seine Wärme spüren konnte; sie fand es seltsam erregend und tröstlich zugleich.

„Obwohl du einen Punkt hast, verstehe ich nicht, warum der König beschlossen haben sollte, nichts zu sagen, als Vater starb", unterbrach Ryker.

„Keiner von uns fand es seltsam, dass Vater nach all den Jahren allein auf diese Reise ging. Warum sollte es der König? Wahrscheinlich glaubte er einfach, dass Vaters Tod das Ergebnis von Pech während eines Überfalls war", sprach Erik.

Sima, die Frau von Eriks älterem Bruder und die Tochter ihres Feindes, Lord Beecham, hatte still zugehört. Sie stand auf und trat einen Schritt auf Bryn zu, mit einem Ausdruck von Verwirrung und Konflikt auf ihrem Gesicht.

„Der Jarl ist das, was die Engländer einen Earl nennen würden, richtig?", fragte sie.

Bryn nickte zur Antwort.

„Wie ist sein Name?", fragte Sima.

„Halfden", antwortete Abjörn.

Simas Augen weiteten sich, und sie drehte sich zu ihrem Mann um. Auch sie hatte Informationen, die als bedeutsam erachtet werden würden. „Ich kenne diesen Namen; ich habe ihn zuvor am Hof meines Vaters gehört. Ich kann mich nicht erinnern warum, aber ich erinnere mich an den Namen. Bryn spricht die Wahrheit; was, wenn dieser Jarl Halfden derjenige ist, von dem mein Vater seine Befehle erhält? Was, wenn das alles Teil ihres Plans ist? Ich denke, es gibt einen größeren Plan, den wir noch nicht sehen", sagte Sima.

Die Gruppe tauschte Ideen und mögliche Theorien aus und setzte die gesammelten Informationen zusammen, bis die Sonne aufgehen sollte.

Sie beschlossen, dass sie mehr Informationen brauchten, bevor sie einen Zug machen konnten. Zu frühe Handlungen könnten zu einer Katastrophe führen. Es war besser, vorsichtig vorzugehen und einen Zug zu machen, wenn die Zeit reif war. Die endgültige Entscheidung war, zu beobachten und zu warten. Eine Entscheidung, die niemandem besonders gefiel.

# KAPITEL
# SIEBEN

„BRYN, dein Rat heute Abend hat sich als äußerst wertvoll erwiesen. Ich habe mich geirrt, dich zu unterschätzen. Möchtest du vor Sonnenaufgang noch einen Drink mit mir zu dir nehmen?", fragte Erik in der Hoffnung, dass Bryn seine Einladung annehmen würde.

Er hatte nie zweimal eine Frau angesehen, aber er begann, Bryn in einem neuen Licht zu sehen, und er wollte Zeit damit verbringen, sie besser kennenzulernen.

„Die Sonne wird uns bald begrüßen, aber ich werde gerne den Rest des Abends mit dir verbringen", antwortete sie mit einem Lächeln, als sie ihm zurück zu seiner Hütte folgte.

Erik hätte die Strecke normalerweise in ein paar Schritten zurückgelegt, aber er verlangsamte sein Tempo, um mit Bryn Schritt zu halten. Er beobachtete sie genau und bemerkte, wie sie kaum zuließ, dass ihr Hinken sie beeinträchtigte, aber auch wie ihre Augen bei jedem zweiten Schritt einen Anflug von Schmerz verrieten. Dennoch beschwerte sie sich kein einziges Mal, und Erik bewunderte ihre Stärke.

Sie kamen bei seiner Hütte an, und Erik wurde klar, dass er nicht wusste, wie er sich in ihrer Gegenwart verhalten sollte. Er hatte sich nie für Frauen interessiert, und die, die er kannte, waren ganz anders als Bryn.

Er zog einen Stuhl für sie heraus, damit sie sich setzen konnte, und sie sah ihn mit einem Hauch von Ärger an, lehnte den Stuhl ab und bestand darauf, sich auf den Stuhl zu setzen, der dem Kamin am nächsten stand.

Er ging zu seinem geheimen Met-Vorrat und schenkte ihnen beiden einen Drink ein. Er reichte Bryn das Getränk, das sie gerne annahm. Sie saßen einige Momente schweigend da. Bryn konnte Eriks Blicke auf sich spüren.

„Warum bestehst du darauf, mich anzustarren?", fragte sie mit einem leichten Grinsen.

„Um ehrlich zu sein? Ich finde dich faszinierend; es kommt selten vor, dass mich jemand übertrifft, und du hast mich mit drei Schlägen flach auf den Bauch gelegt", sprach er ehrlich.

Seine Worte verblüfften Bryn. Sie wusste nicht, wie sie reagieren sollte, und war noch überraschter, als Erik fortfuhr.

„Ich stelle fest, dass ich nicht ich selbst bin, wenn ich mit dir zusammen bin; es ist ein seltsames Gefühl, und ich weiß nicht, was ich damit anfangen soll", sagte er einfach und nahm noch einen Schluck von seinem Getränk.

Bryn fühlte sich unwohl mit dieser Gesprächsrichtung. Noch nie hatte ein Mann so sanft und ehrlich mit ihr gesprochen wie Erik. Sie ließ ihren Stab am Feuer stehen und humpelte im Raum umher, bewunderte all Eriks Besitztümer und schenkte allem im Raum Aufmerksamkeit, außer Erik.

„Darf ich dir eine Frage stellen?", fragte Erik.

„Welche Antworten suchst du?", antwortete sie und nahm an, er wolle sie wegen ihrer Fähigkeiten.

Erik stand auf und gesellte sich zu ihr auf der anderen Seite des Raumes. Sie spürte ihn hinter sich und drehte sich langsam um, reckte ihren Hals, um zu ihm aufzuschauen.

Er schüttelte den Kopf. „Nein, ich bitte nicht um Hilfe von den Runen. Stattdessen möchte ich *dir* eine Frage stellen."

Bryn schluckte, aus Angst, worauf das hinauslaufen würde, und humpelte zurück zu ihrem Sitz. Erik beobachtete sie genau, und sie nickte ihre Zustimmung, zu fragen.

„Wie hast du dein Bein verletzt?", fragte Erik.

Bryn hatte nicht erwartet, dass das seine Frage sein würde. Obwohl es normalerweise ein Thema war, das sie ohne Probleme nacherzählen konnte, fühlte sie sich in diesem Moment, vor Erik Jürgensen, verletzlicher und exponierter als je zuvor in einer Schlacht. Sie öffnete den Mund, um zu sprechen, stellte aber fest, dass ihre Kehle trocken geworden war und sie nichts sagen konnte.

Erik sah ihr Unbehagen und kniete sich zu ihren Füßen; er legte eine Hand auf ihr Knie und blickte sanft zu ihr auf. „Es tut mir leid. Ich wollte dich nicht beleidigen."

Bryn schob seine Hand weg und stand abrupt auf, wobei sie versuchte zu verbergen, dass die plötzliche Positionsänderung sie ins Schwanken brachte.

„Ich will und brauche dein Mitleid nicht", spuckte sie aus, ihr Puls raste.

Erik blieb auf seinen Knien und schaute in völliger Verwirrung zu ihr auf.

„Ich war eine furchteinflößende Schildmaid. Ich wurde im Kampf verletzt; das ist alles, was du wissen musst", antwortete sie und blickte geradeaus, als würde sie über den Horizont schauen.

„Ich habe dir nicht mein Mitleid angeboten", grinste Erik, als er sich wieder zu seiner vollen Größe aufrichtete.

Als er aufrecht stand, hatte Bryn keine andere Wahl, als seinem Blick zu begegnen, denn er ragte über ihr auf wie eine riesige Eiche.

„Bryn, die Runenmeisterin, ich zweifle nicht daran, dass du eine furchteinflößende Kriegerin bist. Ich habe deine Stärke aus erster Hand erfahren. Mitleid ist das Einzige, was du von mir nie bekommen wirst. Ich werde dir jedoch meine Bewunderung und meinen Respekt anbieten; wenn du das annehmen würdest", hauchte er.

Sie starrten einander tief in die eisblauen Augen, ihr Atem wurde schneller, im Einklang miteinander.

Die Spannung zwischen ihnen wuchs mit jeder Sekunde. Dann, auf einmal, kamen die beiden in einem Kuss aggressiver Leidenschaft zusammen. Sie erkundeten einander mit ihren Händen, packten und zogen, versuchten, den anderen näher zu bringen. Sie verloren sich in den Qualen der Leidenschaft, als sie an der Kleidung des anderen rissen.

Bryn ließ ihre Hände über die Muskeln von Eriks Brust streichen; sie waren fester als sie gedacht hatte. Erik senkte seinen Mund und nahm Bryns Brust in den Mund, knabberte und saugte an ihren Brustwarzen. Sie stöhnte vor Vergnügen auf und schob ihn zurück. Dann, ihren Blick in seinen verschlossen, sank sie auf die Knie, als sie seine Hose herunterzog und ihn befreite.

Sie war erstaunt von dem Anblick; er war lang und dick, und er pulsierte in ihrer Hand, als sie ihn ergriff. Dann, ihren Blick weiterhin auf seinen gerichtet, nahm sie ihn in den Mund.

Erik sog scharf die Luft durch die Zähne ein, als Bryn ihre Zunge um seine Länge rollte. Sie saugte an seiner Länge, und Erik spürte, wie seine Knie schwach wurden. „Bryn", stöhnte er, als er zusah, wie sie ihn auf eine Weise verehrte, wie ihn noch keine Frau zuvor erfreut hatte.

Sie war wirklich etwas Großartiges, dachte er. Er spürte, wie er härter wurde. Er wollte noch nicht zum Höhepunkt kommen.

Erik zog sich zurück und hob Bryn hoch, trug sie zum Tisch hinüber. Er drehte sie herum und hob ihren Rock. Er griff um sie herum, um ihre Brüste zu umfassen, und stieß sich mit einer schnellen Bewegung in sie hinein. Sie war bereits feucht, bereit, ihn zu empfangen.

„Erik", stöhnte sie; er füllte sie so vollständig aus, dass sie noch nie etwas wie ihn gespürt hatte. Sie seufzte und schrie vor Ekstase auf, als er sie dehnte. Sie spürte, wie sich mit jedem seiner kraftvollen Stöße etwas in ihr aufbaute.

„Oh, Bryn", stöhnte er, als er sich dem Höhepunkt näherte. Bryn drückte ihre Hände fest auf den Tisch und schob sich zurück, bewegte ihre Hüften im Rhythmus, um Eriks Bewegungen zu entsprechen. Sie stöhnten die Namen des anderen, als sie beide in Ekstase explodierten.

Die Geräusche ihrer keuchenden Atemzüge waren das einzige, was in der Hütte zu hören war, als Erik Bryn in seine Arme hob und sie zu seinem Bett trug. Er schmiegte sich um sie, und sie sank in ihn hinein. Zwei Krieger, verloren in Leidenschaft.

Erik blickte sehnsüchtig in Bryns Augen. Sie starrte zurück und legte eine Hand an seine Wange; sie empfand Dinge für Erik, die sie nie erwartet hatte, war sich aber unsicher, welche Zukunft sie haben könnten. Er bereitete sich auf den Krieg vor und plante zukünftigen Ruhm. Sie war eine Runenmeisterin, eine Kriegerin, die nicht mehr für den Kampf taugte.

Als ihr diese Gedanken durch den Kopf gingen, erinnerte sie sich an die Gespräche des Abends, und die Idee beunruhigte sie. Sie musste die Runen werfen, um ein letztes Mal nach Antworten zu suchen.

Bryn wartete, bis Erik eingeschlafen war, wartete auf das Geräusch seines sanften Schnarchens, um sicher zu sein, dass er tief schlief, bevor sie sich anzog und zu ihrem Zelt zurückkehrte.

In ihrem Zelt angekommen, frischte sie sich auf und bereitete sich auf den Wurf vor. Sie sammelte ihre Runen und rief sich die Fragen ins Gedächtnis, die sie beantworten musste. Sie warf die Runensteine über den Tisch, doch bevor sie nach Antworten suchen konnte, stürmte eine Gruppe von Männern in ihr Zelt.

Sie blickte auf, Wut über den Einbruch überschwemmte ihr Gesicht. Sie war in der Unterzahl; es waren die Männer des Jarls. Sie griff nach ihrem Stab, doch bevor sie sich wehren konnte, wurde sie gefesselt, geknebelt und aus ihrem Zelt gezerrt und in die Nacht hinaus verschleppt.

# KAPITEL
# ACHT

ERIK ERWACHTE, als er Bryns Anwesenheit neben sich nicht mehr spüren konnte. Ein plötzliches Gefühl von Schmerz und Sehnsucht überkam ihn. Ihm wurde klar, dass er sie brauchte; er würde wohl kaum wieder eine Frau wie sie finden. Jemanden, der die Liebe zum Kampf teilte und sich in einer Welt beweisen wollte, die sie oft beiseite schob.

Er machte sich frisch und zog sich an, wobei er besonders darauf achtete, sein Bestes auszusehen. Er wusste nicht, was er zu ihr sagen würde, aber er wusste, dass er um ihre Zuneigung kämpfen musste.

Er kam an ihrem Zelt an und wusste sofort, dass etwas nicht stimmte. Er stürmte hinein und fand den Raum verwüstet vor. Der Tisch war umgestürzt, ihre Runen lagen verstreut auf dem Boden, und die große Steintafel, die sie erst vor Tagen gemeißelt hatte, war zerschmettert. *Was im Namen Asgärds,* dachte er, während Wut und Sorge von seinem Herzen Besitz ergriffen. Er rannte nach draußen, und als er über die Hügel blickte, bemerkte er die Spuren im Schmutz. Sie war entführt worden, wurde ihm klar, und er nahm mit großer Geschwindigkeit die Verfolgung auf.

Erik stürmte durch die Siedlung und folgte den Spuren zum Dock. Er blickte voraus und sah einen Anblick, der sowohl Freude als auch Furcht in seinem Herzen auslöste.

Bryn war von fünf Männern des Jarls umzingelt, aber sie war kein gewöhnliches hilfloses Mädchen. Seine Bryn war eine furchteinflößende Kriegerin, und das zeigte sie mit Nachdruck.

Erik rannte auf die Szene zu, als Bryn sich mit Schlägen und Tritten befreite. Bryn rammte ihr Knie in den Schritt des größten Wächters und schlug ihren Kopf gegen seine Nase. Als er sich mit schmerzverzerrtem Gesicht krümmte, zog sie das Schwert aus seiner Scheide und schwang es, wobei sie einen anderen Wächter quer über den Bauch aufschlitzte und seine Eingeweide auf den Boden verteilte. Trotz ihres verletzten Beins kämpfte sie tapfer und streckte zwei weitere Männer des Jarls nieder, bevor Erik sah, wie ihr Stand wackelte.

Der Wächter ließ seine Axt niedersausen und zwang Bryn, unter der Wucht zu taumeln, als sie mit ihrem Schwert zusammenprallte. Sie brauchte Erik, und er würde nicht zulassen, dass sie verletzt wurde, nicht wenn er etwas dagegen tun konnte. Er stürmte nach vorn, packte den Wächter um die Taille und schleuderte ihn vom Dock, sodass er ins Wasser krachte.

Erik half Bryn auf die Füße. Sie lächelte ihn an. Sie kämpften weiter, aber es dauerte nicht lange, bis sie zahlenmäßig unterlegen waren, als mehr von den Männern des Jarls sich dem Kampf anschlossen.

Bryn und Erik standen Rücken an Rücken, ihre Waffen ausgestreckt, bereit zum Angriff, als mehr Männer sie umzingelten; eine Mischung aus Äxten, Schwertern und Pfeilen, die beständig auf sie gerichtet waren.

Da ihnen keine andere Wahl blieb, senkten sie ihre Waffen und wurden rasch den Rest des Weges zum Schiff geführt, wo der Jarl auf sie wartete.

# KAPITEL
# NEUN

ALS DIE MÄNNER des Jarls Bryn und Erik auf das Schiff zerrten, suchte Erik nach einem Fluchtweg. Er blickte zu Bryn hinüber und sah, dass sie das Gleiche tat. Das Schiff war voller Soldaten, in jeder Ecke standen bewaffnete Wachen. Jeder Mann war bereit, bei den ersten Anzeichen von Ärger anzugreifen.

Die Wachen schleppten und stießen das Paar grob an Bord des Schiffes und hinunter in die privaten Gemächer des Jarls, wo Bryn Halfden vor die Füße geworfen wurde. Als Bryn zu Boden fiel, packten zwei weitere Wachen Erik; sie brauchten die zusätzliche Manneskraft, um seiner Größe gerecht zu werden.

„Na, na, na. Was haben wir denn hier? Ich habe nach dem Runenmeister gefragt und auch noch einen zweiten Sohn bekommen. Womit habe ich diese Ehre verdient?" Der Jarl grinste höhnisch, als er Bryn an ihren Haaren hochzog.

Bryn ließ sich eine solche Behandlung nicht gefallen und schlug mit der Faust zu, wobei sie den Kiefer des Jarls traf.

Der Jarl warf sie in die wartenden Arme zweier seiner Wachen und schlug ihr mit dem Handrücken ins Gesicht, wobei der Ring an seinem Mittelfinger ihre Lippe aufschnitt.

Erik versuchte, nach vorne zu stürmen, um den Jarl anzugreifen, wurde aber zurückgehalten; er bemerkte, wie die vier Männer, die ihn festhielten, sich abmühten. *Eine starke, schnelle Bewegung und ich wäre frei*, dachte er.

„Er griff an, um sie zu befreien, Herr; wir hatten keine andere Wahl, als ihn auch mitzubringen", antwortete einer der Wachen.

Der Jarl winkte die Antwort des Mannes ab und wandte seine Aufmerksamkeit wieder Bryn zu. „Du hast dich als Dorn in meiner Seite erwiesen. Ich habe von deinen Lesungen gehört: Jahre harter Arbeit wurden fast durch deine Einmischung zerstört." Ein böses Grinsen breitete sich auf seinen Lippen aus. „Aber du wirst dich nicht mehr lange in die Angelegenheiten anderer einmischen."

„Tu mit mir, was du willst. Jeder weiß von deinen Intrigen mit den Kelten und Lord Beecham. Früher oder später wird es auch der König erfahren. Meine Arbeit ist getan", fauchte Bryn und spuckte dem Jarl ins Gesicht.

Eriks Gesicht zuckte zu einem Lächeln. Je mehr er von der wahren Bryn sah, desto mehr war er entschlossen, dass sie füreinander bestimmt waren.

„Du kannst uns alle töten, so viel du willst; meine Brüder wissen von deinem Diebstahl und Verrat. Warte nur, bis sich die Verdächtigungen des Königs bestätigen. Was wird er mit dir machen, wenn er herausfindet, dass du das Danegeld für dich selbst genommen hast?", bellte Erik, zerrte an seinen Fesseln und prüfte, ob ihre Griffe Schwächen aufwiesen.

Der Jarl wandte sich Erik zu und lachte: „Du denkst, es geht hier um das Danegeld? Aber natürlich, als zweitgeborener Sohn kann man wohl nicht erwarten, dass du verstehst, worum es geht."

Er lachte und wandte sich Bryn zu. „Was siehst du in ihm, eine angesehene Kriegerin, die zur Runenmeisterin wurde wie du selbst? Du kannst so viel Besseres haben als einen erbärmlichen zweitgeborenen Sohn."

Der Jarl grinste höhnisch, strich über Bryns Gesicht und warf Erik einen wissenden, bösen Blick zu.

Erik und Bryn tauschten einen Blick; wenn es nicht um das Danegeld ging, worum ging es dann? Was, wenn Bryn die Regeln falsch gelesen hatte? Die Worte des Jarls warfen nur noch mehr Fragen auf.

Der Jarl beobachtete das Paar aufmerksam, bevor er erneut in schallendes Gelächter ausbrach.

„Ihr habt keine Ahnung, oder? Das ist herrlich, für eine Sache zu kämpfen und zu sterben, von der ihr nichts wisst!", brüllte er. „Männer, bereitet ein Schiff für diese beiden vor, fesselt sie und werft sie an Bord!"

„Was hast du mit uns vor?", forderte Bryn zu wissen und kämpfte darum, sich zu befreien.

Der Jarl war von den beiden nicht mehr unterhalten und verdrehte die Augen. „Ihr zwei werdet gesehen, wie ihr zusammen abreist, ein Stelldichein, gemeinsam durchbrennen? Es spielt keine Rolle... und während eure Brüder zusehen, wie ihr in die Ferne segelt, werden sie euch brennen sehen."

Der Jarl grinste Erik an. „Oh, und wenn er versucht, sich zu wehren..." Der Jarl zog eine Klinge aus seinem Stiefel und reichte sie einem der Männer, die Bryn festhielten, „schneidet ihr die Kehle durch."

Eriks Gesicht wurde bleich, als seine Augen zu der Klinge huschten, die nun an Bryns Kehle gehalten wurde.

Der Gedanke, dass sie aufgrund seiner Handlungen verletzt werden könnte, ließ ihn jeden Zug, den er im Kopf berechnet hatte, überdenken. Er wusste, dass Bryn seine Versuche, sie zu retten, nicht schätzen würde, aber in diesem Moment war es ihm egal, wenn sie durch sein Nichtstun unverletzt bliebe. Er würde genau das tun. Nichts.

Gefesselt und in ein kleines Boot gesetzt, wurden Erik und Bryn aufs Meer hinausgestoßen, von der Flut weiter vom Ufer weggetragen.

„Kannst du dich befreien?", fragte Bryn, während sie versuchte, sich aus dem Seil zu winden, das in ihre Handgelenke schnitt. Erik schüttelte den Kopf, als auch er an seinen Fesseln zog.

Bryn blickte zurück zum Dock, wo die Bogenschützen auf ihren Befehl warteten.

„Du hättest all diese Männer überwältigen können; du hättest uns beide befreien können", knurrte sie und sog die Luft durch zusammengebissene Zähne ein, als das Seil ihre Handgelenke aufscheuerte.

Erik blickte zu ihr auf, mit einem Ausdruck in seinen Augen, den sie nicht erwartet hatte. „Sie hielten dir ein Messer an die Kehle; wenn ich es versucht hätte, hätten sie dich getötet."

„Ich kann auf mich selbst aufpassen", antwortete sie.

Erik sah zu ihr auf und lächelte. „Daran zweifle ich keine Sekunde. Wenn dies meine letzten Momente sind, bin ich stolz darauf, sagen zu können, dass ich die Ehre hatte, an deiner Seite zu kämpfen."

Er sagte es mit großer Aufrichtigkeit. Bryn spürte, wie sich eine Wärme in ihr ausbreitete, gefolgt von Trauer, als sie zusah, wie die Bogenschützen ihre Pfeile entzündeten. „Es tut mir leid. Ich habe mein Leben seit meiner Verletzung damit verbracht, mich der Welt zu beweisen. Oft werde ich als nutzloser Krüppel angesehen; du hast mich nicht ein einziges Mal so behandelt, und alles, was ich getan habe, war, dich bei jedem Schritt zu bekämpfen. Es ist eine schwer zu brechende Angewohnheit."

Sie beobachtete, wie die Bogenschützen ihre Bögen spannten und auf den Moment warteten, in dem sie ihre Pfeile abschießen und der Tod auf sie zufliegen würde.

„Zumindest hatten wir letzte Nacht; ich würde dem Tod nicht gerne begegnen, ohne zu wissen, wie es sich anfühlt, dich aufsteigen zu fühlen", grinste sie, stolz auf ihren Witz.

Erik grinste zurück und kicherte, als sie den Kopf senkte und ihre Wangen rot wurden. „Der Tod wird uns heute Nacht nicht begrüßen, meine Bryn. Nicht, solange ich noch atme."

Grunzen und das Klirren von Metall vom Dock unterbrachen ihren Moment; sie blickten beide zurück und sahen Abjörn, Sören und Ryker gegen die Männer des Jarls kämpfen.

Dittmer und einige Männer bestiegen ein Boot und segelten schnell auf ihr Boot zu.

Nachdem Dittmer seinen Bruder und Bryn befreit und ihnen zurück an Land geholfen hatte, schlossen auch sie sich dem Kampf an. Erik bemühte sich, in Bryns Nähe zu bleiben, falls ihr Bein wieder nachgeben sollte, aber angesichts der Männer, die sie zu Fall brachte, war er stolz zu sehen, dass sie seine Hilfe nicht brauchte.

Ihre Gruppe war zahlenmäßig vier zu eins unterlegen, aber die größere Anzahl war kein Gegner für die Größe und die wilden Kampffertigkeiten der Jürgensen-Brüder.

„Der Jarl!", schrie einer der anderen Kämpfer und zeigte auf den Jarl, der sich hinter einer kleinen Gruppe seiner Männer versteckte.

„Feigling!", rief Bryn, als sie zu einem gefallenen Bogenschützen humpelte und seinen Bogen an sich riss.

Erik erkannte ihren Plan und stürmte auf den Jarl zu, wobei er sein Schwert durch jeden Mann schlug, der ihm in den Weg kam.

Bryn schoss Pfeil um Pfeil ab und traf mit jedem Schuss mitten in die Brust, wodurch sie die Wache des Jarls schnell zu Fall brachte.

Abjörn folgte seinem Bruder, während Ryker, Dittmer und Sören sich durch die Männer auf dem Schiff des Jarls kämpften.

Brennende Pfeile flogen durch die Luft und zielten auf die Siedlung. Es war ein Ablenkungsmanöver, um die Kräfte zu spalten. Firtha, Sima und die anderen Frauen, die sich nicht um die Kinder kümmerten, löschten die Flammen schnell.

Beim Anblick ihrer Frauen in Gefahr wurden Sören und Abjörn von Wut gepackt und gruben ihre Äxte tief in jeden Mann, der ihnen in den Weg kam.

„Bryn, die Bogenschützen!", rief Dittmer, und Bryn drehte sich um und brachte die Bogenschützen auf dem Schiff zu Fall. Sie ließ ihren Bogen fallen und griff nach einer großen Axt eines gefallenen Soldaten in der Nähe; sie hob sie hoch über ihren Kopf und schleuderte sie durch die Luft. Sie traf zwischen den Schulterblättern eines Kämpfers, der sich Erik von hinten näherte.

Erik drehte sich um, sah Bryn kämpfen und bemerkte, wie ihr Bein erneut nachgab.

„Abjörn, der Jarl, bevor er entkommt!", brüllte Erik, machte eine schnelle Wendung und steuerte auf Bryn zu. Er traf den Mann mit seiner Axt und schleuderte ihn nach hinten, bevor er Bryn um die Taille packte und ihr auf die Beine half.

„Ich brauche deine Hilfe nicht", beharrte sie, zog eine kleine Klinge, die sie in ihrem Hosenbund versteckt hatte, und warf sie präzise in das Auge eines nahen Kämpfers.

„Pech, du bekommst sie, ob du willst oder nicht", schnauzte Erik und hielt sie noch fester.

„Du kannst immer noch mit meiner Hilfe kämpfen; also hör auf zu meckern!", bellte Erik und ließ sein Schwert durch die Luft sausen.

# KAPITEL
## ZEHN

DIE BRÜDER BEGUTACHTETEN den Schaden nach der
Schlacht. Sie hatten einige Verluste erlitten, während sie die Körper
ihrer gefallenen Männer sammelten. Doch irgendwie war es dem Jarl
gelungen zu entkommen.

„Er kann nicht weit gekommen sein; er wird nicht viele Männer bei
sich haben. Wir könnten ihn immer noch einholen", sagte Sören,
während er das Blut von seiner Axt wischte.

„Wir haben keine Zeit zu verschwenden, um nach ihm zu suchen",
sagte Abjörn und rieb sich mit der Hand übers Gesicht.

Sima, Abjörns Frau, trat vor. „Wir wissen, dass er eine Vergangen-
heit mit meinem Vater hat; wer sagt, dass er nicht zu ihm gegangen ist?
Er hat sonst nirgendwo anders, wohin er sich logischerweise wenden
könnte."

Bryn stützte sich auf einen Holzpfosten. „Sima hat recht; der Jarl
hat Erik und mir etwas gesagt, als er uns gefangen hielt. Ich glaube,
hier steckt mehr dahinter." Sie wandte sich an Erik. „Ich muss die
Runen befragen; ich muss sie werfen. Was, wenn ich vorher etwas
übersehen habe?"

Erik stimmte zu, und sie alle folgten zu Bryns Zelt. Sie sammelte
ihre verstreuten Steine vom Boden auf, während Dittmer und Sören
den Tisch wieder aufrichteten.

Bryn nahm ihre Runen in die Hand und hielt sie fest an ihre Brust gedrückt, während sie die Augen schloss und ihre Fragen in den Vordergrund ihres Geistes brachte. Dann ließ sie einen langsamen, beruhigenden Atemzug aus und warf die Runen.

Sie betrachtete die Steine und verstummte; die Antworten, die sie suchte, lagen nicht in England. Sie blickte zu der Gruppe auf; die Brüder und ihre Frauen standen alle wartend und ängstlich auf ihre Antworten.

„Was ist los, Bryn?", fragte Erik mit Besorgnis in der Stimme angesichts des Ausdrucks in ihren Augen.

„Die Runen, sie sprechen", begann sie und blickte noch einmal auf die Steine. „Ich sehe Trennung in unserer Zukunft. Nicht alle Antworten liegen hier an diesen Ufern. Einige müssen bleiben, und einige müssen zurück nach Dänemark segeln. Wir müssen mit dem König sprechen, während die anderen den Jarl verfolgen. Das ist die einzige Lösung, wenn unsere Fragen beantwortet werden sollen."

Sie verstummte und betrachtete die Runen immer wieder. Zum ersten Mal seit langer Zeit fühlte sie, dass sie Teil von etwas Größerem war als sie selbst. Erik und seine Brüder akzeptierten sie als die Kriegerin, die sie war, und beurteilten sie nie als Krüppel. Sie kämpften mit ihr in der Schlacht, und nun wurde die Familie, der sie sich angeschlossen hatte, auseinandergerissen. Der Gedanke brach ihr das Herz, aber sie wusste, dass dies größer war als sie alle.

Ein Plan wurde geschmiedet, Abschied wurde genommen und Umarmungen wurden in Erinnerung behalten.

„Dann ist es beschlossen", sagte Erik und blickte sich im Raum um, während alle zustimmend nickten. Sie verließen Bryns Zelt und machten sich auf den Weg zu den nötigen Antworten. Die Gruppe war traurig, als sie sich trennte.

# EPILOG

DIE BRÜDER BEREITETEN ein Schiff vor; seine Passagiere waren Abjörn und seine Frau Sima sowie Bryn und Erik.

Es wurde vereinbart, dass Abjörn, der älteste Vertreter der Familie, mit dem König sprechen würde. Bryn beschloss, dass es am besten wäre, als Runenmeisterin über das auszusagen, was ihr Vater geschickt hatte und was sie bezüglich des Jarls bezeugt hatte.

Erik war nicht bereit, Bryn zu verlassen, also bestand er darauf, nach Dänemark zu reisen. Es würde eine lange Reise von England nach Dänemark werden. Erik plante, diese Zeit zu nutzen, um Bryn während ihrer Reise sehr innig und wiederholt kennenzulernen.

„Warum siehst du mich so an?", lächelte Bryn, als Erik sie ansah, als wäre sie eine köstliche Leckerei.

„Du bist etwas Besonderes, Bryn die Runenmeisterin. Ich habe noch nie eine Frau angesehen, außer für eine Nacht der Leidenschaft. Doch der Gedanke an eine weitere Nacht ohne dich an meiner Seite sticht in mein Herz."

Er trat näher und ragte über ihr auf, fuhr mit seiner Hand durch ihr Haar und streichelte ihre Wange. „Wir sind gleich, du und ich – beide kämpfen wir darum, uns in einer Welt zu beweisen, die bereit ist, uns abzulehnen. Ich kann mir niemanden sonst auf der Welt vorstellen, mit dem ich diesen Kampf lieber führen würde als mit dir."

Er senkte seine Lippen auf ihre. Erik führte Bryn sanft zurück zur Pritsche in der Ecke. Bryn lächelte, als sie ihn nach hinten stieß und ihn zum Fallen brachte. Er lächelte und zog sich langsam aus, während Bryn ihre Kleidung ablegte.

Erik rutschte an den Rand des Bettes und fuhr mit seiner Hand ihr entstelltes Bein hinauf, verteilte Küsse von ihrem Knie bis zu ihrem Oberschenkel. Bryn blickte auf ihn hinab und lächelte, bevor sie ihn zurückstieß und rittlings auf ihn kletterte.

Langsam senkte sie sich auf seinen Schaft, keuchend, als er jeden Zentimeter von ihr ausfüllte. Sie saß da und genoss jeden Zentimeter seiner Köstlichkeit, bevor sie ihren Rhythmus fand. Erik packte ihre Hüften und genoss das Tempo, das sie vorgab; er stöhnte ihren Namen, als sie sich um ihn herum zusammenzog.

Erik fuhr mit seinen Händen ihren Oberkörper hinauf, um ihre Brüste zu umfassen, während sie ihre Hände auf seine harte, muskulöse Brust legte, um sich zu stabilisieren. Sie stöhnten die Namen des jeweils anderen, als sich die Lust zwischen ihnen aufbaute. Bryn begann langsamer zu werden, als ihr Bein vor Schmerz zuckte. Als er den Schmerz in ihren Augen bemerkte, setzte sich Erik aufrecht hin, griff in ihr Haar und küsste sie leidenschaftlich, bevor er seine Arme um sie schlang und die Positionen wechselte.

Er liebte den Anblick von ihr unter sich, als er ihr gesundes Bein auf seine Schulter legte und sie weit spreizte. Erik glitt langsam wieder in sie hinein und erschauderte angesichts der Herrlichkeit, die Bryn war. Er erhöhte sein Tempo, als sich das Paar immer näher an die Ekstase herantastete.

„Erik!", rief Bryn, als ihre Lust sie überwältigte und sie zwang, ihren Rücken durchzubiegen, während ihr Körper sich mit Feuer füllte.

„Bryn!", brüllte Erik, als er innehielt und sie mit seiner Lust füllte. Sie fielen übereinander her, und Erik zog Bryn in seine Arme, während er sie sanft auf die Stirn küsste.

„Ich glaube, ich werde unsere Reise nach Hause genießen", lächelte Bryn und fuhr mit ihren Fingern durch die verschwitzte Masse von Haaren auf Eriks Brust.

ENDE

# RYKER

VON DER WALKÜRE BEZWUNGEN

# RYKER

## Von der Walküre bezwungen

## PEYTON LAWSON

BEACHES AND TRAILS
PUBLISHING

# PROLOG

RYKER UND DITTMER saßen wartend da, beunruhigt durch die Ereignisse seit Abjörn und Erik nach Dänemark aufgebrochen waren. Die beiden Brüder waren frustriert. Sie liebten den Kampf, besonders wenn es darum ging, etwas zu verteidigen, das ihnen beiden so am Herzen lag. Ihre Familie, ihr Land und natürlich die Rache für ihren Vater.

Sören hatte Patrouillen ausgesandt, um sich gegen mögliche Angriffe zu schützen, die er als Folge der Flucht des Jarls befürchtete. Bisher hatten die Patrouillen nichts Bemerkenswertes gemeldet. Aus Rykers Sicht hatte sich Sören als überhaupt nicht spaßig erwiesen. Als Abjörn und Erik ankündigten, dass sie nach Dänemark zurückreisen und Sören die Verantwortung überlassen würden, waren Dittmer und Ryker innerlich erfreut gewesen. Sörens Hitzkopf würde zu ruhmreichen Geschichten für die Rückkehr ihrer Brüder führen. Bisher war das Einzige, was sie zu berichten hatten, die Nachricht, dass Sören und Firtha ein Kind erwarteten. Während sie sich für ihren Bruder und seine Frau freuten, hatten sie das Gefühl, dass Sören weich und übervorsichtig geworden war, seit er das Kommando hatte.

Ryker polierte die Klinge seiner Axt, während Dittmer einen Stein an der Kante seines Schwertes entlangführte. Es war eine Weile her, dass ihre Waffen Blut gekostet hatten, und sie wollten, dass ihre Waffen für den nächsten Angriff bereit waren. Sören näherte sich, und sah für den Geschmack der Brüder viel zu entspannt aus. Es ärgerte sie beide, obwohl keiner von ihnen es dem anderen gegenüber aussprach.

„Neuigkeiten von den Patrouillen? Ich habe seit Tagen keinen Bericht von euch bekommen", sagte Sören und ignorierte die Blicke, die seine jüngeren Geschwister ihm zuwarfen.

„Es gibt nichts zu berichten, genauso wie vor drei Tagen oder drei Tage davor", sagte Ryker und bewunderte seine Arbeit an der Axt.

„Wenn du uns erlauben würdest, nach dem Jarl zu suchen oder sogar Lord Beecham zu konfrontieren, dann hätten wir vielleicht etwas zu berichten", sagte Dittmer, ohne von seiner Klinge aufzublicken. Ryker wusste genau, wie sehr Dittmer versuchte, sein Temperament zu zügeln. Sein grimmiger Gesichtsausdruck verriet Ryker, dass sein jüngerer Bruder sehr verärgert über Sören war.

„Wir haben das schon besprochen, Dittmer. Das Beste ist, geduldig zu sein. Was bringt es, einen Krieg zu beginnen, wenn unsere Zahlen dezimiert sind? Das Beste für uns ist, auf Abjörns und Eriks Rückkehr zu warten", sagte Sören. Aber seine Stimme verriet ihn. Er glaubte kein Wort von dem, was er sagte. Er war nur besorgt, Firtha allein zu lassen, und was mit ihr und dem Kind geschehen könnte, sollte er im Kampf fallen.

Dittmer sprang auf und stampfte zu seinem Bruder hinüber, stand so nah, dass sie sich fast berührten. Ryker konnte die Wut von Dittmer spüren wie Hitze an einem Sommertag.

„Wenn wir herumsitzen und nichts tun, geben wir Beecham und dem Jarl mehr Zeit, ihre Kräfte aufzubauen. Sie werden denken, wir seien schwach und ängstlich. Hast du Angst, Bruder?", knurrte Dittmer und forderte Sören heraus.

Ryker stand auf und machte sich bereit für ein Blutbad, falls seine Geschwister beschließen sollten zu kämpfen.

„Ich habe vor nichts Angst", knurrte Sören durch seine Zähne zurück. Die Situation entwickelte sich in eine gefährliche Richtung.

„Und doch lässt du uns hier wie Lämmer sitzen, die auf die Schlachtung warten", spuckte Dittmer zurück. Er würde sich von

seinem älteren Bruder nicht einschüchtern lassen, zu stur, um nachzugeben.

„Deshalb wurde ich hier in Charge gelassen. Du würdest zulassen,
dass dein Temperament dein Urteilsvermögen trübt. Dein Hitzkopf
würde uns in noch mehr Schwierigkeiten bringen. Also sitzen wir und
warten. Das ist ein Befehl!", bellte Sören, als er sich zum Gehen
wandte.

Dittmer murmelte eine Beleidigung unter seinem Atem, zu leise für
Ryker, um sie richtig zu verstehen, aber Sören war näher als Ryker.
Was auch immer für eine Beleidigung oder Schmähung ausgesprochen
worden war, erwies sich als der nötige Funke, um die Brüder zu
entzünden. Sören drehte sich sofort um und rannte auf seinen Bruder
zu, packte ihn am Kragen.

„Was hast du gesagt?", schrie Sören.

Dittmer grinste und schob seinen Bruder zurück, befreite sich
schnell aus seinem Griff. „Ich sagte, vielleicht sollten wir zwischen
deinen Beinen nachsehen, denn offensichtlich hat deine Frau größere
Eier als du", antwortete Dittmer.

Ryker machte einen halben Schritt nach vorne und überlegte, ob er
eingreifen musste. Sörens Augen loderten vor Wut. Er musste seine
Brüder trennen, bevor die Situation außer Kontrolle geriet. Er sprang
vor die beiden und duckte sich gerade noch rechtzeitig, um Sörens
Faust zu vermeiden, die durch die Luft flog.

„Genug, Brüder, wir haben Wichtigeres, worauf wir unsere Energie
konzentrieren sollten, als uns gegenseitig zu bekämpfen", beharrte
Ryker und tat sein Bestes, um die Situation zu entschärfen. Sören
schnaubte und stürmte davon. Dittmer stand mit einem stolzen Blick
da und fühlte, dass er diese Runde gewonnen hatte.

„Sören muss vorsichtig sein. Firtha ist schwanger. Außerdem hätte
Abjörn ihm nicht die Verantwortung überlassen, wenn er seinem
Urteilsvermögen nicht vertrauen würde", sagte Ryker und versuchte,
seinen Bruder zur Vernunft zu bringen. Dittmer knurrte frustriert und
war nicht bereit zuzugeben, dass Ryker einen Punkt hatte. Am Ende
stürmte auch er davon, nur in die andere Richtung.

Ryker beobachtete, wie seine Brüder in entgegengesetzte Richtungen davongingen, jeder vor Frustration und Wut glühend. Sören

würde schon in Ordnung kommen. Es war der jüngste Bruder, der ihm Sorgen bereitete. Ryker dachte, Dittmer müsse sich entspannen. Er war schon viel zu lange so angespannt wie ein Bogen. *Er muss lachen, Spaß haben und Dampf ablassen*, dachte Ryker.

In diesem Moment kam ihm eine Idee. Mit einem Lächeln drehte sich Ryker um und verließ seinen Posten.

# KAPITEL
# EINS

ASTRID WISCHTE sich den Schweiß von der Stirn. Sie war all ihrer Aufgaben überdrüssig. Es war Hochsommer und die Sonne brannte unbarmherzig. Glücklicherweise war sie nicht weit von der Hütte der Schwertfrauen am Rande der Siedlung entfernt. Nachdem sie Holz gesammelt und gehackt hatte, wagte sie sich über die Bäume hinaus, um nach neuen Beeren und anderen essbaren Leckereien zu suchen.

Sie war noch nie auf diesem Weg durch den Wald gegangen und war entzückt, als sie auf einen Bach stieß. Sie war schweißgebadet und das Wasser sah erfrischend und einladend aus, wie es den Hügel hinunterplätscherte. Ihr Wasserbeutel war schon früher leer geworden und sie war durstig. Sie kniete sich hin und schöpfte eine Handvoll Wasser zum Trinken. Das Wasser war so herrlich kühl wie es aussah, was ihr eine Idee gab.

*Ich habe alle meine Aufgaben für heute erledigt. Ein kurzes Bad würde nicht schaden,* dachte sie. Es war ein verwegener Gedanke, aber das Wasser war zu verlockend, um daran vorbeizugehen. Sie stellte ihren Eimer mit Beeren neben einen Busch und sah sich um, um sicherzugehen, dass niemand zusah. Als sie zufrieden feststellte, dass die Luft rein war, band sie ihr Überkleid auf und drapierte es über einen Busch. Es war besser, ihr Baumwollunterkleid anzulassen. Schließlich könnte immer noch jemand vorbeikommen.

Als sie ins Wasser stieg, seufzte sie vor Vergnügen, als das Wasser ihre brennende Haut kühlte und beruhigte. Sie tauchte tiefer ein und schwamm von einer Seite des Baches zur anderen und wieder zurück, und genoss, wie das Wasser über ihre Haut strich. Sie legte den Kopf zurück und ließ das kühle Wasser ihr Haar durchnässen. Sie erschauderte, als das Wasser sich durch ihr Haar bis zur Kopfhaut arbeitete und sie so kitzelte, dass sie eine Gänsehaut bekam. Völlig erfrischt machte sie sich auf den Weg zurück zu ihren Sachen. Hier ließ sie sich auf einem Felsen knapp unter der Wasseroberfläche nieder, legte die Arme auf das weiche Gras am Ufer, schloss die Augen und legte den Kopf zurück, um die Sonne ihr Gesicht wärmen zu lassen.

Ein Lächeln breitete sich auf ihrem Gesicht aus, während sie dasaß und das Wasser und die Geräusche der Natur genoss. Vögel sangen in den Bäumen und die Blätter raschelten, als die Sommerbrise durch die Bäume strich. Alles war, wie es sein sollte.

Das Knacken eines Astes unter einem Fuß brachte Astrid wieder zu Sinnen. Ihre Augen öffneten sich schlagartig und sie erstarrte. Sie war nicht allein. Aufmerksam lauschend versuchte sie, den Ursprung des Geräusches auszumachen. Es kam aus der Richtung ihrer Sachen, knapp über ihre rechte Schulter. Sie setzte sich auf und sah gerade noch rechtzeitig einen großen Wikingerkrieger, der kampfbereit gekleidet war, neben dem Busch stehen, ihr Kleid in den Händen.

Der Wikinger stand da und blickte verblüfft auf Astrid hinab. Nach seinem roten Gesicht zu urteilen, schien er verlegen zu sein, beim Stehlen ihres Kleides ertappt worden zu sein. Astrid saß furchtlos da, da sie selbst eine Schwertfrau war. Sie zweifelte nicht daran, dass sie ihn auf den Hintern werfen könnte.

„Ich glaube nicht, dass es dir passt", grinste sie, während sie langsam zurück ans Ufer stieg, das Wasser von ihr abperlend. Ihr war sehr bewusst, wie durchsichtig ihr Unterkleid geworden war, und sie plante, das zu ihrem Vorteil zu nutzen. Nach Astrids Erfahrung wussten die meisten Männer nicht, wie sie mit einer starken Frau umgehen sollten. Sie war sicher, dass dieser sich nicht anders erweisen würde.

Seine Augen wanderten an ihr auf und ab, als sie langsam einen Schritt näher auf ihn zu machte.

„Ich habe von Männern wie dir gehört, solchen, die die Gesellschaft anderer Männer vorziehen und gerne Kleider tragen", sagte sie und musterte ihn von oben bis unten. „Ich muss sagen, ich hätte dich nie für so einen gehalten", neckte sie ihn, wobei sie die Axt an seiner Hüfte und das Messer in seinem Stiefel genau im Auge behielt. Astrid konnte nicht umhin zu bemerken, wie auffallend er war, groß und muskulös, mit einem starken Kiefer und dunklen Augen, in denen sie sich leicht verlieren könnte. Er wäre ziemlich gutaussehend gewesen, wenn er nicht mit offenem Mund dagestanden hätte, unfähig zu sprechen.

„Bist du auch noch stumm? Ich hege keine Hoffnung für die Leute, für die du kämpfst, wenn dich schon der bloße Anblick von mir sprachlos macht", sagte sie und trat schließlich nah genug an ihn heran, um ihr Kleid aus seinem Griff zu reißen.

Sein Duft erfüllte ihre Nase und sie konnte nicht umhin zu bemerken, wie ihre Brustwarzen auf ihn reagierten und sich unter der nassen Baumwolle ihrer Kleidung zu steifen Spitzen aufrichteten.

Es gefiel ihr, wie er sie musterte. Sie war keineswegs selbstbewusst. Sie war eine starke, schlanke Frau und fast so groß wie er. Sie hatte schon immer gewusst, welche Wirkung ihre Schönheit auf das andere Geschlecht hatte. Es war einer der Gründe, warum sie eine Schwertjungfrau geworden war. Sie wollte für andere Dinge bekannt sein als nur für ihre Schönheit.

Es war Zeit, dass dieser Fremde diese Dinge über sie erfuhr.

Sie riss ihm das Kleid aus den Händen und verdrehte die Augen über die Dummheit des Wikingers. Er war jung, aber seiner Größe und seinem Körperbau nach zu urteilen, konnte er offensichtlich kämpfen und sich gut behaupten. „Dummer Junge, ich hätte dir mit Leichtigkeit diese Axt von der Seite reißen und sie dir in den Schädel rammen können, in der Zeit, die du damit verbracht hast, mich anzuglotzen. Was ist los mit dir?", fauchte sie und hielt das Kleid an ihre Brust gedrückt, um sich vor seinen neugierigen Blicken zu bedecken.

Der Wikinger begann zu stottern und war nicht in der Lage, einen vollständigen Satz zu bilden. „Es war alles nur ein Scherz, ich... Dittmer... nicht", stammelte er und blickte sie an, bis ins Mark erschüttert.

„Sprich. Bist du ein Mann oder ein Junge? Sprich deutlich",

verlangte Astrid und ignorierte ihr triefend nasses Unterkleid, während sie in ihr Kleid schlüpfte und auf seine Antwort wartete.

„Ich trage keine Kleider. Ich wusste nicht, dass es jemandem gehörte. Ich wollte es benutzen, um meinen Bruder in Schwierigkeiten zu bringen. Es war als Scherz gedacht, nur als Scherz", stotterte er, immer noch verwirrt von der Schönheit, die mit in die Hüften gestemmten Händen und einem Ausdruck der Verärgerung im Gesicht vor ihm stand.

# KAPITEL
# ZWEI

ASTRID BEÄUGTE DEN WIKINGER MISSTRAUISCH. Sie hatte noch nie etwas so Albernes gehört. Wie konnte das Nehmen ihres Kleides ein Scherz an seinem Bruder sein? *Vielleicht versucht er mich reinzulegen? Will er mich lächerlich machen?* Astrid runzelte die Stirn. Sie mochte es nicht, wenn Leute versuchten, sich über sie lustig zu machen oder sie zum Narren zu halten. Je mehr sie darüber nachdachte, desto irritierter wurde sie. Sie begann, den jungen Wikinger zu umkreisen und ihn zu mustern.

„Dittmer? Ist das dein Name?", fragte sie und genoss es, wie er unter ihrem Blick unruhig wurde.

Er machte einen Schritt zurück von ihr weg, und Astrid bemerkte, wie er sich dem Bach näherte.

„Nein, Dittmer ist mein Bruder. Ich bin Ryker", antwortete er und machte einen weiteren Schritt zurück, als sie ihn weiter anstarrte. Ihre Präsenz schien ihn zu verunsichern.

„Ryker? Du bist ein Jürgensen-Bruder?", fragte sie.

Er nickte heftig und stotterte immer noch, als er versuchte, ihr zu antworten.

„Peinlich, deine Abstammung ist berühmt dafür, wild und furchtlos zu sein, und hier stehst du nun, hilflos beim bloßen Anblick einer Frau", spottete sie. Ryker war jetzt nahe genug am Bach, damit Astrid ihren Plan in die Tat umsetzen konnte.

„Hilflos? Ich bin kaum-"

„Buh!", rief sie, als sie ihn vom Ufer stieß.

Erschrocken griff er nach ihr, um seinen Sturz zu verhindern. Stattdessen zog er sie mit sich. Die beiden purzelten in den Bach, wobei Astrid quer über seiner steinharten Brust landete. Sie blickte hinab in seine verträumten braunen Augen.

Er grinste sie an. „Na hallo", sagte er und lachte in sich hinein über den alarmierten und gereizten Ausdruck auf ihrem Gesicht. Astrid legte ihre Handflächen flach auf seine Brust, um sich hochzudrücken, ohne zu bemerken, dass sie rittlings auf ihm saß. Sie konnte nicht umhin zu bemerken, wie gut sich seine Brust unter ihren Händen anfühlte.

*Gut? Was war nur los mit ihr?*

„Idiot, warum hast du das getan?", schnauzte sie ihn an und schlug ihm auf die Brust, machte aber keinen Versuch, sich zu bewegen. Sie mochte das Gefühl von ihm unter sich, und sie musste zugeben, dass der Anblick angenehm für das Auge war.

Ryker spritzte ihr eine Handvoll Wasser ins Gesicht. Die Aktion überraschte sie, und Astrid schrie vor Schreck auf. Jetzt war sie an der Reihe, ihn mit offenem Mund anzustarren.

„Entspann dich, du kannst nicht sagen, dass du keinen Spaß hast. Außerdem gefällt mir der Anblick von dir auf mir", kicherte Ryker und spritzte sie erneut an.

Astrid wurde zunehmend verärgert über sein kindisches Verhalten und schlug ihm erneut auf die Brust, während sie versuchte aufzustehen. Aber als sie auf die Füße kam, zog Ryker sein Bein unter ihrem weg und ließ sie rückwärts ins Wasser fallen. Astrid platschte hart auf, verlor kurzzeitig den Atem durch die Wucht, mit der ihr Rücken aufs Wasser traf.

Bevor Astrid eine Bewegung machen konnte, um aufzustehen, schwamm Ryker zu ihr herüber und spritzte sie erneut an. Sie hustete, als Wasser in ihre Lungen eindrang. Sie spritzte zurück, als sie wieder zu Atem kam.

„Ich glaube, ich mochte dich in deinem Unterkleid viel lieber", sagte Ryker mit tiefer, knurrender Stimme, während er in ihrer Nähe Wasser trat.

„Geh weg von mir, du großer Tölpel", sagte sie, und sie konnte nicht anders, als ein kleines Kichern von sich zu geben, als sie ihn zurückspritzte. Ryker riss sich seine Rüstung und Tunika vom Leib und warf sie mit Schwung ans Ufer, damit sie in der Hitze der Sonne trocknen konnten. Astrid stand da und bewunderte die Muskelmauer vor ihr.

„Es ist nur fair, Zug um Zug sozusagen", sagte er mit einem Zwinkern.

Astrid spürte, wie Hitze in ihren Wangen aufstieg. Sie kreischte, als Ryker herüberschwamm und sie in seine Arme hob. Er hielt sie fest an sich gedrückt, ihr Busen nach oben gedrückt, fast an seinem kurzen, gepflegten Bart reibend. Astrid fing sich, indem sie ihre Hände auf seine Brust legte. Sie lächelte ihn an, während sie ihre Finger zum zweiten Mal über die harten Muskeln gleiten ließ.

Oh ja, sie mochte es, ihn zu berühren.

„Ich muss zugeben, für jemanden, der sich wie ein Kind benimmt, hast du definitiv den Körperbau eines Mannes", sagte sie, ihre Stimme atemlos, während die Hitze zwischen ihnen intensiver wurde. Ryker lächelte und warf sie rückwärts, sodass sie wieder ins Wasser platschte. Als sie auftauchte und sich die Augen wischte, war Ryker vor Lachen zusammengekrümmt. „Du hättest dein Gesicht sehen sollen!", brüllte er.

Genervt, aber den Spaß genießend, schwamm Astrid hinüber, drückte ihn unter Wasser und spritzte ihn mehrmals an, als er nach Luft schnappte. „Wie gefällt dir das?", lachte sie.

Sie tollten weiter herum, benahmen sich wie kleine Kinder, genossen das kühle Wasser in der heißen Sommersonne und trotz ihrer ersten Begegnung auch die Gesellschaft des anderen. Zumindest bis die Realität über sie hereinbrach.

Ein weiterer starker, großer Wikinger kam durch die Bäume gestürmt. Dieser Mann hatte eine auffallende Ähnlichkeit mit Ryker. Astrid wusste sofort, dass dies sein jüngerer Bruder Dittmer sein musste.

„Was geht hier vor? Ist alles in Ordnung? Ich habe Schreie

gehört...", begann er, hielt aber inne, als er die beiden in einer Umarmung verschlungen sah. „Oh, ich verstehe", sagte er mit einem Grinsen und wich langsam zurück. „Ich werde euch zwei Liebende in Ruhe lassen." Er zwinkerte Ryker zu und drehte sich um, um zu gehen.

Astrid war entsetzt über die Anschuldigung. Sie schlug Ryker hart auf die Schulter und stieß sich von ihm weg, während sie durch das Wasser zum Ufer watete.

„Es ist nicht das, was du denkst. Er ist nicht mein Liebhaber", protestierte Astrid und zog ihre Röcke hinter sich her, als sie ans Ufer trat. Sie blickte zurück und erwartete, dass Ryker es erklären würde, aber stattdessen brach er erneut in schallendes Gelächter aus. Astrids Kopf füllte sich mit Ärger. Sie war kein Witzfigur und mochte es nicht, wie eine behandelt zu werden. Sie sah zu Dittmer hinüber, der selbst ein Kichern unterdrückte. Sie konnte sein Lachen über sein ganzes Gesicht sehen, als er versuchte, ein Lächeln zu unterdrücken.

„Ihr beiden seid Kinder, alle beide. Anstatt dazustehen und Anschuldigungen gegen mich zu erheben, Kleider zu stehlen und euch wie Narren zu benehmen, warum tut ihr nicht etwas Nützliches?", schnaubte sie, stürmte hinüber und griff nach ihrem Eimer mit Beeren. „Ihr seid Jürgensens. Werdet eurem Familiennamen gerecht! Während ihr hier herumtollt, laufen die Männer des Jarls frei herum. Macht euch nützlich und verfolgt sie!", schrie sie und stürmte in Richtung Heimat davon.

# KAPITEL
# DREI

RYKER ERWACHTE am nächsten Tag mit Schuldgefühlen. Er hatte nicht beabsichtigt, die junge Frau zu beleidigen oder zu verärgern. Schlimmer noch, je mehr er darüber nachdachte, desto mehr verfolgten ihn ihre Worte. *Werde deinem Familiennamen gerecht.* Nachdem er sein Frühstück beendet und sich angezogen hatte, machte er sich auf den Weg durch den Wald hinter der Siedlung, auf der Suche nach ihrer Hütte. Er sah sie draußen, wie sie Holz vom Stapel holte und dann wieder ins Haus ging. Er nahm sich einen Moment Zeit, um sich zu sammeln und zu überlegen, was er sagen sollte, ging dann zur Tür und klopfte lauter als beabsichtigt. Sie riss die Tür ungeduldig auf. Als ihre Augen auf ihn fielen, runzelte sie die Stirn und ihre Gesichtszüge verhärteten sich.

„Was willst du?", verlangte sie zu wissen.

„Ich bin hier, um mich für mein Verhalten gestern zu entschuldigen", sagte er schlicht.

Sie musterte ihn unbeeindruckt. „Ich bin nicht interessiert", sagte sie und wollte die Tür schließen, aber Ryker streckte die Hand aus und hielt die Tür offen.

„Bitte, darf ich reinkommen?", fragte er so sanft wie möglich.

Sie weigerte sich, sich zu bewegen. „Sag, was du willst, und lass mich in Ruhe", antwortete sie, verschränkte die Arme und wartete ihn aus.

Ryker stand da und wusste nicht, was er tun sollte. Er hatte gehofft, sie würde einfach zur Seite treten. Aber sie stand da und blickte ihn ausdruckslos an. Er rieb sich nervös mit der Hand übers Gesicht.

„Es tut mir leid, ich versuchte, meinen Bruder zum Entspannen zu bringen und dachte, ein Scherz würde den Trick tun. Ich wollte dich nicht mit hineinziehen. Ich wollte dich ganz sicher nicht zum Narren halten", sagte er.

Das Mädchen stand unbewegt. Ihrem Gesichtsausdruck nach zu urteilen, erwartete sie mehr. Sie rutschte hin und her, verschränkte die Arme und löste sie wieder.

„Ich hätte dich nicht mit in den Fluss ziehen sollen. Ich habe mich im Moment verloren. Manchmal bin ich kindisch. Ich hatte nicht einmal die Gelegenheit, nach deinem Namen zu fragen", sagte er in der Hoffnung, dass sie ihn ihm verraten würde. Er konnte das Bild von ihr nicht abschütteln, wie sie aus dem Fluss stieg, in Kleidung, die so nass war, dass er jeden letzten Zentimeter von ihr deutlich sehen konnte.

„Und?", fragte sie, und als ob er ihre Gedanken lesen könnte, wusste er, was sie hören wollte.

„Es tut mir leid, dass ich dich angestarrt habe, als du... als du...", stotterte er wieder und spürte, wie sein Gesicht von Minute zu Minute heißer wurde.

*Warum werde ich rot wie eine Frau? Was ist los mit mir?*

„Astrid, mein Name ist Astrid", antwortete sie, verdrehte die Augen und bedeutete ihm, ins Haus zu kommen. Sie trat zur Seite und öffnete die Tür weiter. Ryker lächelte und dankte ihr, als er sich duckte, um einzutreten. Glücklicherweise war der Türrahmen der niedrigste Teil des Gebäudes. Er war froh, sich drinnen wieder zu seiner vollen Größe aufrichten zu können, ohne mit dem Kopf gegen die Holzbalken zu stoßen, die das Dach trugen.

Die Hütte war ruhig, niemand sonst war da. Ein Kamin mit einem kleinen schwarzen Topf, der einsatzbereit an der hinteren Wand hing. Auf der einen Seite der Hütte stand ein kleiner Tisch mit zwei Stühlen, und ihr Bett war auf der anderen Seite. Was seine Aufmerksamkeit am meisten erregte, war der Stapel Rüstung und Waffen neben ihrem Bett. Das machte sie noch interessanter.

„Du bist eine Kriegerin?", fragte er, ging hinüber und hob ihr Schwert auf. Es war ein beeindruckendes Stück, und das Gewicht überraschte ihn.

Astrid stakste herüber, riss die Klinge an sich und warf sie auf ihr Bett.

„Ja, ich kam mit dem zweiten Schiff hierher, um mit den anderen Schwertfrauen zu kämpfen. Aber seit ich diesen Ort zu meinem Zuhause gemacht habe, gab es keine nennenswerte Aktion. Ich verbringe jetzt die meiste Zeit damit, die Vorräte der Siedlung zu ergänzen. Das hält mich beschäftigt", antwortete sie, während sie durch die Tür neben dem Kamin nach hinten ging. „Ich habe zu tun."

Ryker folgte ihr in einen kleinen, eingezäunten Garten und setzte sich auf einen abgestorbenen Baumstumpf, von wo aus er zusehen konnte, wie sie den großen oberen Stein einer Handmühle drehte, Getreide mahlte und Mehl herstellte.

„Ich würde dich gerne im Kampf sehen. Dein Schwert ist ziemlich beeindruckend, und ich kann erkennen, dass du eine starke Frau bist", sagte er und zog sein Hemd herunter, um einen blauen Fleck auf seinem Schlüsselbein zu zeigen. „Eine Erinnerung an unsere erste Begegnung, ich werde sie in Ehren halten", scherzte er, presste die Hände ans Herz und flatterte mit den Augen, eine verliebte Jungfrau nachahmend.

„Mach weiter so, und ich werde dir noch ein paar mehr verpassen", sagte sie, sammelte das Mehl, das sie gemahlen hatte, und ging wieder hinein. Sie stellte das Mehl auf den Tisch und ging zu einem Fass voll Wasser. Mit einer kleinen Schale schöpfte sie etwas und nahm einen Schluck.

Ryker rutschte plötzlich unbehaglich hin und her, als er sah, wie ein Tropfen ihre Lippen und ihr Kinn hinunterglitt und sanft auf ihre Brust fiel. Er bewegte sich schnell und hoffte, sie würde nicht bemerken, wie er den Anblick genoss, als sie sich das Wasser von ihrem Busen wischte.

„Was hast du zu Hause gemacht?", fragte Ryker, zog einen Stuhl heraus und setzte sich, wobei er das Knarren des Holzes ignorierte, das sich unter seinem Gewicht beschwerte.

„Ich arbeitete auf dem Hof meines Vaters. Es war kein schlechtes Leben. Aber als ich älter wurde, merkte ich, dass es nicht meine Stärke oder mein Verstand waren, die mir die Aufmerksamkeit der Menschen um mich herum einbrachten; es war mein Aussehen. Ich entschied, dass das nicht gut genug war. Ich bin genauso stark und fähig wie jeder Mann. Also trainierte ich als Schwertjungfrau, und nachdem ich einige Erfolge in Schlachten hatte, beschloss ich, dass ich mehr wollte. Als die Schiffe bereit gemacht wurden, um zu dieser Siedlung zu kommen, war ich die Erste in der Reihe der Freiwilligen", sagte sie und bot ihm etwas Wasser an.

Es war genauso heiß wie am Tag zuvor, also nahm Ryker den erfrischenden Trunk dankbar an. Er dachte einen Moment nach, während er seinen Durst stillte. Ehrlichkeit verlangte Ehrlichkeit.

„Ich werde dir jetzt etwas sagen, das diesen Raum nicht verlassen darf. Ich war eifersüchtig auf meine Brüder – diejenigen, die Frauen gefunden haben. Firtha, Sima und Bryn sind alle starke, wilde Frauen. Leider haben viele der Frauen, denen ich begegne, keine Liebe für den Kampf. Also bin ich froh, dass ich die Gelegenheit hatte, dich kennenzulernen." Er sprach aus dem Herzen, für einmal ohne herumzuscherzen.

Astrid, von seinen Kommentaren überrascht, bot einen Themenwechsel an. Sie wollte über die Schlacht sprechen. Sie wollte herausfinden, wann ihr Schwert das nächste Mal Blut kosten und wann sie Ehre gewinnen würde.

„Warum habt ihr und deine Brüder seit dem Vorfall mit dem Jarl nichts unternommen? Worauf wartet ihr?", fragte sie direkt, setzte sich ihm gegenüber und war entschlossen, Antworten zu bekommen. Ryker war von ihrer Direktheit schockiert und hasste es, dass er keine Antwort hatte. Es lag jedoch nicht an ihm, Maßnahmen zu ergreifen. Abjörn hatte Sören das Kommando überlassen, und er sagte ihr genau das.

„Glaub mir, ich sehne mich genauso wie du nach Aktion, aber es liegt nicht in meiner Hand. Sören hat das Kommando, und er meint, wir sollten warten. Er glaubt, dass Krieg unnötig ist, bis meine Brüder aus Dänemark zurückkehren", er schüttelte den Kopf, seine Lippe kräuselte sich vor Abscheu. „Der Jarl hat nicht angegriffen. Lord Beecham auch nicht", beendete er mit einem Schulterzucken, da er nicht wusste, was er ihr sonst noch sagen konnte.

„Also, ich denke, jetzt ist die Zeit zum Angriff. Kein Mann, keine Frau und kein Kind in den Nachbardörfern würde Beecham nach allem, was er getan hat, helfen", sagte sie. Sie stand auf, um einen Eimer mit Gemüse zu holen, das sie am Morgen gesammelt hatte. Sie stellte den Eimer auf den Tisch und zog die Zweige und Blätter auseinander. Dann zog sie ein Messer aus ihrem Stiefel und begann, das Gemüse zu schneiden, wobei sie die frisch geschnittenen Stücke in eine Schüssel warf, die sie von einem Regal genommen hatte.

Ryker war von ihren Worten verwirrt. Wusste sie etwas, das er nicht wusste? Wie war sie an solche Informationen gekommen? Sein Interesse war geweckt. Das könnte seine Chance sein, Sörens Meinung zu ändern, und sein Puls raste vor Aufregung.

„Wie meinst du das?", fragte er und lehnte sich näher.

Astrid sah verwirrt zurück. „Was?"

„Woher weißt du, dass sie nicht helfen würden?", bohrte er nach, das Flirten war für den Moment vergessen.

„Ich höre so einiges", sagte sie einfach.

Nicht zufrieden mit ihrer Antwort, drängte Ryker auf mehr.

„Ich handle schon mit dem schottischen Dorf über dem Hügel, seit ich mich um das Vieh kümmere. Ich musste Waren tauschen, die mir fehlten", sie begann, ihr Messer durch eine Karotte zu ziehen. „Beecham nimmt seinen Leuten alles weg. Sie haben weniger Essen und weniger Geld. Besonders in letzter Zeit. Es geht ihnen schlechter als je zuvor."

Astrid war so darauf konzentriert gewesen, das Gemüse für das Abendessen vorzubereiten, dass ihr nicht aufgefallen war, wie Ryker verstummt war. Schließlich blickte sie auf und sah, wie Ryker sie ausdruckslos anstarrte, mit einem Gesichtsausdruck, als hätte sie ihn selbst geohrfeigt.

„Was?", fragte sie, als sie anfing, sich Sorgen zu machen. Ryker sprang auf die Füße und ergriff so plötzlich ihre Hand, dass er ihre Schüssel mit Gemüse auf den Boden warf. „Komm mit mir. Das sind lebenswichtige Informationen. Es wäre hilfreich, wenn du Sören erzählst, was du weißt", bestand er darauf und zog sie zur Tür hinaus, ohne auf ihre Proteste der Verärgerung zu achten.

# KAPITEL
# VIER

DITTMER STAND mit verschränkten Armen da und glaubte die
Geschichte nicht, die Astrid und Ryker ihm gerade erzählt hatten. Er
hatte genug von den Späßen seines Bruders. Sie befanden sich im
Krieg. Dies war keine Zeit für Scherze.

„Komm schon, Bruder, das sind genau die Informationen, die wir
brauchen, um Sören umzustimmen. Sehnst du dich nicht nach einer
Schlacht? Danach, Vater zu rächen?", flehte Ryker.

Leider hatten Rykers Eskapaden seinen Bruder dazu gebracht,
seinen Worten keinen Glauben zu schenken.

„Werd endlich mal ernst, Bruder! Du weißt genau, dass ich genau
das will. Aber wie soll ich dir glauben? Gestern habe ich euch beide im
Bach herumalbern sehen. Heute kommst du mit so einer verrückten
Geschichte über Dorfbewohner zu mir. Wie sollen diese Informationen
überhaupt hilfreich sein?", fragte Dittmer. Er blickte Astrid wütend an.
Dittmer dachte offensichtlich, dass alle seine Brüder weich geworden
waren, seit sie ihre Frauen kennengelernt hatten. Und dies war nur ein
weiteres Paradebeispiel dafür, dass er recht hatte.

Sören sah seine Frau Firtha an und lächelte. Er kannte die Wirkung,
die Frauen auf den Verstand eines Kriegers haben konnten. Als er zu
den beiden hinüberblickte, bemerkte er, wie sie sich einen Blick zuwarfen, der nur eines bedeuten konnte. Anziehung.

„Dittmer hat recht. Was beweist das? Er nimmt von seinen eigenen Leuten, statt von uns. Ich sehe nicht, wie das relevant sein soll", sagte Sören. Er durchquerte den Raum, um etwas Wasser zu holen, und während er ihnen den Rücken zuwandte, sah Astrid zu Firtha hinüber und flehte sie mit ihren Augen um Hilfe an.

„Vielleicht kann ich etwas herausfinden. Du weißt, wie diese Leute sich früher an mich wandten für Zauber und Tränke. Sie werden mir vertrauen und die Wahrheit sagen", sagte sie und zwinkerte Astrid zu. Natürlich wusste Firtha, dass ihr Mann ihr eine solche Reise nicht erlauben würde, nicht während sie kurz davor stand, ihr Kind zur Welt zu bringen. Astrid sah sie mit neuem Respekt an. Firtha war schlauer, als sie zunächst angenommen hatte.

Wie erwartet reagierte Sören genau so, wie seine Frau es gedacht hatte. Er drehte sich um und sah sie mit Wut in den Augen an. „Nein, auf keinen Fall. Du wirst dich da nicht einmischen. Du könntest jeden Moment gebären. Willst du wirklich so eine Reise unternehmen wegen etwas, das sich als nichts herausstellen könnte? Nein, ich werde das nicht zulassen. Du musst hier bleiben und dich ausruhen", schrie Sören.

Es war für jeden offensichtlich, wie besorgt er um die Geburt seines Kindes war und wie nervös er wegen seiner bevorstehenden Vater-schaft war. Jede seiner Bewegungen war übervorsichtig. Selbst ein Schatten schien ihn nervös zu machen. Astrid fand es charmant, während seine Brüder es offensichtlich nervig fanden, nach dem Ausdruck auf ihren Gesichtern zu urteilen. Schließlich, nach einem Moment des Auf- und Abgehens und wütender Blicke zu seiner Frau, die mit einem amüsierten Gesichtsausdruck dasaß, hielt Sören inne.

„Astrid, du kennst diese Dorfbewohner. Du gehst. Du hast eine Beziehung zu ihnen. Sie werden mit dir reden. Finde so viel heraus, wie du kannst. Ryker wird dich zu deinem Schutz begleiten", bestand Sören darauf, während er seine Frau umarmte und liebevoll über ihren gerundeten Bauch strich.

„Astrid braucht nicht viel Schutz; sie hat einen gemeinen rechten Haken", murmelte Ryker mit einem Grinsen im Gesicht.

Astrid versetzte seinem Knöchel einen schnellen Tritt. „Benimm dich, du Narr", murmelte sie. Obwohl seine Worte der Wahrheit entsprachen, war jetzt nicht die Zeit für Scherze. Sören und Dittmer hatten bereits ein Problem mit ihren Informationen. Wenn sie Ryker herumalbern sähen, würden sie die Mission wahrscheinlich abblasen.

Astrid war erfüllt von Stolz und hatte auf einen Moment gewartet, sich zu beweisen. Wenn eine Schlacht bevorstand, war sie ganz dafür. Sie nickte Sören zur Bestätigung der Mission zu und formte ein lautloses „Danke" mit den Lippen zu Firtha, die ihr wissend zuzwinkerte. Als sie sich zum Gehen wandte, bemerkte sie, wie Dittmer sie misstrauisch beäugte. Dittmer würde schwieriger zu überzeugen sein, als sie gedacht hatte.

# KAPITEL
# FÜNF

RYKER UND ASTRID passierten das Siedlungstor auf ihren Pferden und ritten westwärts in Richtung der Hügel.

„Ich bin froh, dass wir diese Mission zusammen machen können", sagte Ryker und lächelte Astrid an. Sie errötete und lächelte zurück. Sie hatte bemerkt, dass sie sich sofort zu Ryker hingezogen fühlte. Seine kindliche Art fand sie charmant. Und sie mochte es, dass er einen entspannteren, fast unschuldigen Teil von ihr zum Vorschein brachte, von dem sie nicht einmal wusste, dass er existierte. Sie hatte so viele Jahre damit verbracht, in ihrer Mission, eine Schwertjungfrau zu werden, so ernst zu sein, dass sie das Gefühl hatte, vergessen zu haben, wie man Spaß hat. Sie war vielleicht am Tag zuvor verärgert gewesen, als er sie in den Bach gezogen hatte. Aber sie musste zugeben, dass sie in den Momenten, bevor Dittmer kam und ihren Spaß unterbrach, die Zeit genossen hatte.

„Wartet, ich komme mit euch", rief Dittmer ihnen nach. Sie blickten über ihre Schultern und sahen ihn auf seinem Pferd auf sie zugaloppieren. Astrid und Ryker tauschten einen Blick der Bestürzung aus. *Dittmer ist wieder da, um uns den Spaß zu verderben*, dachte Astrid.

„Warum bist du hier, Bruder?", fragte Ryker und konnte den Ärger in seiner Stimme nicht verbergen.

„Ich bin hier, um euch beide auf Kurs zu halten", antwortete er einfach und drängte sein Pferd zwischen ihre beiden, sodass sie auseinander weichen mussten.

„Du bist also hier, um uns zu beaufsichtigen? Korrigiere mich, wenn ich falsch liege, Bruder, aber bist du nicht der Jüngste von uns allen?", grinste Ryker.

„Dennoch bin ich reifer als dein närrischer Hintern", schoss Dittmer zurück.

Sie konnte nicht anders. Astrid ließ ein leises Kichern hören.

Sie ritten eine Meile schweigend, während Ryker die Stirn runzelte und versuchte, einen Weg zu finden, Dittmer dazu zu bringen, sie in Ruhe zu lassen. Plötzlich kam ihm eine Idee. Wenn er die Gesprächs-richtung lenken könnte, könnte er eine kleine Notlüge fallen lassen, die Dittmer vielleicht genug täuschen würde, um ihm und Astrid etwas Freiraum zu verschaffen.

„Also, Astrid, was ist der Plan? Das ist deine Mission; Dittmer und ich werden deiner Führung folgen. Richtig, Bruder?", fragte Ryker.

Dittmer warf ihm einen Blick zu, bevor er zustimmend nickte.

„Wenn wir ankommen, versucht nicht einschüchternd zu wirken. Der beste Ort zum Anfangen ist der Bauernhof. Sie hegen den größten Groll gegen Beecham", antwortete Astrid und blickte in die Ferne, als könnte sie ihr Ziel bereits sehen.

„Und wir sind auf dem Weg zum schottischen Dorf?", fragte Ryker.

Astrid warf ihm einen verwirrten Blick zu. Wie konnte er nicht wissen, wohin sie gingen, wenn sie darüber gesprochen hatten, bevor sie aufbrachen? Ryker warf ihr einen Blick zu, der ihr sagte, sie solle mitspielen. Irgendwie verstand sie, obwohl sie ihn erst seit weniger als einem Tag kannte.

„Ja, und danach gehen wir zum Dorf im Osten, am Meer", sagte sie.

Die beiden bemerkten, wie Dittmer sich unruhig bewegte, verunsi-chert durch die neue Information. „Warum? Was ist in dem Dorf am Meer?", fragte Dittmer.

Astrid ließ Ryker von da an die Unterhaltung führen.

„Haben wir dir das nicht erzählt? Ich muss es wohl in der Eile vergessen haben. Es gibt ein Gerücht in der Siedlung über eine mäch-tige Hexe. Anscheinend kann sie das Meer kontrollieren. Der Jarl wollte sie, glaube ich, um den Kurs eines Schiffes nach Hause zu steuern. Ich frage mich, ob er dorthin gegangen ist, als er floh", sagte Ryker selbstsicher.

Dittmer hielt sein Pferd an und dachte über das Gerücht nach. „Bist du sicher?", fragte er und machte sich zum Aufbruch bereit.

„Oh ja, angeblich hat einer der Männer des Jarls es sich entschlüpfen lassen, bevor er in der Schlacht umkam", sagte Ryker.

Sein Ton war neckend, aber Dittmers Liebe zu seinem Land und seiner Familie machte ihn oft blind. Das und sein hitziges Temperament. Ohne ein weiteres Wort bäumte er sein Pferd auf und galoppierte in Richtung des Dorfes im Osten davon.

Als er außer Hörweite war, brach Astrid in Gelächter aus. „Ich kann nicht glauben, dass er darauf reingefallen ist. Wie wusstest du, dass dein Plan funktionieren würde?", fragte sie und lenkte ihr Pferd näher zu Ryker, um die Lücke zu schließen, die Dittmer geschaffen hatte.

„Mein Bruder ist so vorhersehbar. Er lässt sich von seinem Temperament und seiner Kampfeslust für das Offensichtliche blenden", antwortete Ryker, lehnte sich zur Seite und hob Astrid von ihrem Pferd, um sie fest auf seinen Schoß zu setzen.

„Was machst du da?", kicherte Astrid und tat so, als würde sie protestieren.

„Etwas, das ich tun wollte, seit du aus diesem Bach gestiegen bist", antwortete er und presste seine Lippen auf ihre. Er war begeistert, als er spürte, wie sie reagierte und seine Zunge ihren Mund erkunden ließ, während sie ihn im Gegenzug kostete. Ryker schlang seinen Arm um ihre Taille, um sie zu sichern, während er die Zügel fest im Griff behielt. Das Letzte, was er brauchte, war, dass das Pferd durchging und sie abwarf.

Er ließ seine freie Hand ihren Körper erkunden und umfasste ihre Brust. Sie füllte seine Hand perfekt aus, als wäre sie nur für ihn geformt. Astrid stöhnte bei seiner Berührung, ihre Hand erkundete seine Brust und starken Schultern. Ryker schob seine Hand in ihr Mieder und streichelte ihre Brustwarze. Sie erwachte unter seiner Berührung, richtete sich auf und bettelte um mehr. Astrid ließ ihre Hand nach unten gleiten und rieb die Beule, die zwischen seinen Beinen weiter anwuchs. Sie mochte, wie es sich anfühlte, und fragte sich, wie es sich in ihr anfühlen würde. Ryker sog scharf die Luft zwischen den Zähnen ein bei ihrer Berührung. Er schob ihren Rock hoch, strich mit seiner Hand ihren Schenkel hinauf und schwelgte in der Feuchtigkeit, die seine Finger empfing. Er wollte es. Sie wollte es. Zeit, es Wirklichkeit werden zu lassen, dachte er.

„Lass uns zurück zu deiner Hütte reiten und zu Ende bringen, was wir begonnen haben. Das ist sowieso ein Narrenauftrag. Sören hatte recht. Es wird zu nichts Bemerkenswertem führen", sagte er leichthin und lächelte gegen ihren Hals, während er Küsse bis zu ihrem Schlüsselbein verteilte. Astrid bog ihren Rücken durch und reckte den Hals, um ihm freie Bahn zum Spielen zu geben.

„Oh ja, lass uns einfach zusammen weglaufen und unsere Verantwortung ignorieren", scherzte sie zurück, ohne seine Bemerkung ernst zu nehmen.

„Genau", knurrte er, zog an den Zügeln und lenkte die Pferde zurück in die Richtung, aus der sie gekommen waren.

Astrid stieß ihn zurück und unterbrach seine Kussreihe. Ihre Haut schrie danach, berührt zu werden, ihr Körper wollte mehr, aber ihr Verstand wusste es besser. Sie starrte ihn an und suchte in seinem Gesicht nach Anzeichen dafür, dass er zu lachen beginnen und ihr sagen würde, dass er es nicht ernst meinte. Aber je länger er sie mit lustvollen Augen ansah, praktisch sabbernd bei der Vorstellung von ihr in seinem Bett, wurde ihr klar, dass er es ernst meinte. Oder so ernst, wie Ryker sein konnte.

„Das meinst du ernst?", fragte sie ungläubig. Obwohl sie Ryker nie anders als kindisch erlebt hatte, wusste sie nicht, warum sie jetzt mehr von ihm erwartet hatte.

Ryker brachte die Pferde zum Stehen und sah sie verwirrt an. Er glaubte, sie wollte dasselbe wie er: herumtollen und die köstlichsten Teile voneinander genießen. Als Ryker nicht antwortete und sie mit diesem dümmlichen Blick voller Unwissenheit und Dummheit ansah, den er auch am Vortag am Bach gezeigt hatte, loderte ihr Temperament auf. Sie schlug seine Hand weg und zerrte an dem Arm, mit dem er sie umschlungen hielt. Sobald sie sich aus seiner Umarmung befreit hatte, sprang sie vom Pferd und ignorierte dabei den Schmerz, der beim Aufprall durch ihre Schienbeine und Knöchel schoss.

„Wo willst du hin?", fragte er und wendete das Pferd. Sie war bereits auf ihr Pferd gestiegen.

„Du kommst zu mir nach Hause und ziehst mich von meinen Pflichten weg, um diese Information an Sören weiterzugeben. Damals fandest du die Mission weder albern noch überflüssig. Hast du das alles ernst gemeint? Oder war das nur ein Trick, um mit mir allein zu sein?", fragte sie und sah ihm direkt in die Augen.

Sein Gesichtsausdruck blieb unverändert. Sie hatte ihre Antwort.

„Wenn du nicht die Eier hast, diese Mission zu Ende zu bringen, werde ich es ohne dich tun", sagte sie und trieb ihr Pferd in den Galopp. Sie ritt in hohem Tempo zu ihrem Ziel.

Ryker saß auf seinem Pferd und starrte ihr nach, als sie davondonnerte, verwirrt von dem, was gerade geschehen war.

# KAPITEL
## SECHS

ASTRID ERREICHTE DAS DORF, immer noch kochend vor Wut über Rykers alberne Bemerkungen, und stieg von ihrem Pferd ab. Sie führte es langsam durch das Dorftor. Während sie in Richtung des Bauernhofs ging, konnte sie das seltsame Gefühl nicht abschütteln, das an ihr nagte. Etwas war anders, nicht ganz richtig. Die Frauen, die sie normalerweise mit einem Lächeln begrüßten und ihr zuwinkten, wichen bei ihrer Annäherung zurück. Sie eilten tatsächlich in ihre Häuser zurück, als hätten sie Angst vor ihr.

*Was ist hier los?* fragte sie sich. Dann wurde ihr klar, was anders war, was ihre ehemaligen Freundinnen so aus der Fassung gebracht hatte. Es war keine Spur von einem Mann zu sehen.

*Wo sind all die Männer? Sicher braucht es nicht ein ganzes Dorf, um ein paar Wildschweine zu jagen?* Sie schlenderte über den Dorfplatz und beruhigte ihr Pferd, indem sie dessen Nüstern streichelte. Selbst das riesige Tier konnte die Atmosphäre spüren und wirkte unruhig.

„Du. Wo ist dieser Idiot von meinem Bruder?" brüllte Dittmer, der auf sie zustürmte und von seinem Pferd sprang, um sich ihr zu stellen. Er zeigte mit einem wütenden Finger auf Astrid.

Sie stöhnte und verdrehte die Augen. „Genau da, wo ich ihn auf dem Pfad zurückgelassen habe. Wahrscheinlich sitzt er immer noch auf seinem Pferd und schnappt mit offenem Mund nach Fliegen." Ihre

Schultern spannten sich an. Sie wollte diese Konfrontation wirklich nicht, besonders nicht hier. Sie war sich Dittmers Missbilligung ihr gegenüber bewusst, und wenn sie ehrlich war, mochte sie ihn auch nicht besonders. Aber er musste wissen, dass dies weder der richtige Zeitpunkt noch der richtige Ort war.

„Ihr zwei seid füreinander geschaffen, ihr nehmt nie etwas ernst. Mich auf eine sinnlose Jagd zu schicken, zu welchem Zweck? Damit ihr euch euren Verantwortungen entziehen könnt? Habt ihr keine Ehre?" bellte er sie an und kam ihr so nahe, dass sie seinen Atem bei jedem Wort riechen konnte.

„Sprich nicht mit mir über Ehre. Ich bin allein hierhergekommen, um eine Mission für dich und deinen idiotischen, kindischen Bruder zu erfüllen", schnappte sie zurück, ohne zurückzuweichen oder sich von Dittmer einschüchtern zu lassen. Wie auf Stichwort trottete die Ursache ihrer beider Probleme und Frustrationen auf den Platz.

„Wenn man vom Teufel spricht, dein Bruder ist hier", knurrte sie und wandte sich wieder ihrem Pferd zu, das langsam immer nervöser wurde.

Ryker stieg von seinem Pferd ab und blickte mit einem lächerlichen Grinsen im Gesicht zwischen seinem Bruder und Astrid hin und her.

„Es wärmt mein Herz, euch zwei endlich so gut miteinander auskommen zu sehen", scherzte Ryker. Sowohl Astrid als auch Dittmer warfen ihm einen wütenden Blick zu, als sie auf ihn zustürmten.

„Du bist ein Idiot, Ryker. Ich habe deine Eskapaden jahrelang ertragen. Aber noch nie hast du so unverantwortlich gehandelt", bellte Dittmer. Er wandte sich Astrid zu und stieß ihr einen anklagenden Finger ins Gesicht, sodass sie aus Angst, ins Auge gestochen zu werden, zurückwich. „Erst seit er dich getroffen hat, ist er viel schlimmer geworden, seit du in der Nähe bist. Stell dir den Schaden vor, den er anrichten wird, je länger er mit dir zusammen ist", knurrte Dittmer und fletschte die Zähne wie ein tollwütiger Hund.

Astrid stieß Dittmer heftig zurück. Nicht hart genug, um ihn zu Fall zu bringen, aber hart genug, dass er, nach dem Blick des Schocks auf seinem Gesicht zu urteilen, es zur Kenntnis nahm.

„Ich? Nein, mein Freund, er ist ganz allein ein Idiot. Warum, glaubst du, habe ich ihn auf dem Pfad zurückgelassen? Wenn er nicht gerade alles ins Lächerliche zieht, hat er nur eine Sache im Kopf. Wie ein Junge, der gerade seine Männlichkeit entdeckt", fauchte sie zwischen den beiden.

Zu Astrids und Dittmers weiterer Verärgerung sah Ryker ziemlich zufrieden mit sich selbst aus. Dittmer stieß ein Knurren aus. Seine Geduld war am Ende.

„Ihr zwei seid füreinander geschaffen. Ihr macht mich beide krank. Wir haben wichtige Aufgaben zu erledigen. Ihr beide habt genug von meiner Zeit vergeudet", erklärte Dittmer, schwang sich auf sein Pferd und verließ das Dorf.

Ryker wandte sich wieder Astrid zu, nachdem er zugesehen hatte, wie sein Bruder das Dorftor passierte. Seine Augen waren wieder voller Lust, gepaart mit einem schelmischen Grinsen auf seinem Gesicht. „Endlich allein, ich glaube nicht, dass er diesmal zurückkommt", sagte er, seine Stimme voller Andeutungen. Er griff nach Astrid, aber sie wich zurück und warf ihm einen tödlichen Blick zu. Sie konnte sich nicht erinnern, wann ihr Blut zuletzt so gekocht hatte wie in Rykers Gegenwart.

„Genug!" schrie sie, ihre Stimme hallte leicht über den Platz. „Ich werde deiner unreifen, irrigen Art zunehmend überdrüssig. Es ist nicht mehr niedlich oder lustig. Wir haben eine Aufgabe von größter Wichtigkeit. Kannst du nicht einmal ernst sein?" bellte sie, ignorierte ihn und wandte ihre Aufmerksamkeit wieder der Aufgabe zu, die vor ihnen lag.

Oder sie hätte es getan, wenn noch jemand dagewesen wäre, mit dem sie hätte sprechen können. Der Platz war leer. Sie waren schon mehrere Minuten auf dem Platz gewesen, und nicht ein einziger Mensch war vorbeigekommen. Ihr Bauchgefühl sagte ihr, dass etwas ganz und gar nicht stimmte. Sie nahm ihr Pferd und ging tiefer ins Dorf hinein, ihrem Instinkt folgend. Als die Bauernhöfe in Sicht kamen, hielt sie inne. Niemand kümmerte sich um die Felder. Genauer gesagt, die Feldfrüchte waren alle verschwunden, und das Land lag brach. Das Dorf schien leer zu sein, abgesehen von den Augen der Frauen und Kinder, die durch die geschlossenen Fensterläden spähten.

„Etwas stimmt nicht", flüsterte sie und bemerkte Ryker an ihrer Seite.

Ryker spürte es auch und hörte endlich auf ihre Worte und verhielt sich ernst. Er nickte jetzt, sein Gesichtsausdruck düster.

„Wo sind alle? Wo sind die Männer? Die Vorräte? Es scheint verlassen", flüsterte Astrid und drehte sich langsam, auf der Suche nach der Gefahr, die sie spüren konnte. Neue verstärkte Zäune waren um das Dorf errichtet worden. Die Hütten hatten frische Fensterläden, um alle im Inneren zu sichern und zu schützen. Ryker umklammerte seine Axt, suchte und wappnete sich. Dann kamen Astrid und Ryker zur gleichen Schlussfolgerung, und beide erschauerten bei der Erkenntnis. Schnell drehten sie sich zueinander um: „Eine neue Armee", riefen sie im Chor.

Das Geräusch von sich schließenden Toren, verriegelten Schlössern und das ferne Geräusch von stampfenden Füßen alarmierte sie beide. Als sie in alle Richtungen blickten, bemerkten sie, dass das Dorf abgeriegelt wurde. Entsetzen erfüllte sie beide, als Adrenalin durch ihre Adern jagte. Dann, ohne einen zweiten Gedanken, packte Ryker Astrid, hob sie mit Leichtigkeit hoch und warf sie auf den Rücken ihres Pferdes. Ryker war kein Fremder in Gefahrensituationen, und obwohl er nicht an Astrids Fähigkeit zweifelte, sich selbst zu verteidigen, beunruhigte ihn der Gedanke, dass sie in Gefahr sein könnte. Ein Teil von ihm wollte sie beschützen und in Sicherheit bringen.

„Reite, ich hole dich ein", sagte er.

Astrid hatte Ryker noch nie so ernst gesehen, sie öffnete den Mund, um zu protestieren, aber bevor die Worte über ihre Lippen kamen, schlug Ryker ihrem Pferd auf das Hinterteil. Ihr Pferd scheute und galoppierte davon, sprang mühelos über den ersten Zaun und nahm Astrid gleich mit.

# KAPITEL
# SIEBEN

IHR PFERD WAR SCHON ERSCHROCKEN, bevor Ryker ihm auf den Hintern schlug. Jetzt, als es aus den Dorftoren galoppierte, kämpfte sie darum, es unter Kontrolle zu bekommen. *Narr, wenn eine Armee am Horizont steht, wird er meine Hilfe brauchen,* dachte Astrid.

Es war nicht das erste Mal, dass ein Mann versuchte, sie vor Gefahr zu schützen, und es ärgerte sie genauso. Sie wusste nicht, wie oft sie der Welt noch ihre Unabhängigkeit verkünden musste. Sie konnte auf sich selbst aufpassen. Doch tief in ihrem Inneren sorgte sie sich um Ryker. Er könnte allein einer Armee gegenüberstehen. Sie war erleichtert, als der Klang von Hufen hinter ihr seine Anwesenheit ankündigte.

„Wir müssen zurück und die anderen warnen", rief Ryker über das Donnern ihrer Pferdehufe hinweg. Aber der Lärm war zu laut, um nur von ihren Pferdehufen zu stammen, oder? Sie zogen an den Zügeln und zwangen ihre Pferde zum Anhalten. Rufe, Gesänge und Trommeln dröhnten um sie herum und wurden lauter, als sie auf sie zukamen. Sie suchten nach der Richtung, aus der der Kriegslärm kam. Zu ihrem Entsetzen kam der Lärm aus allen Richtungen.

„Reite!", schrie Astrid, trieb ihr Pferd an, und Ryker folgte dicht dahinter.

Sie passierten die Bäume nicht weit außerhalb des Dorfes, als sie erneut zum Anhalten gezwungen wurden. Eine Reihe von Soldaten versperrte ihnen den Weg. Ein Pfeil schoss mit großer Geschwindigkeit an Astrids Pferdeohr vorbei. Er pfiff, als er durch die Luft sauste. Astrid drehte sich, um nicht getroffen zu werden. Ihr Pferd, aus dem Gleichgewicht gebracht, bäumte sich auf, und sie verlor den Halt und fiel mit einem dumpfen Schlag auf die Straße. Das Nächste, was sie wusste, war, dass Ryker sie auf die Füße zog.

„Mir geht's gut", beharrte sie, schob ihn weg und zog ihr Schwert aus der Scheide, die am Pferdesattel befestigt war.

Ryker betrachtete sie ehrfürchtig. Sie sah großartig aus mit ihrem Schwert in der Hand, wie eine Kriegerkönigin. *Meine Kriegerkönigin*, dachte er. Dann schlug Astrid ihm hart auf die Wange, erschreckte ihn und riss ihn aus seinen Gedanken.

„Hör auf zu glotzen und kämpfe, du Narr", schrie sie, stürmte nach vorne, schwang ihr Schwert nach oben und schnitt einen Soldaten vom Bauch bis zum Kinn auf, wobei sie sich in seinem Blut badete. Dann drehte sie sich, schwang ihr Schwert erneut und schlug einen weiteren nieder, bevor sie sich schnell hinkniete, ihre Klinge hinter sich ausrichtete und den Soldaten aufspießte, der hinter ihr aufragte. Die Todesschreie des Mannes vermischten sich mit ihrem Kriegsschrei, als sie das Schwert aus seinem Bauch riss und sich auf den nächsten Angriff vorbereitete.

Ryker war für einen Moment wie hypnotisiert, verblüfft darüber, wie außergewöhnlich und bemerkenswert die Frau vor ihm war. Sein Herz setzte einen Schlag aus, als er zusah, wie sie einem weiteren Mann den Kopf abschlug. Sie hatte mindestens sechs Männer mit Leichtigkeit niedergestreckt, bevor er zur Besinnung kam und ihr nachstürmte. *Wie wagen sie es, meine Frau anzugreifen?!* Seine Gedanken rasten, Wut, Blutrausch und Adrenalin durchströmten ihn und entfachten ein Feuer in seinen Adern, das seine Rage anfachte.

Ein Soldat näherte sich Astrid in voller Geschwindigkeit auf seinem Pferd, sein Schwert hoch erhoben. Astrid wäre wehrlos, wenn er zuschlagen würde, da sie gerade mit zwei Soldaten kämpfte. Ohne zu zögern griff Ryker nach seiner Axt und schleuderte sie durch die Luft. Seine Klinge durchschnitt den Helm des Soldaten wie ein Messer durch Butter, und seine Axt grub sich tief in das Gesicht des anderen Mannes. Die Wucht des Aufpralls warf ihn von seinem Pferd.

Astrids Kopf wirbelte herum, und sie grinste Ryker verführerisch an, bevor sie das Schwert des toten Soldaten aufhob und es in Rykers Richtung warf. Er fing es mühelos auf und benutzte es, um sich durch die Männer zu schlagen, die ihm den Weg zu Astrid versperrten.

Rykers Gedanken überschlugen sich. Sein einziger Gedanke war, Astrid zu beschützen, als sein Schwert fiel und die Schulter des Mannes traf, der ihm in der Größe fast ebenbürtig war. Er achtete nicht auf die Soldaten, die von hinten auf ihn zustürmten. Als einer sein Schwert senkte, um Ryker in den Rücken zu stechen, tauchte Astrid aus seinem Augenwinkel auf und blockierte den Angriff mit ihrem Schwert. Mit der freien Hand riss sie das Messer von Rykers Gürtel und stieß es dem Soldaten unter das Kinn, zog es heraus und schnitt ihm die Kehle durch. Der Soldat gurgelte, als er an seinem eigenen Blut erstickte, und mit einem schnellen Tritt in den Bauch schleuderte Astrid ihn nach hinten.

Ryker stand voller Ehrfurcht da. Sie hatte sein Leben gerettet, während er bei dem Versuch, ihres zu schützen, versagt hatte. *Sie ist wirklich einzigartig*, dachte er, als sie sich zu ihm umdrehte und lächelte. Ryker konnte nicht umhin zu bemerken, wie der Anblick von Astrid im Kampf ihn erregte. Er spürte, wie er anfing zu wachsen. Astrid starrte zurück, keuchend, Lust tanzte in ihren Augen. Die steigende Spannung, der Blutrausch, es war erregend.

„Bei Odins Bart, Frau, du wirst mich noch umbringen. Alles, woran ich denken kann, ist, dich hier auf dem Schlachtfeld zu nehmen", grinste er und zwinkerte ihr zu. Sie packte seinen Schritt, und er stöhnte vor Vergnügen bei ihrer Berührung. Sie grinste und zwinkerte zurück. „Noch nicht hart genug. Vielleicht sollte ich noch ein bisschen härter kämpfen." Sie grinste.

Sie blickte über Rykers Schulter, und Ryker blickte über ihre. Die anstürmenden Soldaten hatten die Lücke geschlossen. Dies war seine Chance, sich vor ihr zu beweisen. Er stürmte an ihr vorbei, packte einen Soldaten an der Kehle, hob ihn vom Boden und grub seine Nägel noch tiefer ein, während er zusah, wie der Mann sein Schwert fallen ließ, nach Rykers Hand griff und nach Luft schnappte. Ryker schleuderte den Soldaten rückwärts in die zwei Männer, die sich näherten, und warf sie zu Boden. Er hob das gefallene Schwert auf. Nun mit zwei mächtigen Klingen bewaffnet, schnitt er mühelos durch die Soldaten.

„Ryker", schrie Astrid, als sie auf ihn zurannte. Sie waren umzingelt. Mehr Soldaten hatten sich dem Kampf angeschlossen. Sie waren zahlenmäßig weit unterlegen, und die Lage begann düster auszusehen.

„Nimm dein Pferd. Reite zur Siedlung und hol meine Brüder", rief er, während er sein Schwert in den Bauch eines weiteren Kämpfers stieß.

„Ich lasse dich nicht allein", protestierte sie und spürte, wie sie emotional wurde, etwas, das für sie eine völlig neue Erfahrung war.

„Doch, das wirst du! Geh! Jetzt!", schrie er sie an, und sie konnte die Verzweiflung in seiner Stimme nicht überhören. Sie packte seinen Kragen und zog ihn zu sich, küsste ihn tief, ihre Augen füllten sich mit Tränen. Nur widerwillig ließ sie ihn los. Sie riss sich los und rannte, ohne zurückzublicken. Sie wusste, wenn sie es täte, würde sie seinen Befehl ignorieren und bleiben, um zu kämpfen.

Als sie davongaloppierte und Rykers Kampfschrei im Wind verhallte, schmerzte ihr Herz. *Das ist ein Fehler. Er wird getötet werden*, dachte sie. Aber welchen Sinn hätte es, wenn sie beide sterben würden? Sie brauchte die anderen Jürgensen-Brüder, wenn einer von ihnen das überleben sollte.

# KAPITEL
# ACHT

DITTMER SPRANG ZUR SEITE, als Astrids Pferd schlitternd zum Stehen kam und seine Hufe tiefe Furchen in die Erde gruben. Astrid sprang vom Pferd und rannte auf Dittmer zu, dessen Gesicht vor Wut gerötet war.

„Komm schnell, Ryker ist in Schwierigkeiten", sagte sie hektisch, ihre Worte verschmolzen fast, als sie versuchte, Dittmer zu ihrem Pferd zu ziehen. Dittmer entzog ihr mühelos seinen Arm. Er grub einfach seine Fersen in den Boden und verschränkte die Arme vor der Brust. Er musterte sie von oben bis unten, bevor er missbilligend hustete.

„Vergiss es. Ich gehe nirgendwohin mit dir. Egal in welchen Schwierigkeiten Ryker diesmal steckt, er kann sich selbst daraus befreien. Ich renne nicht schon wieder, um seinen Hintern zu retten", sagte er und wandte sich zum Gehen, nicht ohne Astrid einen verächtlichen Blick zuzuwerfen.

Astrid lief voraus, blieb stehen und versperrte ihm den Weg. „Siehst du nicht das Blut, das meine Kleidung durchtränkt? Wir wurden überfallen. Deshalb waren keine Männer im Dorf. Eine Armee ist auf dem Weg hierher. Ruf deine Männer zu den Waffen und hilf mir, deinen Idiotenbruder zu retten", beharrte sie, ihre Abneigung gegen Dittmer wuchs mit jeder Sekunde. Dittmer öffnete den Mund, um zu widersprechen, aber Astrid hatte keine Zeit, mit ihm zu streiten. Sie musste zurück und Ryker helfen. Wütend und verzweifelt schrie sie frustriert auf und stürmte in Richtung von Sörens und Firthas Hütte davon.

„Wo glaubst du, gehst du hin?", rief Dittmer ihr nach.

„Wenn du nicht zuhörst, wird Sören es tun", bellte sie über ihre Schulter zurück.

Mit wenigen Schritten hatte Dittmer sie eingeholt, packte sie an der Schulter und zwang sie zum Anhalten. „Du wirst meinen Bruder nicht mit deinem jämmerlichen Versuch, Aufmerksamkeit zu erregen, stören", fuhr er sie an.

Astrids Blut kochte so sehr, dass sie glaubte, platzen zu müssen. „Ich verlange, mit Sören zu sprechen", knurrte sie durch zusammengebissene Zähne. Sie wartete seine Antwort nicht ab. „Sören!", schrie sie den Namen so laut sie konnte. Wenn Dittmer sie nicht durchließ, würde sie Sören zu sich kommen lassen.

„Hör auf! Sören ist gerade mit wichtigeren Dingen beschäftigt. Firtha liegt in den Wehen", bellte Dittmer und stieß Astrid hart an der Schulter.

Sie wusste, dass sie ihn zu Boden werfen könnte, wenn sie wollte, aber sie beschloss, dieses besondere Vergnügen für Ryker aufzusparen.

„Das letzte Mal, als ich nachgesehen habe, war es Firtha, die ein Kind aus sich herausschob, nicht Sören", fauchte sie und genoss den entsetzten Blick auf Dittmers Gesicht. „Jetzt hol mir Sören!", schrie sie aus voller Kehle.

Sie war so darauf fixiert gewesen, mit Dittmer zu streiten, dass sie die Aufmerksamkeit, die ihre Schreie auf sich gezogen hatten, nicht bemerkt hatte. Eine kleine Menge hatte sich versammelt, alle versuchten herauszufinden, was los war, einige gerieten in Panik. Im Gegensatz dazu riefen die versammelten Frauen Astrid zu, sie solle den Mund halten, da ein Kind zur Welt komme.

Astrid konnte vor Wut kaum atmen. Sie rang nach Luft. Genug dann. Wenn sie nicht kommen würden, würde sie Ryker selbst retten. Ihr Herz raste, als sie sich wieder in den Sattel schwang. Ihr Pferd tänzelte unter ihr, bereit für den Kampf. Jede Emotion, die sie je in ihrem Leben gefühlt hatte, überflutete sie auf einmal; es war zu viel, um es zu ertragen. Ihr Herz fühlte sich an, als hätte jemand es gepackt und würde ihr das Leben aus dem Leib pressen. Vor ihrem geistigen Auge blitzten Bilder von Ryker auf, tot auf dem Schlachtfeld. Unkontrolliert rannen ihr Tränen übers Gesicht. Sie wischte sie weg, doch kaum hatte sie sie beseitigt, zog eine neue Tränenspur durch das Blut und den Schmutz auf ihrem Gesicht. Dittmer sah sie an, analysierte, und langsam wurde sein Gesichtsausdruck weicher. Seine Stirn glättete sich, und sein Verstand setzte die Teile zusammen.

„Du sagst die Wahrheit", sagte er leise, fast schockiert.

„Natürlich tue ich das, du Trottel. Ryker ist in Gefahr. Wir müssen jetzt los!", rief sie und trieb ihr Pferd an, ohne darauf zu warten, ob er ihr folgte.

# KAPITEL
# NEUN

DITTMER INFORMIERTE SÖREN über die Neuigkeiten von Astrid, sagte ihm aber, dass er sich darum kümmern würde. Sören war hin- und hergerissen, aber Firtha brauchte ihn. „Ich vertraue dir. Bring unseren Bruder zurück, beschütze unser Zuhause", sagte Sören zuversichtlich. Dittmer versammelte eine Truppe von Kämpfern, während Astrid die anderen Schildmaiden zusammenrief. Gemeinsam waren sie eine unaufhaltsame Macht.

Der Klang ihrer Pferde, die die Hügel hinaufritten, rollte wie Donner. Das Geräusch ihrer Hufe, die den Boden trafen, war die Kriegstrommel der Wikinger. Sie brauchten keine Instrumente, um einzuschüchtern; ihre Fähigkeiten sprachen für sich. Doch sie kamen nicht weit. Die Wikingerarmee wurde abrupt auf dem Hügel gestoppt. Ihre Pferde schnaubten und wieherten, scheuten vor dem Feuer zurück, das den Hügel um sie herum hinunterraste. Es war ein trockenes Jahr gewesen, mit wenig bis gar keinem Regen seit Monaten. Das trockene Gestrüpp fing mit alarmierender Geschwindigkeit Feuer.

„Das Feuer bewegt sich in Richtung unseres Zuhauses", schrie einer der Kämpfer. Die Pferde gerieten in Panik, während ihre Reiter versuchten, sie zu kontrollieren. Die Hälfte ihrer Truppe wollte nach Hause zurückkehren und ihre Angehörigen schützen. Firtha bekam ihr Baby. Die besten Kämpfer waren mit Dittmer und Astrid fortgegangen.

Die Bewohner der Siedlung wären ein gefundenes Fressen, völlig der Gnade des Feuers ausgeliefert. Einer nach dem anderen lösten sich die Männer und ritten nach Hause. Sie hatten keine Wahl. Die Siedlung war schutzlos.

„Dittmer, geh, beschütze unser Zuhause. Ich hole Ryker", rief Astrid, das Geräusch der Flammen war fast ohrenbetäubend, als sie immer mehr Land einnahmen. Dittmer protestierte nicht. Mit einem kurzen Nicken der Zustimmung wendete er sein Pferd und galoppierte mit den anderen den Hügel hinunter zurück.

„Schildmaiden", rief Astrid und zog die Aufmerksamkeit der Frauen in der Gruppe auf sich. „Schickt niemals einen Mann, um die Arbeit einer Frau zu erledigen. Da draußen ist eine Armee, und sie kommen für unsere Männer. Sie kommen für unsere Kinder. Sie kommen für unsere Häuser", rief Astrid, ihre Haut kribbelte vor Gänsehaut, als ihr Puls vor Aufregung raste. Sie war geboren, um zu führen. „Lasst uns diesen Männern zeigen, aus welchem Holz dänische Frauen geschnitzt sind." Sie stieß einen langen Kampfschrei aus und hob ihr Schwert hoch in die Luft. Die Frauen jubelten und johlten um sie herum und erhoben ihre Schwerter wie eine Einheit zum Himmel.

Es waren nicht die einzigen Jubelrufe. Die Stimme der Armee war auf der anderen Seite der Flammen zu hören. Es gab keinen Weg, zu ihnen zu gelangen. Der einzige Weg zu Ryker führte durch das Feuer.

„Möge der Ruhm der Walküren mit uns sein. Es ist Zeit, ihnen Angst einzujagen. Lasst uns ihnen zeigen, was passiert, wenn man sich mit den Schildmaiden anlegt", brüllte sie. Ihre Worte richteten sich an jede einzelne Frau.

Der Chor der Frauen „Tötet sie!" übertönte die Flammen, gefolgt von Sprechchören mit Astrids Namen. Die Frauen, die ihren Namen riefen, jagten ihr einen Schauer über den Rücken, der sie weiter antrieb. Astrid sammelte alle Luft in ihren Lungen, und ihr Kampfschrei trug sich mit dem Wind. Schließlich verstummten die Stimmen auf der anderen Seite der Flammen. Sie hatten sie gehört, und sie wusste, dass sie vor Angst zitterten. *So sollte es auch sein*, dachte sie, als sie die Frauen zum Angriff rief.

Die Schildmaiden flogen durch die Flammen, ihre Schwerter hoch erhoben, und der Klang ihrer Kampfschreie trug meilenweit. Als sie auf der anderen Seite herauskamen, sahen sie die Angst in den Augen ihrer Feinde. Sie würden den Tag bereuen, an dem sie gegen die Wikinger gezogen waren. Die Schildmaiden verteilten sich und mähten Soldaten nieder, wie der Wind ein Getreidefeld beugen konnte. Mit einem Blick über das Schlachtfeld, sicher, dass ihre Mitstreiterinnen alles unter Kontrolle hatten, trieb Astrid ihr Pferd weiter an. Sie musste Ryker finden. Die Götter mögen jedem gnädig sein, der sich ihr in den Weg stellte.

# KAPITEL
## ZEHN

ASTRIDS HERZ schwoll vor Stolz beim Anblick ihrer Gefährtinnen. Sie schlugen den Feind mit Leichtigkeit nieder und bewiesen, dass nicht nur Wikingermänner kämpfen können. Astrid suchte das Schlachtfeld nach Ryker ab. Das Schlachtfeld war ein Chaos. Das Feuer wütete immer noch, brannte über das Feld und die Hügel hinunter. Eine Mischung aus Kampfgeschrei und Todesröcheln erzeugte eine Geräuschkulisse, die um Astrid herum explodierte. Verstümmelte und blutende Männer lagen herum, Lebende und Tote waren in Haufen miteinander verflochten. Das Chaos regierte.

Ein Kopf flog über das Feld. Astrid drehte ihren Kopf in die Richtung, aus der er kam. Da sah sie ihn. Ryker kniete inmitten eines Haufens von Leichen und stützte sich auf sein Schwert. Sie konnte nicht erkennen, ob er verletzt war oder nicht, aber an seiner Haltung erkannte sie, dass er am Leben war. Sie gab ihrem Pferd die Sporen und trieb es vorwärts. Ein Soldat näherte sich Ryker von links. Ryker hatte sein Herannahen nicht bemerkt, und sie war zu weit weg, um ihn aufzuhalten. Sie trieb ihr Pferd härter an, ihr Herz raste und schlug im Takt mit den Hufen ihres Pferdes. Ein Speer ragte wie eine Fahnenstange aus dem Boden. Sie lehnte sich zur Seite des Pferdes, fast fallend, als sie ihn aus dem Boden riss. Sie fixierte ihr Ziel. *Möge die*

*Macht der Walküre diesen Speer führen*, betete sie, als sie ihn durch die Luft fliegen ließ. Ihre Gebete wurden erhört, als der Speer den herannahenden Feind zwischen den Rippen traf. Seine Schreie alarmierten Ryker, der aufstand und ihn mit seinem Schwert erledigte. Astrids Herz sank, als er rückwärts taumelte und schwer auf die Knie fiel.

„Du bist verletzt", sagte sie, als sie von ihrem Pferd sprang, Ryker packte und nach der Verletzung suchte. Seine rechte Schulter saß merkwürdig, Blut sickerte aus seiner Seite, und er hatte einen hässlichen Schnitt am rechten Oberschenkel.

„Das hier? Nein, ich hatte schlimmere Verletzungen von einer wunderschönen Schwertjungfrau, als sie mich in den Fluss stieß und auf mir landete." Er lachte, zuckte zusammen und hielt sich die Rippen.

„Manche Dinge ändern sich nie", protestierte sie, legte seinen Arm um ihre Schulter und benutzte all ihre Kraft, um ihn auf die Füße zu ziehen. „Steig aufs Pferd, du Narr. Reite von hier weg. Ich hole dich ein", bestand sie darauf und zog ihn neben ihr Pferd. Astrid konnte erkennen, dass er eine tapfere Miene aufsetzte, um seinen Schmerz zu verbergen.

„Ich lasse dich nicht zurück", sagte er grimmig, aber Astrid blieb standhaft.

„Jetzt ist es an dir zu fliehen, mein Liebster", sagte sie, ohne über ihre Worte nachzudenken, bevor sie sie aussprach. Ihre Knochen spannten sich an, als sie Ryker auf das Pferd half. Er sackte zusammen und bot ihr seine Hand an. Sie schlug sie weg, ergriff die Zügel und wendete das Pferd. Sie hatte geplant, dem Pferd auf das Hinterteil zu schlagen, so wie er es bei ihr getan hatte, aber als sie aufblickte, zog sich ihr Herz in ihrer Brust zusammen. Einige ihrer Gefährtinnen hatten ihre Pferde verloren. Obwohl sie erbittert kämpften, konnte sie sehen, dass sie sich abmühten. Ihre Freundin Leonora lag leblos auf dem Schlachtfeld. Die Dinge sahen düster aus. Sie waren immer noch zahlenmäßig weit unterlegen.

„Bei den Göttern", hauchte sie, ihre Stimme stockte in ihrem Hals, als sie die Tränen wegwischte, die aus ihren Augen sickerten.

„Wenn ich heute sterben muss, gehe ich mit Ehre nach Walhalla, wissend, dass ich meine letzte Schlacht mit einer Schwertjungfrau ohnegleichen gekämpft habe", sagte Ryker, sein Atem ging langsam. Sie blickte zu ihm auf, ihr Herz brach. *Das kann nicht das Ende sein, nicht bevor es überhaupt eine Chance hatte zu beginnen,* dachte sie. Ryker schaute mit einem aufrichtigen Grinsen der Bewunderung auf sie herab. Aber während seine Lippen lächelten, erzählten seine Augen eine andere Geschichte. Sie waren ernst und voller Sehnsucht, ein Blick, von dem sie wusste, dass er sich in ihren eigenen Augen widerspiegelte. Sehnsucht nach mehr Zeit.

„Es ist noch nicht vorbei. Ich habe deinem Bruder versprochen, dich nach Hause zu bringen", sagte sie, rannte voraus und nahm einem gefallenen Soldaten seinen Bogen und Pfeil ab. Sie schnalzte mit der Zunge, und das Pferd folgte ihr langsam, während sie Pfeile fliegen ließ und einen Weg durch das Schlachtfeld bahnte. Sie kämpfte nicht mehr nur für Ryker. Sie kämpfte für ihre Gefährtinnen. Sie kämpfte für Gerechtigkeit und Liebe. „Und ich bin eine Frau, die zu ihrem Wort steht", rief sie, ohne zurückzublicken.

Der Himmel füllte sich mit dunklen Wolken, die sich langsam von grau zu schwarz verfärbten. Der Wind hatte begonnen sich zu drehen. Rückzug und Aufgabe waren keine Worte im Vokabular der Wikinger. Sie glaubten daran, bis zum Ende zu kämpfen, und Astrid war entschlossen, dass dies nicht das Ende war. Ein donnerartiges Grollen rollte den Hügel hinauf, langsam wurden die Stimmen lauter, und Astrids Blut raste vor Hoffnung. Endlich waren ihre Gebete erhört worden, als Dittmer und der Rest der Wikingermänner auf das Schlachtfeld stürmten.

„Den Göttern sei Dank", flüsterte sie. Sie rannte zurück zu ihrem Pferd und sprang hinter Ryker auf seinen Rücken. Sie konnte die Zügel um seinen Körper herum nicht erreichen.

„Ryker, greif nach den Zügeln! Ich komme von hier aus nicht dran", sagte sie und schlang ihre Arme um ihn. Träge griff Ryker nach den Zügeln und setzte sich so gerade wie möglich auf, schnappte das Leder und brachte das Pferd in einen Trab in Richtung Dittmer, der einen Weg durch das Feld zu seinem Bruder bahnte.

„Rückzug!", rief eine Stimme. Die Männer des Lords brachen aus den Reihen aus und begannen zu fliehen. Astrid verfluchte Feiglinge ohne Ehre, als sie zusah, wie die sogenannten Soldaten ihren Rückzug antraten. Zu unerfahren und untrainiert wussten sie, dass sie der vollen Kraft der Wikinger nicht gewachsen waren. *Wir werden noch stärker sein, wenn Rykers Brüder zurückkehren*, dachte sie. Das Feuer zu legen war eine Sache, aber diese Männer waren nicht auf wütende, rachsüchtige Wikinger vorbereitet gewesen. Außerdem war ihr Plan nach hinten losgegangen. Der Wind hatte sich gedreht, als ein Sturm aufzog. Das Feuer kam nun auf Beechams Männer zu. Jubelrufe brachen aus, als der Sieg klar wurde.

„Bist du verletzt, Bruder?", fragte Dittmer, als er zu ihnen ritt. Besorgnis lag in seiner Stimme.

„Mir geht es gut", stöhnte er und sackte nach vorne. Dittmers Gesicht wurde vor Besorgnis rot. Astrid musste Ryker nach Hause bringen und seine Wunden versorgen, wenn sie noch ein Zuhause hatte. Das Feuer könnte es zerstört haben.

„Ich werde mich um ihn kümmern", informierte sie Dittmer. Sie sahen sich in die Augen und fanden endlich einen gemeinsamen Nenner: ihre Liebe zu Ryker. Dittmer nickte. „Pass auf ihn auf. Er gibt sich stark, aber...", er brach ab, und Astrid nickte, lenkte das Pferd mit einem Schlag auf sein Hinterteil vorwärts. Der Donner krachte, und Blitze zuckten, beleuchteten einen Weg durch den schwarzen Himmel, als schwerer Regen um sie herum niederging.

Astrid war erstaunt, dass das Feuer ihre Hütte nicht erreicht hatte. Trauer lastete auf ihr, als sie zu den anderen Häusern hinüberschaute. „So viele dieser Häuser liegen jetzt leer", sagte sie, als sie langsam von ihrem Pferd abstieg und dem erschöpften Ryker beim Absteigen half. Die anderen Schwertjungfrauen waren zurückgekehrt, um bei der Bekämpfung des Feuers in der Siedlung zu helfen. Es loderte nicht mehr so heftig wie zuvor, aber sie konnte den Rauch immer noch sehen und riechen. Sie hoffte, dass sie es unter Kontrolle bringen und so viel wie möglich von der Siedlung retten konnten. Mit Hilfe des Regens betete sie, dass das Feuer bald gelöscht sein würde. Als sie Ryker ins Haus half, wanderten ihre Gedanken zu Firtha und der Geburt ihres Kindes. Sie hoffte, dass alles gut ausgegangen war.

Sie setzte Ryker auf ihre Pritsche und entzündete ein Feuer im Kamin. Sie füllte einen Topf mit Wasser und stellte ihn über die Flammen zum Kochen. Sie holte eine Nadel und Faden, ein Tuch und mehr Wasser und zog einen Stuhl vor Ryker. Sie streifte ihre schwere Lederrüstung ab und half Ryker aus seinen durchnässten Kleidern. Erleichtert stellte sie fest, dass seine Wunden nur oberflächlich waren. Abgesehen von dem Schnitt am Oberschenkel hatte er ein paar Schrammen und Prellungen und vielleicht ein oder zwei gebrochene Rippen. Nichts, was er mit etwas Zeit und Ruhe nicht heilen könnte. Ryker war erschöpft. Er hatte so lange gegen so viele gekämpft.

„Wie hast du es geschafft, so lange zu kämpfen und mit so wenigen ernsten Verletzungen davonzukommen?", fragte sie, während sie seine Schnittwunden reinigte.

„Es warst du. Ich konnte nicht zulassen, dass ich getötet werde, ohne dein Gesicht ein letztes Mal zu sehen", antwortete er und zuckte zusammen, als sie den Faden durch seine Haut zog und seine Wunde zusammennähte.

Sie blickte durch ihre Wimpern auf und gestand endlich, was in ihrem Herzen war.

„Ich hatte schreckliche Angst, dich verloren zu haben. Mein Herz schmerzte, als ich dich auf dem Feld erblickte." Sie würgte, als sie den Schrecken, den sie gefühlt hatte, noch einmal durchlebte.

„Du wirst mich noch nicht los", sagte er mit rauer, tiefer Stimme. „Du hast heute mein Leben öfter gerettet, als ich zählen kann. Jeden, den ich niedergestreckt habe, tat ich es, um zu dir zurückzukommen. Als die Zahl der Gegner wuchs, hatte ich Angst, du hättest es nicht rechtzeitig vom Schlachtfeld geschafft. Der Gedanke daran, was diese Männer mit dir anstellen würden, wenn sie dich in die Finger bekämen..."

Eine einzelne Träne fiel aus seinem Auge und landete auf ihrer Hand, als sie den letzten Stich verknotete. Sie legte eine Hand auf seine und blickte auf, wobei sie seine Worte wiederholte. „Du wirst mich noch nicht los", sagte sie mit einem Zwinkern.

„Du warst großartig, so stark und geschickt mit jeder Waffe, die du in die Hand nahmst. Ich wäre geehrt, dich die Meine nennen zu dürfen...", sagte er und beobachtete ihr Gesicht. Er hatte halb erwartet, dass sie protestieren oder ihm eine Ohrfeige verpassen würde, aber stattdessen schaute sie mit Liebe in den Augen zurück. „Ich liebe dich, Astrid. Es gibt keine andere Möglichkeit, es zu erklären. Und es fühlt sich so gut an, die Worte endlich laut auszusprechen. Ich liebe dich." Er lächelte.

Tränen zurückblinzelnd stand sie auf und blickte ihn liebevoll an. Sie nahm sein Gesicht in ihre Hände und zog sein Ohr an ihre Brust, damit er hören konnte, dass ihr Herzschlag nur für ihn schlug.

„Ich liebe dich auch, du kindischer Narr", sagte sie und schlang ihre Arme um ihn.

„Ich bin *dein* kindischer Narr", erwiderte er und umarmte sie fest.

„Das bist du", lachte sie, aber Ryker konnte auch den Besitzanspruch in ihrer Stimme hören. Sie hatten einander für sich beansprucht. Er gehörte ihr, und sie gehörte ihm.

Ryker stand auf und küsste Astrid mit einer Leidenschaft, von der er nicht wusste, dass er sie besaß. Es war eine Leidenschaft, die er nie verblassen lassen wollte und für die er sterben würde. Zu seiner Überraschung wollte Ryker, selbst verletzt, mehr. Nein. Er *brauchte* mehr. Lust, Liebe und das Adrenalin der Schlacht bildeten eine berauschende Mischung in seinem Blut. Als sie ihre Gefühle ausgesprochen hatte, spornte es ihn noch mehr an. Er brauchte sie. Um ihr zu zeigen, wie viel sie ihm bedeutete. Er richtete sich zu seiner vollen Größe auf und half ihr aus ihren nassen Kleidern. Endlich konnte er den Körper betrachten, den er bisher nur durch ihr Unterkleid an jenem Tag am Bach gesehen hatte. Den Körper, von dem er seit diesem Moment fantasiert hatte.

Ihre Brüste saßen stolz auf ihrer Brust. Obwohl sie schlank und muskulös war, hatte sie breite Hüften, die Ryker kaum erwarten konnte zu umfassen. Er liebte ihren üppigen, runden Hintern und wollte seine Zähne in das herrliche Fleisch versenken.

Astrid bewunderte ihrerseits Ryker, als sie ihm die letzten Kleidungsstücke auszog und den gottgleichen Körper darunter enthüllte. Langsam zog er sie mit sich auf die Pritsche. Als er auf sie hinabblickte, erwachten all seine Nerven zum Leben.

*Sie ist mein, und ich bin ihr,* dachte er.

Ihre Körper verschlangen sich ineinander, und sie erkundeten einander, kosteten einander, genossen jeden Zentimeter. Astrid knurrte verführerisch, das Geräusch rollte in ihrer Kehle, als Ryker jeden Zentimeter von ihr küsste, saugte und leckte und ihren Körper entflammte.

Sein Schritt schmerzte, als seine Erregung beim Anblick von ihr wuchs. Langsam drang er in sie ein und genoss jede Sekunde, jeden Zentimeter. Ihr Liebesspiel war langsam und leidenschaftlich, doch voller Feuer, und als sie gemeinsam ihren Höhepunkt erreichten, konnte keiner von ihnen an etwas denken, das sich je so gut angefühlt hatte.

# EPILOG

SÖREN, Ryker und Astrid ritten einen benachbarten Hügel hinauf. Sie saßen auf ihren Pferden und beobachteten, wie Beechams Burg brannte. Sein Zuhause für ihres. Gerechtigkeit. Die Siedlung hatte schweren Schaden genommen. Es würde eine Weile dauern, sie zu ihrer früheren Pracht wiederherzustellen. Sie würde nicht rechtzeitig für die Rückkehr ihrer Brüder aus Dänemark fertig sein. Zu Sörens Überraschung und Dankbarkeit schien Ryker seine kindischen Verhaltensweisen beiseitegelegt zu haben. Sein Verstand konzentrierte sich nun auf die anstehende Aufgabe.

„Wir sollten keinen offenen Krieg beginnen", erinnerte er die anderen.

„Wir haben das nicht angefangen; sie haben zuerst angegriffen", sagte Astrid, Wut in ihrer Stimme und Rache in ihrem Herzen. Für Ryker, für unser Zuhause und für Leonora, dachte sie und behielt ihre neue Lebensaufgabe im Vordergrund ihres Bewusstseins.

Sören war außer sich vor Wut. Ryker und Dittmer hatten ihn noch nie in einem solchen Zustand gesehen, und sie hatten im Laufe der Jahre einige seiner schlimmsten Wutanfälle miterlebt. „Sie haben das selbst über sich gebracht", sagte Sören. Beechams Männer hatten seine Frau und sein Kind in unmittelbare Gefahr gebracht. Das war ein

Verbrechen, das gesühnt werden musste. Sören hatte beschlossen, dass der Preis hoch sein würde.

„Dittmer, bring die Gefangenen. Wir werden endlich unsere Antworten bekommen", sagte Sören, während er beobachtete, wie Dittmer und seine Männer Lord Beecham und seine Familie, in Ketten gefesselt, hinter ihren Pferden herführten. Sören folgte Dittmer und ihren Männern nach Hause und behielt dabei den Feind von hinten genau im Auge, während er Astrid und Ryker allein auf dem Hügel zurückließ.

„Was machen wir jetzt?", fragte Astrid.

Ryker zog sie erneut von ihrem Pferd herunter. Er ließ seine Hände über jeden Zentimeter ihres Körpers gleiten, als er sie auf seinen Schoß setzte. Sie kicherte und zeigte ihm einen Hauch ihrer kindlichen Seite.

„Wir lieben einander. Darüber hinaus? Wir gehen dorthin, wo wir gebraucht werden." Er grinste und senkte seine Lippen auf ihre. Seine Hände glitten unter ihre Röcke, während ihre Hand die Beule in seinem Schritt streichelte. Sie erkundeten einander, so gut es auf dem Pferderücken ging. Als ihre Leidenschaft wie das Feuer in Beechams Burg loderte, stiegen sie ab. Sie stolperten, als sie an der Kleidung des anderen zerrten, entschlossen, einander vollständig zu besitzen. Die Kraft ihres Verlangens würde die Götter neidisch machen.

Gegen einen Baum gepresst, schlang Astrid ihre Beine um Rykers Taille und staunte über seine Dicke und Länge, als er endlich in sie eindrang. Tief in ihr vergraben, hielt er inne und lehnte seine Stirn an ihre, um sich mit ihr zu verbinden. Dann, über die Schreie von Beechams in der Burg gefangenen Männern hinweg, riefen Ryker und Astrid die Namen des jeweils anderen, als sie gemeinsam den Höhepunkt ihrer Lust erreichten.

ENDE

# DITTMER

## VON DER GÖTTIN VERZAUBERT

# DITTMER

VON DER GÖTTIN VERZAUBERT

## PEYTON LAWSON

BEACHES AND TRAILS
PUBLISHING

# PROLOG

DIE BEWOHNER der Siedlung wischten sich den Schweiß von der Stirn und streckten ihre schmerzenden Rücken. Wochen waren vergangen, seit das Feuer fast alles zerstört hatte, was ihnen lieb und teuer war. Der Herbst nahte, und sie mussten sicherstellen, dass sie genügend Vorräte für den Winter hatten, bevor die Kälte einsetzte. Glücklicherweise waren die Dänen, obwohl der Schaden beträchtlich gewesen war, ein widerstandsfähiges Volk, und sie hatten noch genug Leute, um wiederaufzubauen.

Im Zentrum der Siedlung stand die Hütte, die die Jürgensen-Brüder einst für Beratungen und Schlachtpläne genutzt hatten. Jetzt beherbergte sie ihre Gefangenen, das, was von Beecham und seiner Familie übrig war. Die Hütte wurde Tag und Nacht bewacht.

Sören, Dittmer und Ryker gingen am neuen Zuhause ihrer *Besucher* vorbei und kontrollierten die Wachen, um sicherzustellen, dass alles noch so war, wie es sein sollte. Nachdem sie sich vergewissert hatten, dass Beecham und seine Familie sicher, gut bewacht, gut ernährt und mit Wasser versorgt waren, gingen sie weiter und überprüften den Fortschritt des Wiederaufbaus. Es gab auch viel zu besprechen bezüglich der Informationen, die sie bisher erhalten hatten. So wenig es auch war.

„Wir verhören Beecham seit Wochen. Wie kann es sein, dass wir nur das wissen, was wir schon wussten? Geld vom Danegeld abzuzweigen ist kaum ein Grund, einen Mann zu töten oder einen Krieg mit seiner Familie anzufangen. Da muss es etwas geben, das wir übersehen. Was verbirgt er noch?", stöhnte Dittmer. Er wurde mit jedem Tag, der ohne neue Entwicklungen verging, ungeduldiger.

„Ich denke, eine bessere Frage ist, wie wir an diese Informationen kommen? Die Androhung von Folter scheint diesen Mann nicht zu erschrecken", sagte Ryker und trat einen kleinen Stein weg, der mehrere Fuß weit flog.

„Taten sagen mehr als Worte", sagte Dittmer mit einem leicht boshaften Grinsen.

„Nein, Bruder, er ist das Monster, *wir* sind es nicht", beharrte Sören.

„Ich habe nur Spaß gemacht, Bruder, da Ryker anscheinend seinen Sinn für Humor verloren hat", erwiderte Dittmer mit einer nachlässigen Handbewegung.

„Nicht der richtige Zeitpunkt, Bruder", flüsterte Ryker zurück.

Sie gingen weiter und besprachen ihre Strategie, versuchten Beechams Schwäche zu finden, um sie auszunutzen und die benötigten Informationen zu bekommen. Die Diskussion über die Bedrohung seiner Frau und Kinder kam erneut auf. Am Ende waren sie sich alle einig, dass es eine schlechte Idee war. Beecham wusste, dass Sima aus Liebe mit ihrem Wikinger Abjörn durchgebrannt war. Das bedeutete auch, dass er wusste, dass sie kaum eine Drohung gegen Beechams Familie wahrmachen konnten. Abjörn, der Älteste, würde seine Brüder köpfen, wenn sie auch nur einen Finger an Simas Mutter oder Geschwister legten.

„Es ist, als hätte Beecham Angst zu sprechen. Ich vermute, er wartet auf seinen König. Vielleicht ist das derjenige, den er wirklich fürchtet", sagte Ryker mit einem unruhigen Gesichtsausdruck.

Wenn das stimmte, war ihre Schlacht größer als gedacht. Die Brüder verfielen in Schweigen. Krieg mit ganz Britannien war nichts, worauf einer von ihnen Lust hatte. Was auch immer als Nächstes geschah, sie mussten dies lösen, bevor der König involviert wurde.

Ihr Gespräch wurde unterbrochen, als ein Reiter sich näherte. Sein Pferd schnaubte heftig aufgrund der Geschwindigkeit, mit der er galoppierte. Als der Reiter näher kam, erkannte Dittmer ihn als einen der Männer, die erst an diesem Morgen auf Patrouille geschickt worden waren.

„Hast du Neuigkeiten?", fragte Sören, seine Stirn tief gefurcht.

„Wir haben Jarl Halfden gefunden", sprach der Reiter, während er den Hals seines Pferdes tätschelte und seinem Reittier einen Moment Ruhe gönnte.

„Wo?", fragte Ryker ein wenig forscher, als er beabsichtigt hatte.

„Wir patrouillierten die Küste und fanden ihn dort. Er bereitet eine kleine Flotte von Schiffen auf der anderen Seite der Hügel vor. Er muss gedacht haben, er wäre außer Sicht der Siedlung und wir würden ihn nicht finden. Aber wir haben ihn gefunden." Der Reiter sprach mit Zufriedenheit, während sein Pferd schnaubte und mit dem Huf scharrte.

„Wie viele?", fragte Dittmer und spürte, wie sein Blut raste.

„Drei Schiffe", sprach der Reiter mit einem grimmigen Lächeln, da er ahnte, was Dittmer als Nächstes plante.

*Endlich etwas Action!* Dittmer rannte los, um sein Pferd zu holen, und rief seinen Männern zu, die seinem Befehl folgten. „Kommt, Männer! Der Jarl wartet!" Seine Stimme dröhnte über die Siedlung.

Seine Männer beeilten sich und jubelten zur Antwort, während sie ihre Waffen griffen und ihre Pferde bereit machten. Dittmer konnte sehen, dass seine Brüder, Sören und Ryker, nicht weit hinter ihm waren.

Sie würden ihn notfalls am Strand aufhalten.

# KAPITEL
# EINS

THESSALY WAR Jarl Halfden als Geschenk übergeben worden. Er gab sie dann an seine Wikinger weiter. Das war, nachdem sie Lord Beecham präsentiert worden war. Sie hatte so oft den Besitzer gewechselt, dass sie aufgehört hatte zu zählen. Sie hasste ihr Leben als Sklavin, sorgte aber dafür, dass sie nützlich war. Andernfalls könnten sie sie für Undenkbares benutzen. Das Leben einer Sklavin war kein Leben. *Aber es gibt immer andere, denen es schlechter geht als dir selbst.* Das sagte sie sich jeden Abend, bevor sie einschlief.

Ihre Hauptaufgabe in ihrem neuen Leben war die einer Küchengehilfin. Es war keine große Sache, da es jeder tun konnte. Sie machte sich Sorgen, dass sie nicht viel Wert hatte und leicht an jemanden viel Schlimmeres als die Wikinger verkauft werden könnte, wenn sie nicht so geschickt mit ihren Händen wäre. Stoff beugte sich ihrem Willen. Ihre Fähigkeit war unübertroffen. Es mag anderen nicht wie eine große Fertigkeit erscheinen, aber ihre Fähigkeit, Segel so zu flicken, dass sie fast wie neu aussahen, war es, was ihr ein einigermaßen angenehmes Leben ermöglichte.

Da sie um ihren Wert an Bord ihrer Schiffe wusste, war sie vor unerwünschten Annäherungsversuchen sicher. Den Männern an Bord wurde mit dem Tod gedroht, wenn ihr etwas zustieße. Das hielt die lüsternen Blicke und derben Kommentare jedoch nicht auf. Sie hatte genug davon, dass die Männer ihr erzählten, auf welche Weise sie sie alle wollten, und verdrehte die Augen, wenn sie sich entblößten, um sie zu verführen. Selbst wenn sie eine Größe gehabt hätten, die ihr Interesse geweckt hätte, wäre sie lieber über Bord gesprungen und im Meer versunken, als sich mit einem von ihnen einzulassen. Sie war schließlich ihre Gefangene, aber nicht ihre Hure.

Thessaly hatte den größten Teil des Tages damit verbracht, ein weiteres Segel zu flicken. Es verblüffte sie, wie sie es schafften, so viele zu zerreißen. Sie vermutete, dass es damit zu tun hatte, was für ein roher Haufen Männer der Jarl beschäftigte. Sie gingen nachlässig mit ihren Werkzeugen und Vorräten um und waren unaufmerksam bei ihrer Arbeit. Sie fragte sich, ob solche Eigenschaften eines Tages zu ihrem Vorteil sein könnten, und nahm sich vor, sorgfältig aufzupassen. Mit diesem Gedanken im Hinterkopf nickte sie und faltete das Segel, nachdem sie ihre Arbeit überprüft hatte, bevor sie es an Deck brachte, um es wieder dort aufzuhängen, wo es hingehörte. Halfdens Männer hatten die Schiffe in den letzten Wochen für eine lange Reise vorbereitet, und sie waren fast bereit, in See zu stechen. Wohin, hatte sie keine Ahnung.

Sie trat an Deck und suchte nach dem richtigen Mann, dem sie das Segel übergeben konnte, als ein Geräusch vom Ufer ihre Aufmerksamkeit erregte. Eine kleine Armee von Wikingern zu Pferd und zu Fuß stürmte auf das Schiff zu. Pfeile flogen durch die Luft und zerrissen die Segel, die bereits gehisst waren.

„Ich habe dieses Segel gerade repariert", beklagte sich Thessaly, als sie zusah, wie das Hauptsegel in Fetzen gerissen wurde.

Halfdens Männer gerieten in einen Kampf, als Männer versuchten, an Bord des Schiffes zu kommen. Um sie herum brach Chaos aus, als Männer aus allen Ecken des Schiffes auftauchten, Waffen schwangen und an ihr vorbeistürmten. Ihr Herz raste und ihr Mund wurde trocken. Verängstigt erspähte sie Kisten und Fässer mit Vorräten, die noch nicht unter Deck gebracht worden waren. Sie duckte sich dahinter und stellte sicher, dass sie immer noch einen klaren Blick auf das Geschehen hatte.

Sie kauerte sich hin, gleichzeitig fasziniert und verängstigt. Die Männer auf beiden Seiten waren Bestien. Sie schnitten einander durch, als wären sie froh, es zu tun. Blut bedeckte das Deck in ihrer Nähe, als sich mehrere Pfeile in die Brust eines der Männer an Deck bohrten. Das Deck zitterte unter Thessalys Füßen, als seine große Gestalt schwer zu Boden fiel. Während er verblutete, floss sein Blut frei, ein Fluss aus Blut, der immer näher kam. Sie zog sich zu einer noch engeren Kugel zusammen und versuchte, ihm auszuweichen.

Als sie versuchte, dem Blut der Toten zu entkommen, das sie über das Deck zu verfolgen schien, kam ihr ein Gedanke. *Flucht.* Diese fremden englischen Ufer mochten nicht das schöne Land Griechenlands sein, das sie einst ihr Zuhause nannte, aber es war besser als das Leben an Bord dieses Schiffes, wo sie nur eine Sklavin war. Sie spähte über die Seite des Bootes und suchte nach der besten Richtung, in die sie laufen konnte.

*Über die Hügel? Zu offen. An der Küste entlang? Von dort kamen diese anderen Wikinger. In den Wald? Wer weiß, welche Kreaturen ihn ihr Zuhause nannten?* Ihre Gedanken rasten. Da fielen ihre Augen auf ihn. Ein Riese von einem Mann, unmöglich zu übersehen, jung, aber stark. Er kämpfte tapfer. Sie bemerkte, wie er Wellen durch das Schlachtfeld schlug und genug Ablenkung verursachte, dass die Männer an Bord begannen, zum Kampf an Land zu laufen.

Ihr Herz raste und Freude erfüllte ihr Wesen, als die Ufer Englands zu ihr sprachen. Sie riefen sie. *Freiheit.*

Sie bereitete sich auf die Flucht vor. Sie plante, durch den Wald zu laufen, dann über die Hügel, wo die Schiffe des Jarls ihr nicht folgen konnten. Sie stand auf und bahnte sich langsam ihren Weg über das Boot, bemüht, nicht verdächtig auszusehen, als ein Schrei sie zurückhielt. Sie konnte viele Schmerzensschreie hören, aber dieser eine sprach zu ihr und zog ihre Aufmerksamkeit auf sich, trotz ihrer selbst. Sie blickte über ihre Schulter zurück und sah, wie der tapfere Wikinger, den sie Momente zuvor bewundert hatte, zu Boden fiel.

# KAPITEL
# ZWEI

IN ALL DEM Chaos hatte Thessaly nicht bemerkt, dass der Jarl an Deck erschienen war. Sie zuckte zusammen, als er hinter ihr Befehle bellte. Die Angreifer waren in der Unterzahl, und als sie nach Verstärkung rannten, trieb Halfden seine Männer eilig zurück zu den Schiffen.

„Zurück zu den Schiffen! Bereitet euch aufs Auslaufen vor, bevor sie zurückkommen", bellte er, seine dröhnende Stimme war zweifellos bis zum anderen Ende des Strandes zu hören. Als seine Männer den Befehlen gehorchten, ließ der folgende Befehl des Jarls Thessalys Blut in den Adern gefrieren.

„Treibt die Sklaven zusammen. Jeden, der für unseren Kurs keinen Zweck erfüllt, tötet", brüllte er, während er die Stufen zu ihrem Versteck hinunterstürmte.

Sie wusste, dass sie sicher war, ihre Fertigkeit im Ausbessern von Segeln würde auf ihrer Reise dringend gebraucht werden, aber das hinderte sie nicht daran, vor Angst zu zittern. Tränen füllten ihre Augen, als sie zusah, wie die verängstigten Sklaven am Ufer versuchten, sich zu wehren und zu fliehen, nur um ihre Kehlen durchgeschnitten oder ihre Köpfe eingeschlagen zu bekommen. Diese Menschen mochten nicht aus ihrer Heimat stammen. Sie kannte sie vielleicht nicht gut oder gar nicht. Aber sie trauerte um jeden Einzelnen, als wären sie ihr eigen Fleisch und Blut. Diese Menschen waren unschuldig, und ihre Tode waren bedeutungslos und grausam.

*Dieser Mann ist das reine Böse*, dachte Thessaly, während ihr Herz in ihrer Brust schmerzte. Sie zwang sich, nicht wegzusehen. Sie würde zusehen, wenn diese Menschen kaltblütig ermordet und von der Geschichte vergessen würden. Als das Leben aus ihren Augen wich, prägte sie sich ihre Gesichter ein. *Ihr seid nicht allein gestorben*, betete sie und hoffte, die Toten könnten sie hören und Frieden finden.

Halfden war noch nicht fertig.

„Tötet auch die Verwundeten. Sie verlangsamen uns, und ich werde nicht zulassen, dass sie gefangen genommen werden und unserem Feind etwas verraten", schrie er, sein Gesicht vor Wut und Ekel verzogen, als er in das von seiner Hand vergossene Blut trat. Er schüttelte das Blut von seinem Stiefel und brüllte seinen Männern zu, anzuhalten. Thessaly folgte dem Blick des Jarls und beobachtete, wie er den bewusstlosen Körper des riesigen Mannes untersuchte. Es brauchte drei von Halfdens Männern, um ihn aufrecht zu halten.

„Das Siegel. Schaut, was wir hier haben, Jungs. Der jüngste Jürgensen", rief er, damit alle seine Männer es hören konnten. Sein Gesicht verzog sich endlich zu einem Lächeln. Thessaly bevorzugte sein vor Wut umwölktes Gesicht bei weitem; sein Lächeln jagte ihr Angst ein.

„Bringt ihn in den Laderaum. Ich habe Verwendung für ihn", höhnte Halfden und führte seine Männer zurück an Bord.

Thessaly blickte zurück zum Ufer; sie konnte immer noch fliehen. Die Luft war rein. Aber sie wandte sich dem Gefangenen zu, etwas zog sie zu ihm. Sie hatte nur Momente, um ihre Entscheidung zu treffen. Der Plan formte sich schnell in ihrem Kopf. Bevor der Jarl an Bord kam, hielt sie sich geduckt und eilte hinunter in den Laderaum, wo sie sich in den Schatten hinter Vorratskisten versteckte. Sie hielt den Atem an, als die drei Männer den Gefangenen die Treppe hinunterwarfen. Er landete mit einem schmerzhaften Aufprall nur wenige Schritte von der Stelle entfernt, wo sie kauerte. Sie bewegte sich in den Schatten, um einen besseren Blick zu haben, als sie ihn auf die Füße zerrten und an einen Stützbalken fesselten.

Als sie sicher war, dass die Männer wieder an Deck waren, kroch sie aus den Schatten hervor. Nach all den Gräueltaten, die sie an diesem Tag mitangesehen hatte, all dem Tod und Schmerz, musste sie wissen, ob er lebte oder ein weiteres Opfer von Halfdens Bosheit war. Mit einem wachsamen Auge auf der Tür, falls jemand zurückkäme, umfasste sie das Gesicht des Gefangenen mit ihren Händen und untersuchte ihn. Sein Gesicht war schweißnass. Blut sickerte aus seinem Mundwinkel. Sie beobachtete ihn aufmerksam, während die im Laderaum hängenden Laternen ein sanftes Licht auf sein Gesicht warfen.

Er hatte markante Züge, ein starkes Kinn und eine breite Nase. Sie fuhr mit dem Finger über eine kleine Narbe über seinem rechten Auge, und er stöhnte leise auf. Thessaly stieß erleichtert die Luft aus.

„Den Göttern sei Dank", flüsterte sie. Ihr Herz hätte an diesem Tag keinen weiteren Tod ertragen können.

# KAPITEL
# DREI

DITTMER BEGANN AUFZUWACHEN. Sein Kopf dröhnte und seine Sicht war verschwommen. Alles, was er sehen konnte, war Dunkelheit und die schwach beleuchtete Silhouette einer Frau. Er spürte ihre Hand auf seinem Gesicht und mochte, wie es sich anfühlte. Er ertappte sich dabei, wie er sich in die Liebkosung lehnte, während er zwischen Bewusstsein und Bewusstlosigkeit schwankte.

„Endlich habe ich die Hallen von Walhalla erreicht. Sag mir den Namen derjenigen, die mich begrüßt", sagte er, seine Stimme kaum mehr als ein Flüstern.

Thessaly versuchte, ihn aufzuwecken. Sie trat etwas näher, um ihm ins Ohr zu flüstern, um die Männer an Deck nicht zu alarmieren.

„Mein Name ist Thessaly. Ich brauche dich. Ich brauche dich wach", flüsterte sie, ihr Herz raste in den Anfängen echter Panik.

Sein männlicher Duft erfüllte ihre Nase, und sie schloss die Augen, atmete ihn ein und fand Ruhe und Frieden in dem Geruch.

Dittmer drehte seinen Kopf leicht in Richtung der süßen Stimme, die zu ihm sprach. Der Akzent war anders. Nicht der dänische Akzent, den er erwartet hatte, aber er war trotzdem glücklich.

„Ich bin Dittmer, der jüngste der Jürgensen-Brüder. Bekommt ein tapferer Krieger wie ich einen Willkommenskuss, wenn ich nach meiner beschwerlichen Reise in Walhalla eintrete?", plapperte er, spitzte die Lippen und drehte sein Gesicht zu ihr.

Thessaly wäre dem fast nachgekommen, bevor sie sich zurückzog. Sie gab ihm eine Ohrfeige, um ihn aufzuwecken und ihm zu zeigen, wo er sich wirklich befand - im Laderaum von Halfdens Schiff, nicht in den Hallen von Walhalla.

Als er stöhnte, sein Gesicht sich vor dem Brennen ihrer Hand auf seiner Wange verzog, seufzte sie. Frustriert und seine Hilfe benötigend, sah sie sich um. Das Licht von der Luke oben, die nicht richtig verschlossen worden war, fiel auf die Seile, die ihn fesselten.

Sie untersuchte die Seile und entknotete sie in Gedanken. Sie hatte als kleines Mädchen in Griechenland ein Puzzle gehabt, das Dittmers Befreiung zum Kinderspiel machte. Der schwierigste Teil war, die Seile loszuziehen. Dittmer war erheblich größer als Thessaly, und sie musste sich auf die Zehenspitzen stellen, um seine Handgelenke über seinem Kopf zu erreichen. Sein Gewicht zog die Fesseln fester, aber glücklicherweise schaffte sie es, ihn zu befreien.

Plötzlich, ohne etwas, das ihn aufrecht hielt, fiel er nach vorne, direkt in Thessalys Arme. Sie stolperte und fiel zu Boden, gefangen unter seinem großen, klobigen Gewicht. Aufgeschreckt durch den Fall, kam Dittmer langsam zu sich, stützte sich auf einen Arm und rieb sich mit dem anderen die Beule an seinem Kopf.

Thessaly blickte in sein Gesicht. Jetzt war er wach, und sie konnte tief in seine atemberaubenden grünen Augen schauen. Während er versuchte, sich zu orientieren, bewegte er sich auf ihr, scheinbar ahnungslos von ihrer Anwesenheit unter ihm. Als er sich an ihr rieb, konnte sie nicht anders, als erregt zu sein. Sie mochte, wie er sich auf ihr anfühlte.

„Hey, kannst du bitte aufstehen? Ich kann mich nicht bewegen", schmunzelte sie und schob sich frei.

„Wo bin ich?", fragte er, endlich zu ihr blickend, sein Gesicht voller Verwirrung.

„Halfdens Schiff. Du bist im Laderaum", antwortete sie, stand aufrecht und richtete ihr Kleid. Dittmers Augen verweilten auf ihr. Ihr Kleid war vom Knöchel bis zum Oberschenkel zerrissen und entblößte ihre wunderschöne olivfarbene Haut. Ihr Haar war lang über ihren Rücken und so hell wie die Sonne.

Als die Realität einsetzte, seine Gesichtszüge verhärteten sich, als er sich aufrichtete und auf die Treppe hinter ihr zumarschierte.

„Wo gehst du hin?", fragte sie, ihre Stimme gedämpft.

„Um Halfden zu töten", knurrte er. Seine Sicht verengte sich auf die Tür, als sich seine neue Mission in seinem Kopf festsetzte.

Thessaly umklammerte mit beiden Händen seinen muskulösen Bizeps und versuchte mit all ihrem Gewicht, ihn zurückzuziehen. Es war zwecklos. Er war zu stark. Sie lief vor ihn und versperrte ihm den Weg. Endlich hielt er an und starrte auf sie herab. Ihre Augen flehten ihn an, sich nicht umbringen zu lassen.

Etwas an ihren tiefen braunen Augen berührte ihn, und er blieb stehen, bereit zuzuhören.

„Sei kein Narr. Du bist allein und unbewaffnet. Es sind viel zu viele von ihnen da oben. Halt ein und denk nach, würdest du?", beharrte sie und tippte an seine Schläfe.

Dittmer unterdrückte ein Grinsen. Etwas an ihr brachte ihn zum Lachen, und jetzt war nicht die Zeit zum Lachen.

Schritte von oben alarmierten sie beide. Thessaly begann schwer zu atmen, ihre Augen weiteten sich vor Panik.

„Jemand kommt. Schnell, geh zurück, wo du warst. Wir müssen es so aussehen lassen, als wärst du noch gefesselt. Wenn sie herausfinden, dass ich dir geholfen habe, werde ich wie die anderen Sklaven getötet, und ich bin noch nicht bereit zu sterben."

Sie beeilte sich, schob ihn mit all ihrer Kraft zurück, aber es war zwecklos. Dittmer bewegte sich nicht. Sie blickte in seine Augen, Tränen sammelten sich an ihren Wimpern.

„Bitte", flehte sie und streckte eine Hand aus, um sein Gesicht zu berühren, so wie sie es getan hatte, als er zuerst aufgewacht war.

Ihre Berührung schien ihn zurückzuholen. Er starrte sie an und fand ihre Augen hypnotisch. Was auch immer sie wollte, er würde es tun. Dittmer stimmte zu, ohne weiteres Zögern, als sie beide darum kämpften, es so aussehen zu lassen, als wäre er nicht befreit worden. Er beobachtete, wie Thessaly in die Schatten schlich, und verlor ihre

Position, als sie in der Dunkelheit verschwand. Es beeindruckte ihn, wie geschickt sie sich verstecken konnte.

# KAPITEL
# VIER

DITTMER BEREITETE sich auf den Angriff vor, als ein junger Junge die Treppe herunterkam. Er war wie alle anderen gekleidet, also wusste Dittmer, dass er einer der Männer des Jarls war und kein Sklave. Der Junge musste in seinen Teenagerjahren sein und sah verängstigt aus, als er sich Dittmer mit einem Tablett voller Essen näherte.

„Ich wurde beauftragt, dir das zu bringen. Es ist nicht viel, aber wir müssen dich mit Essen und Trinken versorgen. Der Jarl will nicht, dass du verhungerst", stammelte der junge Junge.

„Und wie stellst du dir vor, dass ich esse, wenn meine Hände über meinem Kopf gefesselt sind?", fragte Dittmer. Ein leichtes Grinsen zuckte über sein Gesicht. Natürlich war er nicht wirklich gefesselt. Nicht mehr, dank der schönen Thessaly.

Der Junge stand wie erstarrt da. „Ich... ähm... ich kann dich nicht losbinden. Du könntest mich angreifen", stammelte er, und das Tablett, das er trug, zitterte in seinen bebenden Händen.

Dittmer fragte sich, wie der Bursche zum Jarl gekommen war. Er hatte offensichtlich Angst vor seinem eigenen Schatten; er würde keine fünf Minuten in einem echten Kampf überleben. Groß, aber nur Haut und Knochen, Dittmer bezweifelte, ob er überhaupt ein Schwert heben konnte.

„Ich könnte dich füttern", sagte der Junge, sehr zufrieden mit seiner Idee, als er das Tablett auf einem nahen Fass abstellte.

„Ha!... Ich würde lieber verhungern", lachte Dittmer und starrte den Jungen an, seine Augen fest auf ihn gerichtet.

„Du wirst deine Meinung später vielleicht ändern, wenn dein Magen knurrt. Warte nur nicht zu lange, es wird kalt, und die Ratten könnten es für dich essen", sagte der Junge, bevor er ging.

„Warte, wie alt bist du?", fragte Dittmer, als seine Neugier die Oberhand gewann.

„Vierzehn", antwortete der Junge.

„Wie bist du zum Jarl gekommen? Du siehst nicht so aus, als hättest du die Kraft, ein Messer zu heben, geschweige denn ein Schwert", sagte Dittmer.

Das Gesicht des Jungen wurde plötzlich traurig, und seine Augen senkten sich zu Boden. Neugierig geworden, beschloss Dittmer, dass er mehr von dem Jungen hören musste. Teils, weil er Informationen über die Art von Männern brauchte, die Halfden in seinem Kommando hatte, teils, weil er Mitleid mit dem Jungen hatte.

„Weißt du, ich habe ein bisschen Hunger. Kannst du mir etwas von dem Brot geben?", fragte Dittmer und neigte seinen Kopf in Richtung des Essens. Er musste zugeben, dass der Geruch ihn hungrig machte.

Der Junge brach vorsichtig ein Stück ab und hielt es Dittmer nah hin, damit er es ihm abnehmen konnte. Als der Junge merkte, dass Dittmer ihm nicht die Hand abbeißen würde, sprach er. „Ich bin gut mit dem Bogen. Ich kann einem Eichhörnchen aus ordentlicher Entfernung ins Auge schießen", sagte er stolz und gab Dittmer einen zweiten Bissen Brot. „Eigentlich bin ich eine Geisel... na ja... ein Sklave, aber ich weigere mich, dieses Wort zu benutzen", sagte er, bevor ihn eine Stimme vom Deck erschreckte.

„Tut mir leid, ich muss gehen. Ich werde an Deck gebraucht", sagte er hektisch, rannte die Treppe hinauf, stolperte über seine Füße, bevor er die Tür hinter sich schloss und fest verriegelte.

*Ein Sklave, der die Rüstung des Jarls trägt? Ob er nun gut mit dem Bogen ist oder nicht, Sklaven werden normalerweise als Diener eingesetzt. Halfden muss nicht die Streitkräfte haben, die wir angenommen haben,* dachte Dittmer, sein Kopf voller Verwirrung.

Thessaly schlich aus den Schatten hervor. Dittmer war so in Gedanken versunken, dass er vergessen hatte, dass sie da war, bis er sie sah.

„Ich spüre deine Verwirrung. Was möchtest du wissen?", fragte sie, als Dittmer seine Arme senkte und seine muskulösen Schultern streckte, um die Verspannungen zu lösen.

„Hat der Jarl viele Sklaven?", fragte Dittmer, gab schließlich nach und machte sich über sein Essen her. Er war überrascht, wie gut es schmeckte. Er bot Thessaly etwas Brot an, und sie nahm es dankbar an.

Sie seufzte tief, bevor sie ihre Geschichte begann. „Nicht so viele, wie er früher hatte. Jedenfalls nicht nach heute", sagte sie, und Dittmer hörte den Kummer in ihren Worten.

„Was meinst du?", fragte er und steckte sich etwas Käse in den Mund.

„Nachdem du und deine Truppen angegriffen hatten, befahl Halfden, die Verwundeten und alle Sklaven ohne Zweck zu töten. Er wollte nicht, dass sie ihn aufhalten oder riskieren, gefangen genommen zu werden und Informationen an seine Feinde weiterzugeben", sagte Thessaly. Sie sah alle Sklaven, die erbarmungslos getötet wurden, als sie ihre Augen schloss. Die Erinnerung stach in ihr.

„Warum wurdest du verschont?", fragte Dittmer.

„Ich komme aus einem Land namens Griechenland. Ich wurde wegen meiner Webfähigkeiten als Sklavin genommen. Hast du diese Segel gesehen? Ich habe sie alle geflickt, als andere dachten, sie wären unbrauchbar."

Dittmer wälzte ihre Worte in seinem Kopf hin und her. Er hatte von ihrer Heimat gehört und wusste, dass sie weit im Süden lag, hatte aber nie die Chance gehabt, so weit von zu Hause wegzureisen.

„Ich dachte nicht, dass der Jarl so weit auf See gewesen wäre. Wann ist er nach Griechenland gereist?", fragte Dittmer und fragte sich, wie viele andere solcher Schätze der Mann wohl erworben hatte.

„Das ist er nicht. Ich wurde von Sklavenhändlern gefangen genommen und nach England gebracht. Ich wurde dem König gegeben, der mich dann als Geschenk an Lord Beecham weitergab, als Dank dafür, dass er die Küste gesichert hatte. Danach gab mich Lord Beecham als Geschenk an den Jarl für seine Hilfe", beendete sie.

Ihre Worte erschreckten Dittmer. Die Küste sichern? Was war mit der Siedlung? Wie hatte Beecham die Küste gesichert?

„Wie kann das sein? Die Siedlung, die mein Volk Heimat nennt, liegt an der Küste. Dieser Teil der Küste gehört den Wikingern", sagte Dittmer, seine Stirn so tief gerunzelt, dass sie fast seine Nase berührte. Er konnte nichts von dem, was sie sagte, begreifen. Er schob die Schuld für seine Verwirrung auf die Beule an seinem Kopf, während er über die immer noch empfindliche Stelle am Hinterkopf strich.

„Nein, Lord Beecham hat den Wikingeranführer losgeworden. Beecham gab Waren, Gold, mich und ein paar andere Sklaven an Halfden im Austausch dafür, dass alle Wikinger die Küste verließen." Thessaly runzelte die Stirn, als sie sprach.

Ihre Erklärung ließ Dittmer nur noch verwirrter zurück. Die Siedlung stand noch. Was sie sagte, erklärte, warum der Jarl wegging; er war bestochen worden. Aber wo ließ das die Siedlung? Was bedeutete das für Dittmer und seine Brüder? Er sah zu Thessaly hinüber, ihre Arme um sich geschlungen, während sie zitterte. Die Sonne begann unterzugehen, und das wenige Licht, das sie hatten, verließ die Kabine.

„Du zitterst. Komm her, wir können uns unter meinen Fellen Körperwärme teilen", sagte Dittmer, setzte sich gegen eine Kiste und zog seine Felle von den Schultern. Thessaly sah ihn an, Verwirrung und Besorgnis in ihren Augen.

„Ich beiße nicht", lachte er. Langsam ging sie zu ihm, wie ein verängstigtes Lamm, das sich einem Wolf nähert. Zögernd setzte sie sich neben ihn, war aber immer noch auf Armeslänge entfernt. Dittmer verdrehte die Augen, zog sie zu sich und legte seine Felle über sie beide. Die schaukelnde Bewegung des Bootes schien sie zu beruhigen, als sie sich langsam tiefer unter seinen Arm kuschelte und ihren Kopf auf seine Brust legte.

# KAPITEL
# FÜNF

DER TAG WICH DER NACHT, und die kalte Luft vom Meer kroch durch die Spalten um die Luke des Holzschiffes. Thessaly kuschelte sich enger an Dittmer. Die wenigen Laternen, die im Laderaum hingen, begannen zu erlöschen und gaben ihnen kaum noch Licht. Thessaly zitterte; nicht vor Kälte, sondern wegen der Gedanken, die ihr durch den Kopf gingen, über den bärenhaften Mann, an den sie sich klammerte, und das Gefühl seiner rauen Hände um sie herum.

„Du zitterst immer noch", bemerkte er, bevor er sie auf seinen Schoß zog und sie beide in seine Pelze hüllte. Als er sie fest an sich zog, streifte seine Hand ihren Oberschenkel durch den Schlitz in ihrem Kleid. Ihm gefiel das Gefühl ihrer Haut. Es war, als würde er mit den Fingern über Seide streichen.

Dittmer bemerkte auch, wie schwer ihr Atem geworden war. Er wusste, was das bedeutete. Entweder fühlte sie sich zu ihm hingezogen oder sie hatte Angst vor ihm. An der Art, wie ihre Hände seine Brust und Arme erkundeten, hatte er seine Antwort.

„Was machst du da?", fragte er und sah ihr in die Augen, während sie mit ihren Händen über seine Schultern und seine Brust fuhr. Sie blickte ohne Furcht zu ihm auf, ihre Augen verschleiert mit einem Hauch von Lust.

„Ich versuche, dich warm zu halten, so wie du es bei mir tust", antwortete sie, ihre Stimme so leise, dass er ihre Worte hätte überhören können, wenn er nicht darauf geachtet hätte. Ihre atemlos gehauchten Silben vermischten sich mit dem Plätschern der Wellen und dem Knarren des Schiffes, als es sich auf dem Wasser bewegte. Er nickte und fuhr mit seiner Hand ihre Beine hoch und runter, über ihren Rücken, und erstarrte an ihrer Brust.

Sie zitterte unter seiner Berührung, legte den Kopf zurück und schloss die Augen, sodass ihre Sinne jede Bewegung spüren konnten. Thessaly legte ihren Kopf auf seine Schulter und reckte ihren Hals, um ihre Lippen sanft auf sein Schlüsselbein und dann auf seinen Hals zu drücken.

Da ihm das Gefühl ihrer Lippen auf seiner Haut gefiel, atmete er tief ein und genoss ihren Duft. Er hob ihre Hand an seine Lippen und verteilte sanfte, zärtliche Küsse ihren Arm hinauf, auf ihre Schulter, ihren Hals.

Thessaly summte tief in ihrer Kehle. Dittmer hielt inne. Er genoss es, ihr so nahe zu sein und sie auf eine Weise zu erleben, wie er noch nie jemanden erlebt hatte. Ihm war durchaus bewusst, dass dies eine schlechte Idee für sie beide war. Dittmer war stolz darauf, ein Wikinger zu sein, und hatte immer geplant, eine Wikingerfrau zu nehmen, wenn die Zeit reif wäre. Gleichzeitig besaß diese Frau eine Schönheit, die er noch nie gesehen hatte, und einen Mut, den er bewunderte. Wenn sie dabei erwischt würde, ihm zu helfen, würde sie sicherlich hingerichtet werden.

Widerwillig gestand er sich ein, dass er nicht zulassen konnte, dass die Dinge zwischen ihnen weiter gingen.

Wenn er mit ihr schlafen würde, wollte er sie nicht zwingen, wie er es sich vorstellte, dass andere es getan hatten. Das Leben einer Sklavin war allseits bekannt. Die Schrecken dessen, was Männer ihnen antaten, wurden in allen Ländern in gedämpften Tönen besprochen. Wenn er sich je entscheiden würde, mit ihr zu schlafen, wollte er, dass sie es auch wollte.

Thessaly nahm sein Gesicht in ihre Hände und rieb sanft ihre Nase an seiner. Als sie sich für einen Kuss vorbeugte, zog er sich zurück.

„Was ist los?", fragte sie, ein wenig erschrocken über seinen Sinneswandel. Er schien die Sache noch Momente zuvor genossen zu haben.

„Ich werde dich nicht zwingen. Ich werde mir nicht einfach nehmen, was ich will. Ich bin ein Mann von Ehre", sagte er, mehr zu sich selbst als um ihre Frage zu beantworten. In seinem Kopf machte er diese Worte zu einem Mantra, einer Erinnerung an sich selbst, warum dies eine schlechte Idee war.

Thessaly untersuchte seine Züge, als sein Gesicht zu Stein wurde. Sie zog sich zurück, kletterte hastig von seinem Schoß und wickelte sich in den Rand seines Pelzes. Sie drehte ihm den Rücken zu, ein wenig beleidigt.

„Du hast mich nicht gezwungen. Ich war willig", flüsterte sie.

Es war klar, dass sie nicht beabsichtigt hatte, dass Dittmer es hörte, aber er tat es. Dittmer rollte sich auf die Seite, wandte sich von ihr ab, unsicher, was er tun sollte. Unruhig versuchten beide, etwas Schlaf zu finden. Morgen war ein neuer Tag und würde neue Herausforderungen bringen.

So müde sie auch waren, die Ruhe kam für keinen von beiden leicht.

# KAPITEL
# SECHS

THESSALY KONNTE Dittmers leises Schnarchen hören, als er in einen tiefen Schlaf fiel. Doch der Schlaf blieb ihr verwehrt. Müde, unruhig und voller aufgestauter Energie konnte sie ihre frühere Begegnung mit ihm unter seinen Fellen nicht abschütteln. Also beschloss sie, sich nützlich zu machen. Sie suchte nach Vorräten, die sie während ihres Aufenthalts im Laderaum gebrauchen konnten: eine Decke, getrockneter Fisch, alles, was ihre gemeinsame Zeit ein wenig erträglicher machen würde.

Während sie arbeitete, kam sie der Luke näher. Stimmen an Deck ließen sie erstarren. Sie erkannte eine der Stimmen. Es war Halfden. Langsam schlich sie die Treppe hinauf und lauschte aufmerksam an der Tür.

„Ich glaube, ihr beide zweifelt an eurem Anführer? Stellt eine Frage zu viel?", sagte Halfdens Stimme. Thessaly brauchte sein Gesicht nicht zu sehen. Sie konnte das bösartige Grinsen durch das Holz hören.

„Nein, Herr", stammelte eine Stimme, und die Angst des Mannes übertrug sich auf Thessaly, als sie zu verstehen begann, wie nahe sie einer sehr gefährlichen Situation war. Sie begann zu zittern, und ihr Puls raste.

„Oh, jetzt lügt ihr mich also an." Halfden kicherte. Thessaly kannte dieses Kichern. Es war Halfdens Angewohnheit. Er machte dieses

Geräusch jedes Mal, wenn er etwas plante, das ihr den Magen umdrehte. Galle stieg ihr in den Hals.

„Sie haben in Frage gestellt, wie Ihr beabsichtigt, der neue König von Dänemark zu werden", sagte Njal – Halfdens zweiter Mann. Thessaly erkannte seine Stimme sofort. Niemand sprach. In gewisser Weise war die Stille beängstigender als die böse Absicht in Halfdens Worten. Schließlich wurde die Stille gebrochen.

„Unser Gefangener da unten ist der jüngste Sohn der Familie, die Erbe des jetzigen Königs ist", begann Halfden. Thessaly konnte seine Schritte hören, als er langsam auf und ab ging. „Die Söhne des Königs, die nächsten rechtmäßigen Erben des Throns... starben auf mysteriöse Weise, alle unter verschiedenen und tragischen... ungeklärten Umständen", fuhr Halfden fort.

„Die Jürgensen-Brüder werden so abgelenkt sein von ihrem vermissten Bruder und dem Wiederaufbau dieses Monstrums, das sie ihr Zuhause nennen, dass sie nicht auf das achten, worauf sie achten sollten. Während sie wie Insekten herumwuseln, werde ich nach Dänemark zurückreisen und den König töten", informierte Halfden sie.

Thessaly legte ihre Hand über ihren Mund, als sie schockiert nach Luft schnappte über das, was sie da hörte.

„Das ist alles schön und gut, Herr, aber was ist mit dem nächsten Erben? Wie heißt er noch gleich?... Abjörn?", fragte Njal in einem spöttischen Ton.

„Ich bin so froh, dass du fragst, Njal. In ihrem Durcheinander, ihn zu finden... werden sie es einfach nicht", sagte Halfden, und Thessaly konnte das Lächeln in seiner Stimme hören; ihr Blut gefror. Aber sie konnte sich nicht losreißen. Sie musste den Rest seines Plans hören, damit sie Dittmer etwas zu erzählen hatte. Diese Information konnte für ihn wichtig sein.

„Drei Schiffe... zwei Missionen. Ich werde nach Dänemark gehen und mich um diesen König kümmern, während die anderen beiden Schiffe um die andere Seite der Siedlung herumfahren werden. Ja, es wird etwas länger dauern als direkt dorthin zu segeln... aber sie würden uns auf der direkten Route kommen sehen. Von der anderen Seite der Siedlung werden sie von dem Angriff völlig überrascht sein", sagte er, sein Auf- und Abgehen stoppte abrupt, aber seine Worte gingen weiter.

Njal kicherte. „Mein Jarl, diese zitternden Narren kennen Euren Plan... jedes... letzte... Detail."

„Das stimmt", sagte Halfden mit gespielter Überraschung. Er schwieg einen Moment. „Tötet sie", befahl er.

Thessaly wartete nicht darauf, ihre Schreie nach Gnade zu hören oder die Körper fallen zu sehen. Die Vorräte vergessend, rannte sie die Stufen hinunter zu einem schlafenden Dittmer. Hektisch schüttelte sie ihn und versuchte, ihn zu wecken. Er musste den Plan des Jarls hören, bevor es zu spät war.

# KAPITEL
# SIEBEN

„WACH AUF, DITTMER, WACH AUF", drängte Thessaly und schlug ihn wiederholt, als er sich weigerte aufzuwachen.

„Ich bin's, Dittmer, lass mich schlafen", stöhnte er und zog seine Felle enger um sich.

„Dittmer, es geht um Halfden! Du musst aufwachen", sagte sie, stand auf und trat ihm in den Hintern.

Dittmer sprang auf die Füße, Thessaly trat einen Schritt zurück, unsicher, ob die Wut in seinem Gesicht auf ihre forschen Weckversuche oder auf die Nachricht von Halfden gerichtet war.

„Was ist mit Halfden?", schnaubte er sich wach.

Thessaly erzählte ihm alles, was sie belauscht hatte, und alles, was sie über seinen Stellvertreter Njal wusste. Sie informierte ihn, dass Njal genauso böse und rachsüchtig war wie Halfden. Wahrscheinlich verstanden sie sich deshalb so gut. Dittmer sah sich um, öffnete Kisten und Fässer und suchte nach allem, was er als Waffe benutzen konnte.

„Was machst du da? Sie werden dich hören", sagte sie und packte ihn, um ihn zum Aufhören zu bewegen. Er machte so viel Lärm, dass sie sicher war, jeden Moment würde ein schwer bewaffneter Wächter durch die Tür stürmen und sie beide erwischen.

„Ich muss ihn aufhalten", sagte er und schüttelte ihren Griff ab.

„Du wirst uns beide umbringen lassen. Bitte hör auf und denk einen Moment nach", flehte sie und zog wieder an seinem Arm. Diesmal hielt er inne und drehte sich zu ihr um; sein Gesicht rot vor Wut. Als er ihr ängstliches Gesicht sah, wurde er sanfter. Er hatte nicht beabsichtigt, ihr Sorgen zu bereiten, aber er musste Halfden aufhalten.

„Du kannst nicht nach oben gehen und kämpfen, es sind viel zu viele. Außerdem hast du keine Waffe." Ihre Stimme war ein Flüstern. „Was glaubst du, hat er mit deinem Bruder gemacht? Wie hat er ihn genannt?", fragte sie und durchforstete ihr Gedächtnis nach dem Namen.

„Abjörn? Um den mache ich mir keine Sorgen. Erstens ist er der beste Krieger, den ich kenne. Er hat mir beigebracht, wie man kämpft und jede mögliche Waffe benutzt. Er ist bereits in Dänemark. Lass den Jarl dorthin fahren. Abjörn wird ihn töten", sagte er mit einem Grinsen, als würde er in Gedanken bereits zusehen, wie sein Bruder den Jarl niederstreckte.

„Du scheinst kaum besorgt zu sein. Was ist mit den anderen Schiffen?"

„Wenn ich meine Brüder kenne, haben sie bereits Verstärkung geschickt, die uns verfolgt. Unsere Schiffe sind zahlreich im Vergleich zu Halfdens erbärmlicher Flotte. Ich muss sie nur lange genug aufhalten, damit sie uns einholen können, bevor die anderen Schiffe Kurs auf die Siedlung nehmen", sagte er und ging an ihr vorbei zur Tür.

Sie griff erneut nach seinem Arm und rutschte hinter ihm her, da seine Kraft der ihren weit überlegen war.

„Bitte, da oben sind nicht nur seine Männer. Es gibt andere Sklaven wie mich. Denk an sie. Sie werden wahrscheinlich im Kreuzfeuer getötet, wenn du angreifst", flehte sie.

Dittmer hielt inne, hin- und hergerissen. Er wusste, was er tun musste. Er wusste, was er tun wollte, aber ihre Worte trafen ihn wie ein Dolch ins Herz. Halfden hatte Sklaven getötet, nur um nicht aufgehalten zu werden. Unschuldige Menschen würden wahrscheinlich wieder sterben, wenn Halfden einfach die Beherrschung verlor oder dachte, einer von ihnen hätte ihm geholfen. Da blitzte in seinem Kopf das Bild von Thessaly auf, in seinen Armen. Sie würde wahrscheinlich auch getötet werden. Obwohl Dittmer für den Kampf lebte und seine Rache wollte, tötete er nie jemanden ohne Grund, und er würde nicht zulassen, dass unschuldiges Blut vergossen wurde, weil er zu früh handelte.

„Ich habe eine Idee", sagte Thessaly plötzlich und packte aufgeregt seinen Arm.

Dittmer drehte sich mit neugieriger Belustigung zu ihr um. Welchen Plan konnte sie haben, der ihnen helfen könnte?

„Was gemacht wurde, kann auch wieder zerstört werden", sagte sie mit einem Lächeln.

Dittmer konnte ihrem Gedankengang immer noch nicht folgen. Er hob fragend eine Augenbraue, verschränkte die Arme und wartete darauf, dass sie ihn über die großartige Idee aufklärte, die ihr so viel Freude bereitete.

„Ich habe diese Segel geflickt. Ich kann sie genauso leicht wieder auseinander reißen." Sie lächelte, und Dittmer wurde klar, dass er es mochte, sie lächeln zu sehen. Sie hatte ein Grübchen auf jeder Wange, wenn ihr Lächeln ihr ganzes Gesicht einnahm. Er mochte auch, wie schnell sie ihre eigene Fluchtmission mit seiner Rache verband. Sie war von einem zum anderen gehandelt worden, hatte wahrscheinlich Unvorstellbares erlebt, aber das Leben hatte sie nicht gebrochen. *Stark wie eine Wikingerfrau*, dachte er.

„Es ist zu gefährlich. Was, wenn du erwischt wirst?", fragte er, plötzlich wurde ihm klar, dass er sie nicht in Gefahr bringen wollte.

„Ich bin eine Sklavin auf diesem Schiff. Ich klettere oft den Mast hoch, um zu überprüfen, ob alles in Ordnung mit den Segeln ist. Niemand wird etwas vermuten", beharrte sie.

Nach einem weiteren Moment des Nachdenkens lächelte Dittmer sie an. Es war ein guter Plan. Wenn sie die Segel herunterholen könnte, würden seine Brüder sie in kürzester Zeit einholen. Er könnte die Ablenkung auch nutzen, um sich auf dem Schiff herumzuschleichen und so viele Männer wie möglich auszuschalten.

„Thessaly, du bist genial. Dieser Plan könnte funktionieren. Ich werde mich aufs Deck schleichen und versteckt bleiben. Ich werde dich beschützen, falls jemand Verdacht schöpft", sagte er, ihre Aufregung wurde ansteckend.

„Was soll ich sagen? Ich habe dir beim Kämpfen zugesehen, bevor sie dich überwältigt haben. Dein Mut und dein schnelles Denken im Kampf haben mich inspiriert", strahlte sie.

Dittmer hob eine Augenbraue und seine Brust schwoll vor Stolz an. Sie hatte ihn beobachtet? Das war neu. Ihm gefiel die Vorstellung, dass sie ihn ausspioniert und seine Tapferkeit bewundert hatte. Was hatte er sonst noch in ihr inspiriert? Seine Gedanken schweiften über die Möglichkeiten.

Er trat einen Schritt näher an sie heran, umfasste ihr Gesicht mit einer Hand und legte die andere an ihren unteren Rücken, um sie näher an sich heranzuziehen. Er überragte sie, und sie musste ihren Rücken durchbiegen und den Hals recken, um ihm in die Augen zu sehen.

„Bist du immer noch bereit?", hauchte er.

Sie blickte zu ihm auf und streckte sich so weit sie konnte, bis zu seinem Schlüsselbein – „Ja", flüsterte sie mit einem Lächeln.

Dittmer beugte sich hinunter, damit sie ihren Hals nicht noch mehr verrenken musste. Er presste sanft seine Lippen auf ihre und erwiderte den Kuss, den sie ihm gab, als sie endlich ihre Arme um seinen Nacken schlingen konnte. Ihre Zunge drang in seinen Mund ein, und er massierte ihre Zunge zur Antwort, während er seine Hand um ihren Nacken legte und ihr Haar streichelte. Er bemerkte, wie sie ein Kichern unterdrückte. Ihr Nacken musste kitzlig sein. Er löste sich von ihr und umfasste ihren Nacken, verloren in ihren Augen.

Dittmer war immer so fest entschlossen gewesen, ein dänisches Mädchen zu heiraten, das seine Liebe zur Gefahr und dieselben Werte teilte. Doch als er sich in Thessalys Blick verlor, konnte er sich kein Mädchen vorstellen, das er mehr wollte als sie. Der Gedanke erschreckte ihn. Sein Magen überschlug sich, und zum ersten Mal verstand er, wenn Frauen sagten, sie hätten das Gefühl, ihr Inneres wäre voller Schmetterlinge, wenn sie mit dem richtigen Mann zusammen waren. Es war ein Gefühl der Aufregung wie kein anderes, als ihm klar wurde, dass ihm die Vorstellung gefiel, dass sie die Seine war.

„Wir werden das später fortsetzen", lächelte er, ließ sie schließlich los und trat einen Schritt zurück.

„Auch wenn ich keine Dänin bin?", fragte sie mit einem schelmischen Grinsen. Dittmer stand wie erstarrt da, gefesselt von ihren Worten. Wie hatte sie seine Gedanken erraten? War sie eine Hexe? Konnte sie seine Gedanken lesen? Er beobachtete, wie sie einen kleinen Handkorb nahm und ihn mit Lebensmitteln aus einem Fass füllte. Sie würde weniger verdächtig wirken, wenn es so aussähe, als wäre sie mitten in der Hausarbeit.

„Woher hast du...?", begann er, hielt aber inne, erstaunt und ein wenig beunruhigt von ihr. Sie kicherte und blickte über ihre Schulter, während sie sich der Tür näherte.

„Du murmelst im Schlaf", zwinkerte sie und drehte sich um, wobei sie spöttisch mit den Händen wedelte. „Sie schön, aber ich brauche dänische Braut", sagte sie mit der männlichsten Stimme, die sie zustande bringen konnte, und grinste dabei die ganze Zeit.

Dittmer lachte: „Du machst dich über mich lustig?"

Sie berührte mit dem Finger ihre Nase und zeigte dann auf ihn zurück, während sie ihm ein weiteres Mal zuzwinkerte.

Als sie nach der Tür griff, packte er sie ein letztes Mal und zog sie zu sich für einen weiteren Kuss. Sie war etwas Besonderes, und er liebte jedes bisschen an ihr.

„Ich werde dich beschützen, meine liebe Thessaly", sagte er und kauerte sich in den Schatten, als sie sich umdrehte, um die Tür zu öffnen. *Meine liebe Thessaly*, dachte er.

# KAPITEL
# ACHT

ES WAR NOCH FRÜH. Das Deck war leer, und die Männer schliefen. Die einzigen Männer an Deck waren mit Aufgaben beschäftigt. Thessaly winkte Dittmer näher zu kommen und legte ihre Finger an die Lippen, um anzudeuten, dass er leise sein musste. Sie zeigte auf den Horizont, wo Blitze zuckten, lange Streifen, die von Wolke zu Wolke liefen. Ein Sturm braute sich zusammen. Das war nicht gut. Ein Sturm könnte seine Brüder verlangsamen oder sie zwingen, den Kurs zu ändern. Jetzt war die Zeit zu handeln. Sie mussten schnell sein.

Dittmer schlich zurück in den Laderaum und ließ die Luke einen Spalt offen, um Thessaly genau im Auge zu behalten. Sie verschwand aus seinem Blickfeld, und er machte sich Sorgen, bereit, hinauszuspringen und jedem Mann den Kopf abzureißen, der Hand an sie gelegt hatte. Er zwang sich, abzuwarten und zu sehen, was passierte. Er stand spähend durch den Spalt, biss sich auf die Lippe und wippte nervös mit dem Knie. *Das dauert zu lange. Etwas muss passiert sein,* dachte er. Aber gerade als er durch die Tür platzen wollte, schlich Thessaly wieder herein.

„Hier, warte, bis die Segel fallen, bevor du herausstürmst. Es sind jetzt nicht viele Männer an Deck, aber sie werden Alarm schlagen, sobald sie merken, was ich tue", sagte sie und reichte ihm ein kleines Messer, ein Fleischerbeil aus der privaten Sammlung des Kochs sowie eine kleine Axt. Er hob eine Augenbraue angesichts ihrer Waffenwahl und steckte die Waffen in seine Stiefel und seinen Gürtel. Er blickte auf und sah, wie sie sich mit Kleidung anzog, die sie irgendwo geklaut hatte. Sie stand stolz da und sah aus wie eine echte Wikinger-Krieger-prinzessin. Seine Prinzessin. Seine Königin. Sein Herz setzte einen Schlag aus, und sein Unterleib zuckte bei ihrem Anblick. Es war ihm nicht mehr wichtig, dass sie keine Dänin war.

Da sie keine Zeit verlieren wollte, bevor der Sturm losbrach, schlich Thessaly aus dem Laderaum. Es war keine Zeit für weitere Worte, selbst wenn ihr etwas eingefallen wäre, was sie hätte sagen können. Stattdessen konzentrierte sie sich auf die Aufgabe, die vor ihr lag. Wenn jemand sie entdeckte, würden sie denken, sie wäre nur einer der Männer des Jarls.

Lautlos kletterte sie den Mast hinauf. Geschickt zupften ihre Finger an verschiedenen Fäden. Sie war eine erfahrene Weberin, aber selbst sie kannte die Schwachstellen in ihrer Arbeit. Sie schlang ihre Beine fester um den Mast, als das Schiff im Wind schwankte. Als sie hinaus-blickte, bemerkte sie, wie nahe das Boot den anderen war. Sie beobach-tete die Richtung der Strömung und wartete einen Moment. Sie wartete auf den richtigen Augenblick. Ein neuer Plan begann sich zu formen. Sie würde alle drei Schiffe verlangsamen, indem sie sie inein-ander krachen ließ.

Als sie sah, wie sich der Abstand zwischen den Schiffen ein wenig mehr verringerte, während der Wind stärker wurde, zog sie am letzten Faden. Wie ein Riss in einem gefrorenen Fluss lösten sich die Fäden von mehreren Teilen des Segels, und Stoffstreifen fielen wie Blätter eines Baumes im Herbst auf das Deck. Ohne das Hauptsegel fing sich der starke Wind in den wenigen kleineren Segeln und brachte das Schiff zum Schlingern und Drehen, sodass es in das andere Schiff krachte und alle drei Schiffe gezwungen wurden, sich zu verwickeln.

In diesem Moment ertönte eine Stimme, die Alarm schlug. Als Männer aus ihren Kabinen sprangen und herbeieilten, um zu sehen, was der ganze Aufruhr zu bedeuten hatte, sprang Dittmer wie ein Monster aus der Tiefe aus dem Laderaum, bis an die Zähne bewaffnet. Seine Axt in der einen Hand und das Schlachtermesser in der anderen. Dittmer schlitzte Männer mit der Wut Asgards auf, als sie in Scharen auf ihn zukamen. Er warf Männer über Bord, als wären sie Stoffpuppen. Sie mochten zwar zahlenmäßig überlegen sein, aber ihnen fehlten Dittmers Wut und Antrieb.

Als sie sah, wie sich zwei Männer von hinten an Dittmer heranschlichen, griff Thessaly nach einem Seil um den Mast und schwang sich hinunter, trat sie hart, als sie in sie hineinprallte, und schickte sie mit lauten Niederlagerufen über Bord.

Dittmer wirbelte herum, um zu sehen, was los war, und sah, wie Thessaly sich gegen einen Mann stellte, der sie ansah, als wäre sie ein Stück Fleisch. Sie zog einen kleinen dünnen Dolch aus ihrer Taille. Er erinnerte Dittmer an eine Nähnadel, so dünn war er. Aber das hielt Thessaly nicht davon ab, damit einigen Schaden anzurichten. Sie war in mehr als einer Hinsicht geschickt. Sie wich Angriffen aus, fast als würde sie tanzen, und während die Männer, gegen die sie kämpfte, von ihren geschmeidigen Bewegungen und dem Schwung ihrer Hüften abgelenkt waren, benutzte sie ihren nadelartigen Dolch, um Kehlen aufzuschlitzen und Augen auszustechen.

*Meine griechische Göttin*, dachte Dittmer und strahlte vor Stolz.

„Ich habe einen anderen Plan. Ich bin gleich wieder da", rief sie Dittmer über ihre Schulter zu. Er blickte sich um, kurz davor, sie davon abzuhalten, etwas Törichtes zu tun, als sie unter Deck verschwand. Dittmer sah zu dem Mann, den Thessaly getötet hatte, und erkannte, dass er den Gürtel des Schlüsselmeisters trug.

*Was plant sie?* Es blieb keine Zeit, darüber weiter nachzudenken. Er wandte sich wieder den Männern zu, blockte Angriffe ab, zertrümmerte Knochen und schickte Männer in den Tod auf den Grund des Meeres. Das Chaos des aufziehenden Sturms, die ineinander krachenden Schiffe. Die versagenden Segel und das Überraschungsmoment. All diese Faktoren fügten sich wie Puzzleteile zusammen.

*Wir können das schaffen. Thessalys Plan ist ein Erfolg*, dachte Dittmer, und Hoffnung schwoll in ihm an. Hinter ihm hörte er Jubelrufe und Kampfschreie. Als er sich umsah, konnte er keine anderen Schiffe erkennen. Woher konnte der Lärm kommen?

Plötzlich stürmte eine große Gruppe zerlumpt aussehender Männer von unter Deck hervor, die große hölzerne Ruder trugen. *Die Ruderer,* dachte Dittmer. Thessaly brach durch die Menge, als sie Halfdens Männer angriffen und etwas von dem Druck von Dittmer nahmen.

„Du hast die Ruderer zusammengetrommelt?", fragte er, als sie sich ihm näherte.

Sie schüttelte mit einem Lächeln den Kopf. „Ich habe die Sklaven und Leibeigenen befreit. Sie verdienen Rache für die Lieben, die sie durch Halfdens Hand verloren haben", sagte sie mit Stolz und Trauer in den Augen.

Alles Neue, was er über diese Frau erfuhr, ließ ihn immer tiefer für sie fallen.

„Pass auf!", schrie sie, als Männer vom anderen Schiff herüberschwangen. Als der Wind die Schiffe näher zueinander trieb, kletterten Männer die Masten hoch und schnitten Seile durch, um sich aus der Verstrickung mit dem anderen Schiff zu befreien. Das Schiff neigte sich hin und her, während die Wellen tobten. Dittmer stand fest auf den Füßen, wahrscheinlich, weil er den Großteil seines Lebens auf See verbracht hatte, aber die Männer des Jarls teilten diese Fähigkeit nicht. Während sie wackelten und den Halt verloren, setzten Dittmer, Thessaly und die Ruderer ihren Kampf mit zunehmendem Erfolg fort.

„Lasst ihn nicht entkommen", rief einer der Ruderer und zeigte auf die Seite des Schiffes, das sich von den anderen Schiffen zu lösen begann. Thessaly und Dittmer folgten der Blickrichtung des Mannes. Dem Jarl war es gelungen, unbemerkt vorbeizuschlüpfen und auf das andere Boot zu springen, dicht gefolgt von Njal. Dittmer stürmte auf sie beide zu, aber das Schiff entfernte sich zu schnell und vergrößerte die Lücke weiter, als er springen konnte. Dittmer starrte hinüber, als der Jarl zurückwinkte. Sein übliches bösartiges und verdrehtes Grinsen erstreckte sich von Auge zu Auge.

*Wie hat er es schon wieder geschafft zu entkommen?* dachte Dittmer, schlug seine Faust gegen die Reling des Schiffes und schrie seine Frustration über das Meer hinaus.

# KAPITEL
# NEUN

DONNER GROLLTE, als Blitze zuckten und den Himmel erhellten. Regen fiel hart und schwer und durchnässte alle bis auf die Knochen in Sekundenschnelle. Der Kampf wurde härter, da die Schiffe unruhig auf den Wellen schaukelten und das Deck rutschig wurde. Alle kämpften darum, ihr Gleichgewicht zu halten, rutschten und glitten aus. Dittmer nutzte dies zu seinem Vorteil, während Thessaly den Mast benutzte, um an Höhe zu gewinnen, sich herabschwang und geschickt von oben angriff.

„Schiff voraus", rief eine entfernte Stimme vom zurückweichenden Schiff des Jarls. Ein neues Schiff war wie aus dem Nichts aufgetaucht. Das Schiff des Neuankömmlings segelte direkt in das Schiff des Jarls und zwang ihn zurück, keilte ihn zwischen den beiden ein.

„Meine Brüder! Ich wusste, sie würden uns einholen." Dittmer jubelte, als er seine Axt aus dem Brustkorb eines gefallenen Mannes zog. Sein langes, dichtes Haar klebte an seinem Gesicht und versperrte ihm die Sicht. Er strich es aus seinem Gesicht, um einen klareren Blick auf das Schiff zu bekommen.

Thessaly schwang sich um den Mast, ihr triefend nasses Haar wehte hinter ihr im Wind und sandte einen Schauer durch ihre Knochen. Mit einer Hand am Seil festgekrallt, schnitt sie mit ihrer nadelartigen Klinge durch den Hals eines der wenigen verbliebenen

Soldaten des Jarls, als sie vorbeiflog und losließ, um anmutig vor Dittmer zu landen.

Thessaly sah hinüber und beobachtete, wie Männer von einem Schiff zum anderen sprangen und sich mühelos durch Halfden und seine Männer pflügten. Thessaly konnte die Familienähnlichkeit in den Gesichtern von mehr als einem Riesen erkennen. Aber was ihr Auge am meisten fesselte, waren die zwei Frauen, die mit ihnen kämpften. Eine sah aus wie eine Adlige, aber sie schwang einen Bogen genauso gut wie jeder Mann. Die andere Frau ging mit einem Hinken, ließ sich davon aber nicht aufhalten. Gelegentlich stützte sie sich auf einen Mann, der genauso groß und einschüchternd wie Dittmer war, obwohl er älter aussah.

„Wer sind sie?", fragte Thessaly und zeigte auf die beiden Frauen, ihre Augen weit vor Bewunderung.

Dittmer stieß ein lautes, dröhnendes Lachen aus und hob seine Axt hoch in die Luft, während er einen fast melodischen Schlachtruf ausstieß. Zwei Männer hielten inne und drehten sich um, suchten das Schiff nach dem Ursprung des Geräusches ab. Als sie Dittmer erblickten, hoben sie ihre Waffen über ihre Köpfe und wiederholten den Ruf in wilder Freude.

„Nicht die Brüder, von denen ich dachte, dass sie uns einholen würden. Das sind Abjörn und Erik. Zurück aus Dänemark!" Er strahlte, packte Thessaly um die Taille und sprang auf das andere Schiff hinüber. Thessalys Magen machte einen Salto, als sie fürchtete, er könnte sie fallen lassen. Sie konnte nicht schwimmen und hatte Angst zu ertrinken. Aber Dittmer würde sie niemals fallen lassen, er hielt sie fest in seinen Armen, und sie liebte, wie sich seine muskulösen Arme an ihre Form schmiegten. *Diese Arme waren für mich bestimmt,* dachte sie, als sie sich in seine Umarmung lehnte.

Mit Verstärkung waren die Chancen nun ausgeglichen, und genauso schnell, wie er begonnen hatte, war der Kampf vorbei. Dittmer und seine Brüder jubelten über ihren Sieg, und die Sklaven und Knechte auf den Schiffen jubelten mit ihnen. Sie jubelten noch lauter, als Dittmers Bruder Abjörn ihnen allen die Freiheit schenkte. Die Jubelrufe verwandelten sich schnell in Zischen des Hasses und der

Verachtung. Dittmers anderer Bruder Erik und seine Frau Astrid zerrten einen gefesselten und geknebelten Jarl Halfden an Deck.

„Diesmal wirst du nicht entkommen, du verräterische Schlange. Du wirst für deine Verbrechen bezahlen", donnerte Abjörn.

Durchnässt vom Sturm, bedeckt mit dem Blut der Toten, würde man denken, Thessaly müsste vor Kälte zittern. Aber nein, ihr Blut war warm, erfüllt von Adrenalin vom Kampf und Lust auf Dittmer. Sie hatte härter gekämpft als je zuvor - dies war ihre erste offizielle Schlacht, das erste Mal, dass sie die Fähigkeiten einsetzen musste, die ihr Vater ihr beigebracht hatte. Sie wollte Dittmer beeindrucken, aber ein Teil von ihr wollte ihn auch beschützen. Als sie seine männliche Gestalt sah, wie er durch seine Feinde schnitt wie ein Messer durch Butter, wie er den Sklaven half und sie beschützte, die zu schwach zum Kämpfen waren; Die Bilder schwammen durch ihren Kopf und ließen ihre Brustwarzen zu harten Spitzen durch ihre durchnässte Kleidung werden. Sie wollte ihn wie zuvor; wie in jener Nacht, als sie sich unter seinen Fellen aneinander kuschelten, um sich zu wärmen. Aber jetzt war sie unersättlich. Sie wollte ihn nicht nur. Sie brauchte ihn.

„Was passiert jetzt?", fragte sie.

Dittmer wandte sich ihr zu; sein Gesicht war ernst. Er war mit zwei langen Schritten bei ihr, hob sie in seine Arme, damit sie ihren Hals nicht verrenken musste, um zu ihm aufzuschauen. Er senkte seine Lippen auf ihre, ohne ein Wort zu sagen, und sie erwiderte den Gefallen. Es hatte etwas seltsam Erregendes und berauschend Erregenden an sich, kurz vor einer Schlacht zu stehen. Sie beide spürten es.

„Jetzt, meine süße kleine Griechin, gehen wir nach Hause und bestrafen den Jarl für seine Verbrechen", sagte er, nachdem er ihren Kuss beendet hatte.

Sie blickte in seine tiefen braunen Augen. „...und dann?"

Er lächelte und küsste sie noch einmal tief, diesmal mit mehr Leidenschaft, und als er ihren Kuss beendete, brannten seine Augen vor Hunger, einem Hunger nach ihr.

„Dann, meine Liebe, gehört uns die Welt", hauchte er.

DIE BRÜDER KAMEN in der Siedlung an und trafen sich in der Bucht bei dem Schiff, das die anderen Brüder gerade losgeschickt hatten, um Dittmer zu verfolgen. Gemeinsam kehrten sie triumphierend und voller Freude zur Siedlung zurück.

Sie wurden mit vielen Jubelrufen über ihre sichere Rückkehr empfangen. Doch die Freude verwandelte sich in Zischen und Stimmen, die „Mörder" brüllten, als Erik und Abjörn den Jarl aus dem Schiffsrumpf brachten. Die ganze Siedlung war bereit für Gerechtigkeit.

Es gab Angelegenheiten zu klären. Sie alle hatten Dinge zu besprechen.

Nachdem sie den Jarl in den neu gebauten Gefangenenquartieren eingesperrt hatten, versammelten sich die Brüder mit ihren Frauen in Abjörns Hütte, um zu planen, was als Nächstes geschehen sollte.

„Ich würde nichts lieber tun, als mein Schwert durch Beecham zu jagen", sagte Erik mit einem vorsichtigen Blick auf Sima. Sie saß unbeeindruckt von seiner Bemerkung da. Sie hatte begonnen, hart zu werden, wenn es um ihren Vater ging. Seine Verbrechen hatten jede Liebe, die sie für ihn empfunden hatte, ausgelöscht. „Aber wir dürfen nichts tun, was einen Krieg mit dem König dieser Länder auslösen könnte. Beecham und der Jarl sind eine Sache. Wir haben nicht die Kräfte, um gegen die gesamte Armee des Königs zu kämpfen", fuhr Erik fort.

„Wir wollen auch nicht, dass er nach Dänemark reist und einen Krieg fortsetzt, den wir begonnen haben", sagte Sören.

Die Brüder sahen einander an und warteten darauf, dass jemand eine Lösung für ihr Dilemma fand. Beecham kniete in Ketten in der Mitte des Raumes. Dittmer stand hinter ihm Wache und behielt dabei Thessaly immer im Auge, die sich problemlos in der Siedlung eingelebt hatte. Dittmer freute sich zu sehen, wie schnell die Frauen seines Bruders sie akzeptiert hatten.

Sima trat vor und blickte finster auf ihren Vater herab.

„Wir bringen ihn zurück in das, was von Beecham Castle übrig ist...", begann sie und beobachtete, wie sich die Augen ihres Vaters aufhellten. Er dachte, sie würde ihm helfen, aber da irrte er sich. „Als Gefangener", fuhr sie fort.

Ihr Vater versuchte aufzuspringen, aber Dittmer legte ihm fest eine Hand auf die Schulter und hielt ihn an Ort und Stelle.

„Ein Gefangener in meinem eigenen Haus? Durch mein eigenes Blut?", bellte er. Abjörn lehnte sich zurück und beobachtete seine Geliebte, wissend, dass er sich keine Sorgen machen musste. Sie hatte bewiesen, dass sie auf sich selbst aufpassen konnte.

„Zumindest bist du ein Gefangener in deinem eigenen Haus. Du hast mich weggeschickt. Stimmt's, Vater?", fragte sie kalt und kniete sich hin, um ihm direkt in die Augen zu sehen. Sie wollte, dass er den Schmerz und den Verrat in ihren Augen sah. Beecham presste die Lippen zusammen. Er konnte dieser Aussage nicht wirklich widersprechen.

„Wer wird meine Burg regieren, wenn ich ein Gefangener bin?", fragte er schließlich. Sima erhob sich elegant, ein Lächeln schlich sich auf ihr Gesicht, als sie zu ihrem Mann hinüberblickte. „Der nächste Erbe", begann sie und zwinkerte Abjörn schelmisch zu. „Ich." Sie sah zu ihrem Vater, dessen Augen weit aufgerissen waren und dessen Kiefer vor Schock heruntergeklappt war. „Und natürlich mein Mann."

Lord Beecham begann zu protestieren, aber er verstummte schnell, als Sima ein Messer zog und es an seinen Hals hielt. Dittmer und Ryker eskortierten ihn zurück in die Gefangenenquartiere, bevor sie zum nächsten Punkt auf der Tagesordnung zurückkehrten. Der Jarl. Dittmer und Ryker schleiften Halfden schreiend und um sich tretend in die Hütte und zwangen ihn auf die Knie, um sich den gegen ihn erhobenen Anklagen zu stellen.

„Halfden, du musst dich für deine Verbrechen verantworten", begann Abjörn.

„Du hast Beecham angeheuert, um unseren Vater zu töten. Leugnest du das?", donnerte Abjörn.

Der Jarl antwortete nicht. Er starrte mit steinernem Gesicht, nicht willens, sich weiter zu belasten.

„Du hast gegen unseren König intrigiert. Leugnest du das?", fragte Abjörn, diesmal noch lauter, da seine Geduld dünn wurde. Wieder sagte der Jarl nichts. Stattdessen spuckte er vor Abjörns Füßen aus.

Ryker holte aus und schlug Halfden auf den Hinterkopf.

„Er kann alles leugnen. Er kann sogar schweigen. Aber mal sehen, was er zu sagen hat, wenn Zeugen seiner Verbrechen und Geständnisse für ihn sprechen", sagte Thessaly. Dittmers Gesicht strahlte vor Stolz, wie sie dem Mann trotzig gegenüberstand, der sie einst wie ein Stück Fleisch gehandelt hatte.

Thessaly wandte sich an den Raum. „Ich habe mehrere Mitsklaven, die Beweise für deine Verbrechen gegen ihren Vater und deinen König haben. Ich habe auch einen Zeugen, der von deiner Beteiligung am Tod der Königssöhne spricht", sagte sie.

In der Hütte brach Gerede aus. Dittmer sah sie verwirrt an. Sie hatte diese Information vorher nicht erwähnt.

„Lügen", donnerte der Jarl, bevor Dittmer ihm erneut einen Schlag auf den Hinterkopf versetzte.

„Du bist so selbstgefällig, prahlst mit deinen Taten. Du denkst, das Durchschneiden von Kehlen und Vergraben von Leichen hält deine Geständnisse verborgen. Aber nein, Loyalität ist eine Illusion. Menschen bleiben nur loyal, solange du einen Zweck für ihre Bedürfnisse erfüllst", sagte sie, und die Erkenntnis traf den Jarl wie ein Hammerschlag auf den Kopf.

„Nein! Du hast Njal umgedreht?", fragte Halfden, während Angst durch ihn hindurchfuhr und Schweiß auf seiner Stirn perlte.

„Oh ja. Als er dem Tod ins Auge sah, flehte er um Gnade und bot dich auf dem Silbertablett an, um seinen Hals zu retten", beendete Thessaly triumphierend.

Sie hatten alles, was sie brauchten: Zeugen, einen Plan, um ihr neues Zuhause zu schützen, und einen Weg, endlich Gerechtigkeit für ihren Vater zu bekommen. Halfden würde nach Dänemark zurückreisen müssen, um sich dem Zorn des Königs zu stellen.

„Also ist es beschlossen. Erik und Dittmer werden nach Dänemark zurückreisen und den Jarl und Njal dem König präsentieren, damit sie sich für ihre Verbrechen verantworten. Thessaly, wirst du mit meinem Bruder reisen? Wirst du die Sklaven mitnehmen, von denen du sprichst?", fragte Abjörn und streckte seine Hand aus, damit sie sie ergreifen konnte. Sie legte ihre kleine Hand um seinen kräftigen Unterarm und nickte.

„Die Sklaven, werden sie befreit?", fragte sie zögernd.

„Sie sind keine Sklaven mehr", schloss Abjörn, und Thessaly ließ einen Atem aus, von dem sie nicht gemerkt hatte, dass sie ihn angehalten hatte.

Die Brüder umarmten sich, bevor sie für den Abend aufbrachen. Der Tag war anstrengend gewesen, und für die bevorstehende Reise wurde Ruhe benötigt. Abjörn und Sima würden sich darauf vorbereiten, Beecham Castle zu übernehmen, mit dem Plan, es zu noch größeren Höhen aufzubauen, als es je zuvor gewesen war, während Sören und Firtha die Siedlung führen würden. Erik und Dittmer würden nach Dänemark reisen und Ryker. Nun, Ryker hatte sich entspannt, seit das Schicksal des Jarls und Beechams besiegelt war. Er war wieder zu seinem kindischen, scherzenden Selbst zurückgekehrt. Er stimmte zu, dass Sören Hilfe bei der Führung der Siedlung brauchen würde, seit der Geburt seines Sohnes.

„Wir werden uns wiedersehen, Brüder. Dies ist nicht das Ende unserer gemeinsamen Reise", sagte Abjörn. Sie gingen alle auseinander, um sich eine gute Nachtruhe zu gönnen, hin- und hergerissen zwischen ihren Gefühlen. Sie waren traurig, sich wieder zu trennen, aber glücklich, dass ihr Krieg endlich vorbei war und ihrem Vater Gerechtigkeit widerfuhr. Dittmer hatte keinen Zweifel daran, dass er und seine Brüder sich bald wiedersehen würden. Er wusste, wenn die Nachricht sich verbreitete, dass einer in Not war, würden die anderen aus allen Ecken der Welt herbei eilen, um an ihrer Seite zu sein. Um zu helfen. Um zu beschützen. Und um für Ruhm zu kämpfen.

# KAPITEL
# ZEHN

ALS THESSALY und Dittmer zurück zu seiner Hütte schlenderten, blickte sich Thessaly staunend um. Sie konnte verstehen, warum er so tapfer für diesen Ort gekämpft hatte. Liebe erfüllte die Luft, die Liebe zur Familie, zu Freunden und zur Gemeinschaft. Die Menschen halfen einander bereitwillig und waren stolz auf ihre Häuser. Als sie zusah, wie eine junge Frau ihren Vater umarmte, schmerzte ihr Herz. Sie vermisste ihre Familie. Sie hatte schon lange aufgehört, an sie zu denken, da die Erinnerung zu schmerzhaft war. *Waren sie in Sicherheit? Lebten sie noch?* Sie wusste es nicht, aber sie sehnte sich danach, es zu erfahren.

„Du siehst traurig aus. Was ist los?", fragte Dittmer, als sie seine kleine Hütte betraten. Er nahm ihr Gesicht in seine Hände und wischte eine verirrte Träne mit seinem Daumen weg. Sie drehte ihr Gesicht und pflanzte einen sanften Kuss auf seine Handfläche.

„Dieser Ort hat mich einfach zum Nachdenken gebracht. Ich kann verstehen, warum du und deine Brüder so hart gekämpft habt, um diesen Ort zu bewahren. Ich kann die Liebe und Freundschaft spüren, die von allen ausstrahlt. Diese Siedlung ist wirklich ein Zuhause", sagte sie und brach ab, als sie spürte, wie sich ein Kloß in ihrem Hals bildete.

„Du vermisst dein Zuhause?", fragte Dittmer. Er spürte, wie sein Herz bei dem Gedanken brach, sie an ferne Länder zu verlieren.

Sie schüttelte sanft den Kopf. „Nicht mein Zuhause. Meine Familie. Ich habe mir schon lange nicht mehr erlaubt, an sie zu denken. Es tut zu sehr weh. Aber nach heute Abend wünschte ich, ich wüsste, ob sie in Sicherheit sind", antwortete sie und brach in Dittmers Umarmung zusammen.

Als jemand, der seinen Vater verloren hatte, verstand er ihren Schmerz. Das Nichtwissen, die Zweifel. So etwas war zermürbend. Er hielt sie fest an sich gedrückt. Er würde nicht so selbstsüchtig sein, sie daran zu hindern, nach Hause zu reisen. Wenn ihr Glück bedeutete, dass er sie verlieren würde, wäre das ein Schmerz, mit dem er leben würde.

Doch dann kam ihm eine Idee.

„Wir reisen morgen früh nach Dänemark. Sobald der Jarl für seine Verbrechen zur Rechenschaft gezogen wurde, müssen wir nicht an diese Küsten zurückkehren", sagte er.

Thessaly löste sich von ihm und blickte zu ihm auf, ihr Herz begann zu rasen. Sie wollte sich nicht erlauben zu hoffen.

„Sobald wir die Angelegenheit des Königs erledigt haben, können wir ein Schiff nehmen und deine Familie finden", sagte Dittmer. Thessalys Augen füllten sich mit Tränen. Ihr Lächeln war heller als der Mond am Nachthimmel.

„Meinst du das ernst?", fragte sie und hielt ihre Hand über ihr Herz, als wolle sie es schützen.

„Ja, ich kenne den Schmerz, Familie zu verlieren und von denen getrennt zu sein, die man liebt. Ich möchte nicht von dir getrennt sein, du bist frei, und ich möchte dich jeden Tag zum Lächeln bringen. Nach Dänemark reisen wir nach Griechenland", sagte er.

Thessaly sprang in seine Arme und schlang ihre Arme so fest um seinen Hals, dass Dittmer befürchtete, sie könnte ihm die Luft abschnüren.

„Ich war noch nie zuvor verliebt, aber es gibt keine andere Möglichkeit zu beschreiben, was ich für dich empfinde", flüsterte Thessaly, als sie einen Kuss voller Leidenschaft auf Dittmers Lippen landete.

Sie löste sich aus seiner Umarmung, nahm seine Hand und führte ihn zu der Pritsche in der Ecke. Sie schob ihn sanft, und er setzte sich, während er sie musterte, wie sie vor ihm stand.

„Ich bin bereit, bist du es?", fragte sie mit lusterfüllten Augen und einem schelmischen Glitzern in ihrem Blick.

Dittmer nickte mit einem Kichern. Sie zog ihr Kleid über die Schultern und stieg aus ihren Kleidern. Dittmer stand auf, unfähig, seine Augen von ihr abzuwenden. Er umkreiste sie langsam und ließ seine Finger über ihren Bauch und ihre Hüften gleiten. Ihre Haut war wunderschön und weich wie Seide. Ihr Hintern war rund und fest. Ihre Brüste standen stolz auf ihrer Brust, und ihre Brustwarzen richteten sich auf, als er sie berührte. Vor ihr stehend, senkte er seine Lippen auf ihre, während er eine Hand an ihrem Oberschenkel hochgleiten ließ und mit dem kleinen, ordentlichen Haarbüschel spielte, das den Ort bewachte, den er am meisten berühren wollte.

Ohne ihre Lippen von seinen zu lösen, fuhr Thessaly mit ihren Händen nach oben, um seine Pelze zu öffnen. Dittmers Haut kribbelte, als ihre Finger seinen Körper nachzeichneten und ihn entkleideten. Ihre Umarmung unterbrechend, küsste Thessaly sein Schlüsselbein und stellte sich auf die Zehenspitzen, um es zu erreichen. Sie hinterließ eine Spur von Küssen auf seinem muskulösen Körper. Sie nahm seine Brustwarze in den Mund und rollte ihre Zunge über seine Brust, und Dittmer ließ seinen Kopf zurückfallen und sog scharf die Luft ein. Sie erkundete seinen Oberkörper weiter mit ihrer Kussreihe. Sie sank auf die Knie und fuhr sich verführerisch mit der Zunge über die Lippen, während sie ihm in die Augen blickte. Sanft nahm sie seinen Schaft in den Mund, nahm ihn tiefer auf und liebkoste ihn mit ihrer Zunge.

Dittmer hatte noch nie zuvor solche Lust empfunden. Seine Knie wurden weich. Sie umfasste ihn mit ihrer Hand und streichelte ihn, während ihr Mund ihm Vergnügen bereitete.

„Oh, Thess...", begann er, doch die Lust, die sie ihm bereitete, machte ihn unfähig, auch nur ihren Namen auszusprechen. Sie beschleunigte ihr Tempo, und Dittmer sah Sterne vor seinen Augen flimmern; sie war spektakulär. „Warte", schaffte er zu sagen, auch wenn es kaum mehr als ein Quietschen war.

Thessaly ließ von ihm ab und erhob sich. Ohne ein Wort zu sagen, drehte er sie um und setzte sie aufs Bett. Er wollte sie kosten, wie sie ihn gekostet hatte. Er spreizte ihre Beine weit und hinterließ Küsse entlang ihrer Innenschenkel, küsste überall, nur nicht an der Stelle, die am dringendsten geküsst werden musste.

Er konnte spüren, dass sie es wollte, und er genoss es, sie zu necken. Sie öffnete ihren Mund, um seinen Namen zu sagen, als er seinen Mund um sie schloss und an der zarten Knospe zwischen ihren Beinen saugte.

Er spürte, wie sie bei seiner Berührung zitterte. Ihr Atem beschleunigte sich, als seine Zunge sie neckte. Wellen der Lust übernahmen sie, als sie spürte, wie ihr Höhepunkt wuchs. Er wollte sie vor Lust schreien hören. Dittmer spreizte ihre Lippen und tauchte seine Finger tief ein, bedeckte sich mit ihrem süßen Nektar. Mit seiner anderen Hand streckte er sich aus und umfasste ihre Brust. Sie passte perfekt in seine Hand.

„Dittmer.... Dittmer", begann sie zu keuchen, während ihre Finger sich in seinem Haar verflochten. Er spürte, wie sich ihr Griff verstärkte, als sie ihren Rücken durchbog und in Ekstase aufschrie, während ihr Körper vor Lust zitterte, die wie Feuer durch ihre Adern strömte.

„Ich bin noch nicht fertig mit dir." Dittmer grinste, als er seinen Mund zu ihrer Brust brachte und sie dann tief küsste. Sie konnte ihre Lust auf seiner Zunge schmecken, und es entfachte das Feuer des Verlangens in ihr.

„Gut." Sie grinste, als sie sich auf das Bett zurückfallen ließ, begierig darauf, dass er sie nahm.

Er konnte sich nicht länger zurückhalten. Er hatte mit seinen Fingern gefühlt, wie eng sie war. Er hatte ihre Süße geschmeckt. Er musste sie um sich herum spüren. Mit einer fließenden Bewegung drang er in sie ein, und beide stöhnten vor Vergnügen. Sie passten perfekt zueinander. Er dehnte sie, und sie umschloss ihn. Thessaly schlang ihre Beine um seine Hüften und umklammerte seine Schultern, als er begann, sich langsam in ihr zu bewegen.

Als ihre Lust wuchs, stimmten ihre Stöhner überein. Während das Liebesspiel heiß, intensiv und wunderschön war, brauchte Thessaly mehr. Sie hatte ihn gewollt, seit sie im Laderaum gekuschelt hatten. Sie hatte ihn noch mehr begehrt, als sie ihn im Kampf beobachtete, und sie brauchte ihn jetzt mehr denn je.

„Nimm mich wie eine Wikingerfrau", flüsterte sie in sein Ohr.

„Bist du sicher?", fragte er mit einem verschmitzten Grinsen.

Sie nickte und knabberte an seinem Ohrläppchen, um zu unterstreichen, wie sehr sie das wollte.

Seine Stöße wurden kräftiger und schneller, das Geräusch ihrer aufeinanderprallenden Körper und ihre Lustschreie erfüllten die Hütte. Es dauerte nicht lange, bis Thessaly spürte, wie sich ihr Höhepunkt erneut aufbaute. Aber diesmal mit einer Intensität, die sie noch nie erlebt hatte. Es überwältigte sie, ließ ihre Sicht weiß werden, als sie unter Dittmer zitterte. Sie bäumte sich auf, als sie spürte, wie seine Ekstase die ihre traf.

Sie sanken ineinander, Dittmer legte seinen Kopf auf Thessalys Brust und lauschte ihrem pochenden Herzen, während sie nach Atem rangen. Ihre schweißbedeckten Körper umschlangen einander.

„Du gehörst jetzt mir, Dittmer", hauchte sie, küsste seine Stirn und spielte mit seinem langen, schweißnassen Haar.

„Und du gehörst mir, meine süße, wunderschöne Thessaly", stöhnte er, als er sie eng an sich zog und der Schlaf sie beide in Träume von ihrer gemeinsamen Zukunft entführte.

ENDE

Hat dir *Die Wikinger der Jürgensens* gefallen?
Bitte ziehen Sie in Betracht, eine Bewertung auf Goodreads unserer Website oder Ihrem bevorzugten Händler zu hinterlassen.
Bewertungen helfen mir, neue Leser zu erreichen.

Bleiben Sie dran für *Die Räuber des Königs* und **Die Wikinger-Siedler**

Für Updates zu Buchveröffentlichungen, Buchempfehlungen, Wikinger-Trivia, Angebote und GEWINNSPIELE abonnieren Sie ihren Newsletter!

# ÜBER DEN AUTOR

Peyton Lawson schreibt heiße historische Wikingerromane. Wenn sie gerade keine actiongeladenen mittelalterlichen Abenteuer verfasst, liest sie gerne oder ist auf Reisen.

www.peytonlawsonromance.com

f facebook.com / peytonlawsonromance
X x.com / plawson_romance
instagram.com / peytonlawsonromance
a amazon.com / author / peytonlawsonromance
BB bookbub.com / authors / peyton-lawson
g goodreads.com / peytonlawsonromance
tiktok.com / @Tiktok.com@peytonlawsonbooks

# BÜCHER VON PEYTON LAWSON

www.ingramcontent.com/pod-product-compliance
Lightning Source LLC
Chambersburg PA
CBHW031002260626
47169CB00002B/655